FARFALLE

W0466178

Dello stesso autore
nel catalogo Marsilio

La misteriosa morte della compagna Guan
Visto per Shanghai
Quando il rosso è nero
Ratti rossi
Di seta e di sangue
La ragazza che danzava per Mao
Le lacrime del lago Tai
Cyber China
Il Principe Rosso
Il poliziotto di Shanghai
L'ultimo respiro del drago
Processo a Shanghai

Il Vicolo della Polvere Rossa
Nuove storie dal Vicolo della Polvere Rossa

Qiu Xiaolong

Il dossier Wuhan

traduzione di Fabio Zucchella

Marsilio

Titolo originale: *Love and Murder in the Time of Covid*
© 2023 by Qiu Xiaolong

© 2023 by Marsilio Editori® s.p.a. in Venezia
Prima edizione: settembre 2023
ISBN: 978-88-297-1958-7
www.marsilioeditori.it

IL DOSSIER WUHAN

Questo libro è dedicato a tutte le persone che sono morte e hanno sofferto durante la pandemia per colpa dell'inumana politica zero-Covid imposta dal Partito comunista cinese e di un sistema di sorveglianza e di repressione peggiore di quello descritto in 1984 *di George Orwell. La lunga, lunghissima lista di quelle persone comprende anche il mio mentore, il professor Li Wenjun.*

Nota dell'autore

Questa è un'opera di finzione narrativa, ma tutti i tragici eventi riportati nel *Dossier Wuhan* sono reali.

Giorno 1 – Mattino

La Via può essere indicata, ma non nel modo consueto, il Nome può essere assegnato, ma può anche non esser familiare.

LAO TZU

Non parlare, e non parlare.

BUDDHA

Dove un immortale un giorno alto nel cielo
spariva sulla gialla gru,
qui, sola, rimane
la Torre della Gialla Gru.
La gialla gru una volta partiva
senza mai ritornare,
le nuove bianche mille e mille anni
solitarie vanno lontano.

Al cristallino ruscello a uno a uno
a Han-yang gli alberi stanno,
fragranti erbe si stendono
sull'Isola dei Pappagalli.
Il sole è al tramonto, e il paese
da qual parte rimane?

La nebbia, le onde sul Fiume Azzurro
mi danno tristezza.

TS'UI HAO, *La Torre della Gialla Gru*

Breve poesia propagandistica sul Covid e sulla politica zero-Covid scritta su un muro divisorio del quartiere

Subito dopo aver eseguito il tampone per il Covid, torni a casa di gran fretta. Svoltando l'angolo potresti anche non trovarti faccia a faccia con il tuo amore, ma con il virus.
Il vento che soffia su di me, soffiava anche su di te: può questo essere considerato un abbraccio?
Certo che sì, e viene definito "contatto ravvicinato"; sto camminando sulla strada su cui hai camminato anche tu, può questo essere considerato un incrociarsi di percorsi?
Certo che sì, e viene definito "contatto semiravvicinato".
Perciò tutti voi dovete essere rinchiusi nei campi di concentramento Covid per tre settimane (salvo ulteriori complicazioni) grazie alla politica zero-Covid del partito.

Il Dossier Wuhan

Chen Cao, l'ex ispettore capo del dipartimento di polizia di Shanghai e attuale direttore dell'ufficio per la Riforma del sistema giudiziario, era ancora in licenza di convalescenza.

Quel mattino si ritrovò bloccato su un vagone della metropolitana, fermo al buio.

Secondo l'annuncio trasmesso dall'altoparlante nello scompartimento, il convoglio semivuoto si era dovuto fermare per qualche motivo non meglio specificato, e lì sarebbe rimasto per un periodo di tempo indeterminato.

Dopodiché erano partite le note di *Il mio cuore cinese rosso*, una canzone patriottica che poco tempo prima un famoso attore di Hong Kong, apprezzato dai vertici politici, aveva cantato nel corso dal galà di capodanno trasmesso dalla China Central Television.

Tradizionalmente, in Cina i festeggiamenti per il capodanno duravano quindici giorni: dal primo giorno del primo mese lunare, o Festa di primavera, fino al quindicesimo giorno dello stesso mese, in cui si celebra la Festa delle lanterne. Era un periodo gioioso durante il quale amici e parenti si scambiavano regali e buste rosse, mangiando e bevendo a volontà e godendosi lo spettacolo della danza del leone e delle lanterne a forma di coniglio, circondati dallo scoppio di mortaretti beneaugurANTI.

Tuttavia, negli ultimi vent'anni i festeggiamenti si erano prolungati, arrivando a durare anche più di un mese, con la conseguenza che la metropolitana era sempre presa d'assalto.

Stavolta invece no, quel mattino il convoglio era praticamente vuoto. L'unica altra persona presente nello scompartimento era un'esile ragazzina seduta tutta sola sul lato opposto del corridoio, che indossava una mascherina patriottica con la bandiera cinese a cinque stelle, come in un manifesto di propaganda. Le sue dita scorrevano veloci sullo schermo del cellulare e ricordavano un uccellino affamato che d'inverno becchetta il terreno alla ricerca di cibo. Forse stava cercando notizie sugli ultimi sviluppi della pandemia che imperversava a Wuhan, e che ormai si stava diffondendo come un incendio boschivo incontrollato anche nelle altre città – compresa Shanghai.

Chen immaginava quali fossero i sottintesi di quell'annuncio diffuso sul treno...

Che ironica coincidenza, rifletté. Solo tre o quattro mesi prima l'avevano invitato a un convegno letterario a Wuhan, dove nel suo discorso di apertura aveva lodato l'importanza delle traduzioni della poesia cinese classica. L'incontro era stato organizzato dal suo amico Pang, il vicepresidente dell'Associazione scrittori di Wuhan.

Pur essendo un'antica città di grande importanza storica, celebrata nella poesia classica, prima d'allora Chen non l'aveva mai visitata. Per anni, il susseguirsi delle sue indagini l'aveva tenuto troppo impegnato. Perciò, quando Pang gli fece recapitare l'invito proprio alla fine del suo incarico di ispettore capo, ritenne necessario sfruttare l'occasione.

La visita fu memorabile, Pang lo portò in giro per tutta la città, rivelandosi un munifico anfitrione: la Torre della Gru Gialla, la Collina della Tartaruga e quella del Serpente, fino al Lago Orientale... Insomma, Chen poté ammirare tutte le attrazioni turistiche di Wuhan citate nella poesia classica cinese.

Inoltre Pang, sapendo benissimo che il futuro ex ispettore era anche un inguaribile buongustaio, aveva organizzato una serie di ricercati banchetti, tutti a carico della "collettività socialista". Per non parlare poi dei golosi spuntini ammanniti dai venditori ambulanti nella città vecchia...

Dopo l'improvviso *ding* di un messaggio ricevuto attraverso WeChat, Chen prese subito il cellulare dalla tasca.

Con sua grande sorpresa apparve sullo schermo l'immagine del galà di capodanno postata da un *netizen*, un termine coniato di recente e ormai molto diffuso, con un significato ben preciso: in Cina le persone non erano cittadini provvisti di diritti civili, soltanto nel cyberspazio potevano dire quello che volevano, ma a costo di correre grossi rischi personali, perché la sorveglianza della cyberpolizia era inflessibile.

Si trattava dello *screenshot* di un famoso attore di Hong Kong che cantava *Il mio cuore cinese rosso.* Indossava una giacca tradizionale T'ang di un rosso acceso e una camicia di seta immacolata, e assumendo una posa di *tai chi* osannava la felicità del popolo cinese, che viveva seguendo le regole e le disposizioni del grande e glorioso partito.

Sotto l'immagine, però, risaltavano un commento sarcastico – «Svergognato senz'anima» – e la citazione di una poesia appartenente alla dinastia T'ang:

Dimentiche dei torti
subiti da un paese smarrito,
le fanciulle ancora gorgheggiano
la decadente melodia trasportata dalle onde.

Il fiore del cortile sul retro

Ormai da un ventennio il Gran galà della Festa di primavera, a capodanno, era un imponente e imprescindibile evento della propaganda governativa, che veniva sponsorizzato dalla Cctv, la televisione di stato. Come sempre, anche la messa in onda di quest'anno era stata un'occasione per celebrare pubblicamente i grandi traguardi conseguiti dal Partito comunista cinese. Il mattino successivo, però, la città di Wuhan era stata dichiarata in stato di lockdown a seguito dell'epidemia di coronavirus.

Chen spense il telefono e ripassò mentalmente la lista delle faccende da sbrigare quel mattino: una capatina in Vicolo della Polvere Rossa, all'angolo tra via Fujian e via Jiujiang, poi la Libreria internazionale in via Fuzhou, vicino a via Shandong, e infine una visita a sua madre, che non vedeva da tanto tempo.

Siccome il virus mortale si era ormai diffuso ovunque nell'aria, i cittadini di Shanghai, come del resto quelli delle altre città, avevano ricevuto l'ordine di rimanere in casa il più possibile, anche se non si era arrivati agli impenetrabili e soffocanti divieti imposti a Wuhan – o perlomeno non ancora.

In realtà, l'uscita di quel mattino era la prima che Chen si concedeva fuori dal suo quartiere, da cui, dopo la fine della Festa delle lanterne, non si allontanava da due settimane. Ma non si trattava solo della sua licenza di convalescenza, o delle severe regole per il Covid. Ormai le alte sfere non lo ritenevano più affidabile, né lo consideravano politicamente qualificato per il suo nuovo incarico di direttore dell'ufficio per la Riforma del sistema giudiziario, che di fatto non gli consentiva di esercitare alcun potere. Chen era dunque costretto a mantenere un profilo basso...

Ancora non erano state fornite spiegazioni sull'improvviso blocco della metropolitana. Con un sospiro, Chen sfiorò lo schermo del cellulare, sul quale apparve la versione online del *Quotidiano di Wenhui*. Secondo l'organo di stampa ufficiale, in Cina la pandemia sembrava più o meno sotto controllo in virtù dei vantaggi offerti dalla guida del partito, che aveva messo in campo un potentissimo sistema di sorveglianza. L'editoriale non lesinava le descrizioni delle inimmaginabili sofferenze e dei lutti patiti dai paesi occidentali nella loro battaglia contro il virus mortale, battaglia che era comunque persa in partenza.

Chen sapeva che non era vero, ma cosa poteva fare? L'avevano già privato del suo incarico al dipartimento di polizia, e chissà cosa gli sarebbe capitato se avesse provato a mettersi di nuovo contro il partito.

Tuttavia, ad avere la peggio sarebbe stata la popolazione di Wuhan, e forse anche quella di Shanghai.

Gli tornò alla mente un breve messaggio ricevuto da Pang: sì, quel mattino Chen doveva fare anche un'altra cosa.

«L'inferno sta travolgendo la città vecchia» aveva scritto Pang. «La gente muore di fame. Wuhan non può essere rifornita di cibo. Tutti gli spostamenti sono stati bloccati. Di notte si possono sentire ovunque i cori angosciati delle persone che gridano: "Ci fanno morire di fame!"»

Ecco allora che la corsa all'accaparramento delle scorte era diventata l'imperativo del momento. Meglio essere previdente, non tanto per se stesso, quanto piuttosto per sua madre.

Il convoglio si rimise in marcia, anche se lo scompartimento era ancora avvolto dalle tenebre. Chen, però, quasi non ci fece caso, perso com'era nel turbine dei suoi pensieri.

Finalmente il pannello luminoso annunciò: FERMATA MERCATO DEL TEMPIO DEL DIO DELLA CITTÀ. Chen, che ormai era rimasto l'unico passeggero a bordo, si affrettò a scendere. La destinazione si trovava nei pressi di Vicolo della Polvere Rossa, che era una delle sue mete di quel giorno.

Chen si stava recando lì per una ragione ben precisa. Aveva letto che il vicolo, e con esso tutto l'isolato, sarebbe stato demolito perché la pianificazione urbanistica aveva imposto l'ennesima ondata di cambiamenti. Shanghai era una “metropoli magica” e la sua facciata grandiosa e sublime doveva essere non solo mantenuta, ma anche migliorata. Ormai Vicolo della Polvere Rossa era considerato un pugno in un occhio, doveva essere cancellato dalla mappa cittadina. Tuttavia, Chen voleva dargli ancora un'occhiata – l'ultima, forse.

Quando era giovane, quella stradina rivestiva per lui una grande importanza. Nel corso delle “conversazioni serali” all'ingresso del vicolo, Chen aveva imparato tantissime cose, che di fatto avevano giocato un ruolo fondamentale nella sua istruzione alternativa, ricevuta nel bel mezzo dei martellanti slogan della Rivoluzione culturale. A quell'epoca, tutte le scuole vennero chiuse per consentire agli studenti che appartenevano alle Guardie Rosse di «fare la rivoluzione per il presidente Mao». In seguito, proprio quel vicolo sarebbe diventato il palcoscenico della prima importante indagine nella sua carriera di poliziotto. Ma quelli erano gli anni Ottanta. Come passa il tempo...

Da lontano, il vicolo appariva desolatamente deserto, tranne che per le due sentinelle all'ingresso, che assomigliavano a due leoni accucciati. Indossavano mascherine nere e i loro giacconi di cotone imbottito, di uno spento color bigio, erano ricoperti da tute di plastica bianca. Chen in realtà non si aspettava di incontrare lì qualche conoscente, visto che la maggior parte dei vecchi abitanti si era già trasferita altrove.

Notò il gran numero di telecamere di sorveglianza. Sicuramente la loro presenza aveva reso impossibile la prosecuzione delle “conversazioni serali” tipiche dei vecchi tempi. Che peccato, pensò. All'epoca era un ragazzino ingenuo che, nelle sere d'estate, si sedeva mescolandosi agli altri abitanti, tutto intento ad ascoltare gli anziani che parlavano, scherzavano, condividevano storie e aneddoti che di certo non avrebbe mai potuto trovare nei libri di testo ufficiali. Ma quei tempi erano finiti da un pezzo.

In quel freddo mattino invernale, Chen poté constatare di persona che il vicolo in cui stava entrando era radicalmente diverso da quello dei suoi ricordi. Si calò il cappuccio sul viso come se fosse una maschera protettiva contro il vento gelido e forte, ma non riuscì a evitare di inzaccherarsi i pantaloni.

Davanti alle porte verniciate di nero delle *shikumen* erano allineate pile di scatoloni vuoti, pieni e mezzi pieni, sparsi per terra. Parecchi sembravano inzuppati d'acqua ed emanavano un odore pungente di decomposizione. Il vicolo sembrava quasi un campo di battaglia abbandonato.

Chen aveva sperato che il solo fatto di mettervi piede potesse miracolosamente rinvigorirlo, come in un lontano episodio della mitologia greca. Invece si sentì investire da un'ondata di disarmante malinconia.

Tanto tempo fa, Eraclito disse che non ci si può bagnare due volte nello stesso fiume. E nemmeno nello stesso vicolo, che d'altra parte sarebbe stato raso al suolo di lì a poco.

In giro non vedeva nessuno, ma non poté scrollarsi di dosso la sensazione di essere sorvegliato. *Il Grande Fratello vi guarda*. La storia ormai poteva ripresentarsi in modo totalmente ineluttabile, come se si fosse tornati alle predizioni di *1984*.

Negli ultimi due anni la Sicurezza interna aveva assiduamente sorvegliato Chen, caduto in disgrazia agli occhi di un regime sempre più autoritario. Sì, gli avevano affidato un incarico di prestigio, per quanto marginale, ma sapeva meglio di chiunque altro che non era il caso di mettersi ulteriormente nei guai.

Arrivato a metà circa del vicolo, non aveva ancora incrociato nessuno. Le porte nere delle *shikumen* erano tutte sprangate. Molte delle famiglie si erano ormai trasferite, ma sembrava che anche quelle rimaste fossero sul punto di andarsene di lì a poco.

Più di vent'anni trascorsi come un sogno.
Che sorpresa, per me, trovarmi ancora qui!

Dopo essersi inoltrato un altro po', Chen vide stupefatto un uomo balzar fuori come un gatto nero dagli scatoloni e dai sacchi di cianfrusaglie. Era Quattrocchi Zhang, che ai vecchi tempi faceva parte con lui di quella piccola platea che si riuniva ad ascoltare le "conversazioni serali".

«L'ispettore capo Chen?»

«Zhang!»

«Sei qui per una delle tue indagini?»

«No, però ho sentito che tutto questo è destinato a scomparire. Sai quanto mi mancano quelle chiacchierate serali? Forse abbiamo tutti e due un'età in cui è inevitabile essere nostalgici.»

«Tu potrai anche permetterti il lusso della nostalgia, caro ispettore capo Chen» disse Zhang, «ma noi no. Questo non è più il vicolo di una volta.»

«In che senso, scusa?»

«Per esempio, per quel che riguarda le conversazioni serali. Non è rimasto più niente, è scomparso tutto ancor prima che qui buttino giù ogni cosa. Avrai sentito la nuova parola, "psicoreato". Secondo la definizione ufficiale, tra i cosiddetti psicoreati figura anche il "parlare in modo irresponsabile riguardo alle decisioni prese dalla direzione del partito". Dal momento che soltanto il governo di Pechino si trova nella posizione di definire e determinare il significato di "parlare in modo irresponsabile", le nostre conversazioni serali sono diventate troppo rischiose, visto che il cielo si è riempito di tutte quelle malvagie telecamere di sorveglianza.»

«Che vergogna!» disse Chen. «Ancora ricordo i racconti istrionici ed emozionanti di Vecchia Radice. Forse è diventato troppo anziano per uscire di casa.»

«Eh, poveretto, se n'è andato. Circa due anni fa la Sicurezza interna l'ha invitato a bersi una tazza di tè insieme a loro. Anche questa è una nuova espressione in voga su internet... Significa che con la scusa del tè quelli vogliono darti un avvertimento. Dopodiché, se uno non si ravvede puoi benissimo immaginare come va a finire. A seguito di quell'incontro il vecchio è caduto in depressione e piano piano si è spento, proprio mentre due nuove telecamere di sorveglianza venivano installate sopra la sua porta.»

«Al giorno d'oggi non si è mai troppo prudenti» disse Chen, guardandosi nervosamente intorno.

«Quant'è vero. Era proprio quello che Vecchia Radice continuava a ripetere nei suoi ultimi giorni» convenne Zhang, che si inchinò profondamente come a una cerimonia buddhista in onore del defunto. Poi si voltò e si allontanò perché doveva sbrigare delle commissioni, o almeno così disse a Chen prima di andarsene.

L'ex ispettore capo riprese il suo cammino con passo pesante. Avvicinandosi all'uscita posteriore del vicolo notò un fatiscente salone per i massaggi ai piedi. Sulla porta dipinta di nero c'era un'insegna con scritto: CHIUSO. Quel salone, ricavato da una vecchia abitazione in stile *shikumen*, aveva qualcosa di familiare che però al momento gli sfuggiva.

Era lo stesso luogo in cui una sua insegnante delle scuole medie era finita nei guai perché dava lezioni private all'inizio della riforma cinese? Quella stessa professoressa che lui, all'epoca ispettore capo emergente, era riuscito ad aiutare? La memoria aveva sbiadito i dettagli di quanto era accaduto. Intanto, però, gli insegnanti privati erano stati di nuovo banditi in tutto il paese, proprio come durante la Rivoluzione culturale.

La primavera se n'è andata in fretta.
Per quanto ancora avrebbe potuto sopportare
il vento e la pioggia incessanti?

Un altro avviso, scritto in caratteri più minuti e affisso sul muro scolorito del salone, rappresentò per Chen un piccolo e algido conforto, seppur non privo di una certa ironia: CAUSA COVID, IL PROGETTO DI RIQUALIFICAZIONE URBANISTICA È STATO RINVIATO A DATA DA DESTINARSI.

Se non altro, Vicolo della Polvere Rossa poteva ancora sopravvivere, almeno per un po'.

Mentre oltrepassava l'uscita posteriore, Chen intravide sul lato opposto della strada, in via Ninghai, una donna che indossava un tailleur. Era sulla trentina, e stazionava di fronte all'ufficio del comitato di quartiere. Stava fumando una sigaretta e intanto lo fissava con espressione penetrante e preoccupata.

Anche via Ninghai, nei suoi ricordi d'infanzia un mercato all'aperto che si estendeva per tutta la lunghezza della strada, era radicalmente cambiata. I suoi chioschi di cemento grigio e sbreccato, che per una "città magica e ultramoderna" come Shanghai costituivano uno spettacolo inaccettabile, erano stati trasferiti in un casermone di via Zhejiang.

Quella donna, che tamburellava l'indice per scuotere la cenere dalla sigaretta, aveva qualcosa che lì per lì gli sfuggiva. Chen pensava di averla già vista da qualche parte, anche se era alquanto improbabile. Forse nel corso delle sue ultime indagini condotte lì quando era ispettore e si era fatto aiutare dal comitato di quartiere?

Il suo sguardo indugiò su un neo all'angolo sinistro della bocca della donna, e finalmente la riconobbe. Era un grosso neo, che aveva la medesima forma e dimensione di quello della sua defunta madre, la Vecchia Yan, che nel secolo scorso aveva ricoperto la carica di segretaria del partito nel comitato di quartiere. Così come era accaduto in un lontano passato, quella vista gli fece avvertire dei brividi lungo la schiena.

Lu, un suo vecchio compagno di scuola soprannominato in seguito il Cinese d'Oltremare, gli aveva raccontato che la Vecchia Yan aveva più volte capeggiato la squadra di propaganda del quartiere, aveva suonato i tamburi e i gong passando due o tre volte al giorno sotto la finestra della sua stanza e gridato a squarciagola gli slogan e le canzoni della Rivoluzione culturale.

«Lu, devi dare ascolto al presidente Mao, tu devi andare nelle campagne per essere rieducato dai contadini poveri della classe inferiore.»

Dopo una settimana di propaganda martellante, Lu aveva ceduto, finendo col trasferirsi in un misero villaggio nella provincia dell'Anhui. Per i giovani della sua generazione quello fu uno dei più disastrosi movimenti politici sorti all'ombra della Rivoluzione culturale.

Era forse possibile che la figlia avesse ereditato da Yan l'invidiabile carica di segretaria del partito?

I comitati di quartiere erano finanziati dal governo, i loro quadri erano considerati funzionari pubblici o impiegati statali il cui posto era intoccabile, senza contare il potere e i compensi sottobanco che ne derivavano, visto che per un motivo o per l'altro gli abitanti erano sempre costretti a gonfiare le loro tasche di buste rosse. Si diceva che da qualche anno i comitati di quartiere godessero di poteri ancora maggiori, perché venivano considerati "le orecchie, gli occhi e i nasi indispensabili" di un governo che aveva come priorità assoluta il mantenimento della stabilità politica. Insomma, in un certo senso erano delle vere e proprie telecamere di sorveglianza umane, perennemente a caccia di potenziali sobillatori. Anzi, erano più dinamici, più versatili, più politicamente corretti, erano in grado di prendere l'iniziativa nelle loro mani e di passare al setaccio tutte le zone lasciate scoperte dalle telecamere.

Il flusso dei pensieri di Chen si interruppe quando vide una donna dai capelli bianchi che trotterellava incontro a Yan, singhiozzando e farfugliando.

«Segretaria del partito Yan» disse l'anziana trafelata, stringendosi le mani raggrinzite come se si stesse inchinando al cospetto di una statua dorata del Buddha. «Soltanto lei può aiutarci con il trasferimento nel nuovo alloggio e con il risarcimento.»

Probabilmente si riferiva al programma di compensazioni previste per gli abitanti di Vicolo della Polvere Rossa, costretti a trasferirsi altrove.

Si domandò se quella sarebbe stata davvero la sua ultima visita al vicolo.

Uscito dalla viuzza, Chen svoltò a destra in via Fujian. Alzò gli occhi verso il cavalcavia in acciaio che attraversava via Yan'an e fece una smorfia. La vista non era delle migliori, ma probabilmente la passerella era necessaria per i pedoni che dovevano affrontare il traffico sempre più caotico della città. Tuttavia, l'idea di inerpicarsi su quei gradini ripidi e scivolosi non gli piaceva per niente.

Negli ultimi tempi, a salire e scendere le scale gli mancava sempre il fiato. Forse perché era da diverso tempo che non faceva più tanto moto. Oppure perché non era più tagliato per fare l'ispettore capo, ma del resto non era più un poliziotto. Era diventato vecchio? Forse le giovani sirene avevano smesso di cantare per lui...

Chen non aveva proprio voglia di riflettere ulteriormente sulla questione.

Il suo impegno successivo, quella mattina, era una visita alla Libreria internazionale in via Fuzhou alla ricerca di una serie di libri che gli servivano per alcune traduzioni. A piedi avrebbe impiegato una decina di minuti.

Voleva dedicarsi a quel progetto non tanto perché fosse convinto che per tradurre poesie fosse necessario essere poeti, ma perché gliel'aveva chiesto una casa editrice, che a sua volta aveva ricevuto una richiesta dall'Ufficio del turismo di Wuhan. Nel corso di un congresso nazionale, il capo supremo del partito aveva sollecitato scrittori e traduttori a raccontare al mondo le storie cinesi, così la traduzione in inglese della poesia cinese classica venne subito considerata una scelta politicamente corretta.

La casa editrice aveva promesso che a ognuna delle poesie della dinastia T'ang sarebbe stato abbinato un dipinto classico. Quella proposta l'aveva subito affascinato, e d'altra parte la critica letteraria aveva sempre sottolineato l'importanza fondamentale dell'influenza diretta e reciproca tra poesia e pittura. Considerato il buon successo della novella del *Giudice Dee* pubblicata a puntate sul *Quotidiano di Wenhui*, l'editore gli aveva offerto un anticipo consistente.

Chen riteneva che quel progetto potesse essere importante anche per altre due ragioni. Tanto per cominciare, avrebbe potuto rafforzare l'impressione che l'ex ispettore capo avesse seriamente pensato di cambiare carriera, abbandonando l'idea di poter fare la differenza all'interno del sistema. Inoltre, nel frattempo, gli erano stati tolti parecchi dei privilegi normalmente concessi a un funzionario come lui, visto che ormai non era più un uomo del partito all'interno del dipartimento di polizia. Perciò, i corrispettivi dei diritti d'autore gli avrebbero fatto comodo. Oltretutto, negli ultimi tempi aveva anche assunto una domestica per sua madre.

Dopo aver attraversato via Yan'an e oltrepassato via Guangdong, Chen svoltò a destra in via Fuzhou, che gli apparve stranamente deserta. Un verso riecheggiò nella sua mente, gelido messaggero di neve: *Ch'io non avrei mai creduto che morte tanta n'avesse disfatta.* A Shanghai la pandemia era appena iniziata, ma nessuno poteva dire quanto sarebbe durata.

Arrivato all'incrocio passò vicino al Wu Palace Hotel. Era un vecchio albergo sulla cui imponente facciata campeggiava un grande cartello con sopra scritto: CHIUSO. Il

Covid si stava diffondendo così in fretta? Diversi hotel di Wuhan erano stati convertiti in strutture di quarantena. Una fitta di panico lo attanagliò.

Shanghai però non era ancora blindata come Wuhan. Vide con sua grande sorpresa una fila interminabile di auto di lusso parcheggiate lungo il marciapiede davanti all'hotel. Non riusciva proprio a capire il motivo per cui certi ricconi scegliessero un albergo di seconda categoria come quello. Mezzo isolato più avanti, sullo stesso lato dell'hotel, intravide una libreria cinese specializzata in classici.

All'improvviso passò sfrecciando un gran numero di ambulanze a sirene spiegate, rendendo difficile attraversare la strada per raggiungere la Libreria internazionale. L'ingorgo peggiorò con l'approssimarsi di via Shandong. A quel punto, Chen pensò di andare prima a sfogliare un po' di volumi di poesia cinese annotata.

Uscendo con in mano un paio di libri, sobbalzò di nuovo a causa dell'urlo dell'ennesima sirena lampeggiante. Erano due ambulanze, anzi tre, in rapidissima successione, seguite a distanza ravvicinata da parecchie auto. Si domandò se tutti quei veicoli fossero diretti così precipitosamente all'Ospedale Renji a causa della pandemia. Il Renji era una delle migliori strutture di Shanghai, una famosa clinica nel centro della città che poteva vantare medici esperti e apparecchiature all'avanguardia, e che per questo era affollata di persone che arrivavano da ogni dove.

Per un po', Chen rimase in attesa sul ciglio del marciapiede, ma non c'era verso di attraversare via Fuzhou e raggiungere la Libreria internazionale. Qualche istante dopo passò sfrecciando un'auto della polizia, che fece nuovamente piombare il traffico nel caos.

Chen decise allora di iniziare con qualche compera su quel lato di via Fuzhou. In particolare, i deliziosi spuntini tradizionali venduti dal Padiglione del Fiore di Albicocco. Era il ristorante preferito di sua madre e si trovava lì vicino, in direzione est. Il primo piano era rinomato per le focaccine con il maiale alla brace e i ravioli freschi ripieni di gamberetti e maiale tritati, da cucinare poi in casa. Chen si unì alla fila dei clienti in attesa davanti all'ingresso del locale.

Dopo un po' ne uscì con due sacchetti di plastica pieni di gustose specialità: tre porzioni di focaccine con il maiale alla brace, cinque porzioni di ravioli freschi e anche una confezione di costosi nidi di rondine, che si diceva fossero un valido coadiuvante per il sistema immunitario delle persone anziane.

Intanto, il caos stradale non era certo diminuito, anzi. All'angolo tra via Shandong e via Fuzhou un'ambulanza proveniente da ovest e un'altra che arrivava da nord finirono imbottigliate in un terribile ingorgo davanti all'ingresso del Renji.

Se non ci fosse stato l'ospedale, quella zona sarebbe rimasta un angolo dimenticato della città, considerata la velocità sconsiderata con cui la metropoli si stava espandendo. Perciò via Shandong dava l'impressione di essere ancora più angusta, intasata com'era di ambulanti, bancarelle e chioschi che vendevano paccottiglia allineati su entrambi i lati della strada.

All'improvviso, Chen venne colto da un violento accesso di tosse.

Era colpa dei rabbiosi fumi di scarico delle auto? Oppure non era più in salute? O forse in quei giorni lo spettro del Covid lo stava rendendo particolarmente nervoso? O ancora...

Qualunque fosse la ragione, decise su due piedi di posticipare la visita a sua madre. Con l'arrivo del nuovo anno si era messa in quarantena per via di una febbriciattola e gli aveva imposto di non andarla a trovare a casa sua. Fortunatamente si era trattato di un falso allarme, ma era pur sempre un soggetto vulnerabile.

Preoccupato per quell'accesso di tosse, Chen si infilò

un'altra mascherina e si affrettò a fermare un taxi per tornare a casa.

Rientrò nel suo appartamento in preda a un'inspiegabile sensazione di stanchezza. Si buttò sul letto senza neppure togliersi i vestiti e cominciò a fissare gli strani ghirigori che si formavano sul soffitto. Piano piano scivolò nel sonno e sognò di essersi smarrito in un bosco, di notte, circondato da una miriade di foglie e ramoscelli tremolanti che incombevano su di lui come se lo stessero sorvegliando...

Chen venne svegliato di soprassalto.

«Non uscite di casa a meno che non sia strettamente necessario.» La voce fuoriusciva a tutto volume da un altoparlante azionato da una pattuglia di quartiere che stava passando sotto la sua finestra. «Le nostre telecamere di sorveglianza sono sempre in funzione e registrano a ogni ora.»

La squadra si aggirava ovunque, incessantemente, più vigile del Grande Fratello di *1984*.

«Restate in casa. Praticate il distanziamento sociale. Indossate la mascherina ovunque andiate. Siamo fermamente determinati a vincere la battaglia contro il coronavirus sotto l'egida del grande e glorioso Partito comunista cinese.»

Una scena angosciosamente simile a quelle già viste durante la Rivoluzione culturale, con l'unica differenza che all'epoca la squadra era composta da sette o otto attivisti del quartiere che martellavano i gong e i tamburi sotto un enorme ritratto di cartone di Mao.

Mentre si strofinava gli occhi ancora disorientato, Chen ricevette una telefonata, che si annunciò trillando rumorosamente come un grillo resuscitato in pieno inverno. Prese il cellulare, sul cui schermo apparve un numero sconosciuto. Una voce femminile disse: «Parlo con il signor Chen Cao?»

Quel "signor Chen Cao" suonava vagamente minaccioso. Nel linguaggio politico contemporaneo la parola "signore" veniva usata esclusivamente per una persona che le autorità del partito non consideravano "una di loro".

D'altra parte, Chen non lo era proprio, uno di loro, e anzi veniva ritenuto un potenziale dissidente e delinquente, sotto stretto controllo del sistema di sorveglianza del partito.

«Sì, sono Chen Cao. Che succede?»

«Stamattina lei è stato ripreso all'incrocio tra via Fuzhou e via Shandong.»

«Cosa?»

Chen sapeva di essere pedinato, dal momento che aveva infastidito qualcuno della Città Proibita che non avrebbe dovuto infastidire. Ma perché quell'improvvisa e misteriosa telefonata in cui volevano avere conferma dei suoi spostamenti di quel giorno?

«Signor Chen, lei deve sottoporsi a un test per il Covid. Stamattina all'ospedale circolavano moltissimi potenziali positivi.»

«Un test per il Covid?»

Chen era esterrefatto. Qualche telecamera di sorveglianza doveva averlo ripreso in quel punto vicino all'ospedale, nonostante il viavai frenetico di ambulanze. Quindi non dovevano aver filmato soltanto lui, ma tutti i pedoni di passaggio nella zona in quel momento.

«E perché? Io non ho avuto contatti con altre persone.»

«Signor Chen, non faccia tutte queste domande. È una richiesta in conformità con la politica zero-Covid del partito.»

Continuava a non capire come fossero riusciti a tracciarlo così in fretta. *Loro* pensavano che avesse preso il Covid? E come avevano fatto? Comunque evitò di sollevare la questione. Era superfluo. Sapeva troppe poche cose sulla tecnologia avanzata in uso in quel "mondo nuovo" huxleyano.

Il sistema di sorveglianza per contenere il diffondersi del Covid era certamente rigido ma anche necessario, da un certo punto di vista. Tuttavia, Chen non poté scrollarsi di dosso la sensazione di essere come un topo nudo che zampetta frenetico dentro una gigantesca gabbia di vetro, sotto la costante presenza di una lente d'ingrandimento.

Storicamente, quella cinese era da parecchio tempo una società basata sulla sorveglianza. Tanto più adesso che il regime si era trovato tra le mani una scusa utile per esercitare il suo potere pedinando, tracciando e sorvegliando le persone in qualsiasi momento, ovunque. Aveva colto al volo l'opportunità della pandemia per giustificare il pugno di ferro del suo autoritarismo, e per ostentare e glorificare i vantaggi della superiorità del socialismo cinese grazie ai primi, impercettibili segni di miglioramento riscontrati nella gestione della pandemia a Wuhan.

«Va bene, domani andrò all'ospedale per sottopormi al test» disse meccanicamente al telefono.

Si preparò una tazza di caffè nero, assorto nei suoi pensieri. Molte delle pratiche adottate dal partito erano totalmente inconcepibili, perfino in *1984* di Orwell.

Ma lui cosa poteva farci?

Chen scrollò la testa meditabondo, e mentre sorseggiava il suo caffè il cellulare trillò di nuovo. Sullo schermo apparve un altro numero sconosciuto. Rispose.

«Va bene questo telefono? Ho appena comprato una nuova sim card e ho provato a chiamarti per fare due chiacchiere. Richiamami a questo numero per vedere se funziona. Sai com'è, nella Wuhan di oggi nessuna nuova è una buona nuova...» E riattaccarono.

Era il suo amico Pang di Wuhan. Chen aveva riconosciuto la voce.

Come recita un antico proverbio cinese, «per fare una storia ci vuole una coincidenza». Quel mattino, seduto sul vagone della metropolitana, aveva proprio pensato a Pang e alla sua gita a Wuhan per il convegno di letteratura. Chen immaginò che, se veramente non ci fossero state novità, Pang non l'avrebbe certo chiamato.

Probabilmente quella telefonata era un segnale, un invito a richiamarlo a quel nuovo numero per questioni di riserbo. Dunque, anche Chen avrebbe dovuto usare un telefono registrato a nome di qualcun altro, perciò prese il cellulare verde scuro che usava per le comunicazioni confidenziali, quello riservato alla sua ristretta cerchia di amici fidati. L'apparecchio conteneva una nuova sim card procuratagli di recente da Peiqin, la moglie dell'ispettore Yu, il suo storico collega del dipartimento di polizia di Shanghai.

La politica governativa imponeva alle persone di acquistare le sim card esclusivamente a proprio nome, presentando un documento di identità che veniva controllato e ricontrollato. Questo significava che l'autore di una telefonata poteva essere facilmente tracciato, oltre che sorvegliato. La stessa cosa valeva per i post e i commenti online. Figuriamoci, poi, per i nomi politicamente sensibili che si trovavano sulla lista nera del partito. Chen era sicuro di esserci anche lui, su quella lista. Il cappio della sorveglianza e della repressione governativa si stava stringendo sempre di più, e non poteva certo permettersi di sottovalutare i guai che potevano derivare da una telefonata. Perciò, fischiettando come una persona che ha smarrito la strada in una foresta buia, Chen compose un numero utilizzando il suo cellulare verde.

Pang rispose al primo squillo, e come sempre andò subito dritto al punto.

«A Wuhan le cose sono ben più terribili di come vengono descritte sui giornali ufficiali. Da settimane siamo tutti rinchiusi nei nostri quartieri. Nessuno può venirci a trovare, e noi non possiamo uscire. Una volta alla settimana un unico rappresentante di ciascuna famiglia ha il permesso di raggiungere un luogo prestabilito all'interno del quartiere, dove può acquistare cibo e provviste in quantità molto limitate, e a prezzi esorbitanti.»

«Sì, anche noi ci troviamo in una specie di lockdown» ribatté Chen, «ma almeno posso ancora uscire dal mio quartiere, che in ogni caso è pieno di telecamere. Ma la situazione lì a Wuhan è ben peggiore di quella a Shanghai.»

«Se in un palazzo ci sono dei possibili positivi al Covid o sono avvenuti dei contatti ravvicinati, a molte famiglie inchiodano le porte di casa per confinarle all'interno. È un avviso ufficiale, non c'è via di fuga. Adesso le autorità stanno disperatamente cercando di contenere a tutti i costi il diffondersi del virus, ma avrebbero dovuto informare la gente della sua pericolosità molto prima. Invece hanno tentato in tutti i modi di coprire i fatti. Per giorni, il quotidiano ufficiale ha continuato a scrivere che il virus era sotto controllo, e che non poteva essere trasmesso da umano a umano. Perché? Per salvare l'apparenza della stabilità sociale.»

Chen sapeva che era tipico di Pang lasciarsi andare e inondarlo di parole, ma questa volta, nella narrazione convulsa dell'amico, avvertì un tono diverso, disperato.

«Questo isolamento forzato sta facendo uscire di senno le persone. All'inizio la quarantena e il lockdown potevano anche essere necessari, ma perché si continua, adesso che le morti causate dai danni collaterali superano quelle causate dal virus?

«Una mia vicina che si chiamava Zhang lavorava al mercato degli animali qui a Wuhan, molto vicino al laboratorio di virologia, ed è stata una delle vittime senza nome della prima ondata della pandemia. Non è mai stata ricoverata in nessun ospedale ed è morta senza essere stata adeguatamente visitata, senza una diagnosi né tantomeno una cura. A cadavere ancora caldo il governo ha cominciato a fare pressioni sui media affinché cantassero le lodi dei successi ottenuti grazie alla sua politica zero-Covid.

«All'inizio mi sono ritrovato nei guai, perché ho condiviso un post nel quale veniva sollevato il problema della vicinanza del laboratorio al mercato dove si è registrato il primo caso di Covid a Wuhan. In quel post si esortava il governo a esplorare la possibile correlazione tra i due fatti. Potrai facilmente immaginare cosa può aver significato un messaggio del genere per le autorità.

«I guai sono aumentati nel momento in cui ho dato il mio sostegno al dottor Wen. Essendo io uno scrittore che è anche iscritto al partito, dovrei sempre parlare in sintonia con le autorità. Però, invece di scrivere qualcosa in linea con la propaganda ufficiale, ho messo un *like* a un coraggioso post del dottor Wen. Il mattino successivo, il segretario dell'Associazione scrittori di Wuhan mi ha invitato nel suo ufficio per bere insieme una tazza di tè. Tieni presente che il post non era neanche mio! E sai benissimo cosa significa una tazza di tè nella Cina di oggi, vero?»

«Certo che lo so» disse Chen.

«Ma per tornare al dottor Wen... è un uomo di trent'anni che lavora all'Ospedale centrale di Wuhan, ed è un *netizen* a cui piace postare cose umoristiche e anche autoironiche. All'inizio dell'anno ha inviato un messaggio al suo gruppo di amici di WeChat: "Diversi pazienti apparentemente infettati da un virus simile a quello della Sars sono stati ricoverati in ospedale. Molto contagiosi. Fate attenzione e mantenete il distanziamento sociale."

«Il messaggio è stato diffuso tra i suoi amici, uno dei quali a sua volta ha scattato uno *screenshot* e l'ha pubblicato su WeChat per i propri amici. La cyberpolizia ha impiegato un'ora per risalire al dottor Wen. Per ironia della sorte, la data del post su WeChat ha coinciso con l'apertura dei lavori della conferenza del Congresso del popolo di Wuhan, perciò le notizie di un'epidemia causata da un virus sospetto avrebbero gettato nel panico la popolazione. Cioè avrebbero compromesso la stabilità politica del regime.

Dunque il dottor Wen è stato subito convocato dal dipartimento di polizia di Wuhan, dove è stato aspramente redarguito e costretto a firmare una confessione nella quale dichiarava di pentirsi nel più profondo del suo cuore per aver propalato online informazioni non veritiere, e si impegnava a non commettere mai più il medesimo errore. Era sconvolto, umiliato, ma sapeva che ne sarebbe uscito soltanto firmando il documento in cui veniva esplicitata la sua colpa. Ha pensato ai tantissimi pazienti che lo stavano aspettando all'ospedale e così ha firmato la dichiarazione, ben sapendo che avrebbe rappresentato un'indelebile macchia nera sul suo stato di servizio.

«Dopodiché i *netizens* hanno cominciato a spargere sul web la voce che anche il dottor Wen si era infettato all'ospedale, dove aveva carichi di lavoro troppo pesanti e aveva subito danni al sistema immunitario...» disse Pang concludendo la storia del medico.

«Ma che vergogna!»

«Quello che è accaduto mi ha fatto arrabbiare tantissimo. Così ho cominciato a lavorare a una serie di post su WeChat che parlano di quanto sta avvenendo a Wuhan. È soltanto una sequenza di istantanee sulle sofferenze patite dalla popolazione. Io non sono all'altezza di scrivere su questa tragedia da una prospettiva onnisciente, ma avendo vissuto a Wuhan di fatto recluso in casa posso comunque fornire una testimonianza diretta sui catastrofici danni collaterali, utilizzando fonti di prima mano e le mie esperienze personali.

«Ho iniziato con un pezzo su Fang, il mio vicino di casa. Una storia vera al cento per cento. Lui era uno sceneggiatore di successo, poi suo padre si è ammalato, colpito da una tosse persistente e da una febbre altissima. Tuttavia, il vecchio è stato respinto dall'ospedale, perché nelle ventiquattr'ore precedenti non si era sottoposto a un tampone, requisito obbligatorio per la politica zero-Covid imposta dal partito. Perciò l'hanno rispedito a casa dicendogli di assumere dei comuni antipiretici, ma ben presto ha contagiato anche la moglie.

«Mentre i due vecchi stavano morendo, anche Fang ha cominciato a manifestare sintomi simili. Ed esattamente come i genitori non è stato ammesso all'ospedale. La moglie, incinta, era fuori casa perché doveva partecipare a una riunione, e lui non ha potuto fare altro che proibirle di tornare. I genitori sono morti nel freddo della notte, Fang si è reso conto che ben presto il sipario sarebbe calato anche su di lui, perciò ha scritto una sorta di breve sceneggiatura nella quale ha raccontato la tragedia della sua famiglia prima di esalare l'ultimo respiro...»

«Questo lavoro di raccolta dei dati desunti dalla vita reale è davvero importante» disse Chen. «Prima o poi la pandemia finirà, ma le sofferenze della gente non dovrebbero mai essere dimenticate.»

«Peccato che il governo e certi suoi "giornalisti" prezzolati siano totalmente furibondi per i miei post: mi stanno minacciando e attaccando come cani rabbiosi, mi accusano di gettare fango sull'immagine impeccabile della dirigenza del partito che sta fronteggiando l'ondata di Covid e di scrivere cose piene di energia negativa.»

Pang aveva ragione. "Energia negativa" era un'altra espressione di nuovo conio che si era rapidamente diffusa nel discorso politico cinese. Secondo il *Quotidiano del popolo*, tutto ciò che viene detto o scritto porta con sé una sorta di energia. Qualunque cosa possa cantare le lodi del partito, o contribuisca alla stabilità politica sotto la sua egida, viene definita positiva. Altrimenti è negativa.

In altre parole, è negativo *qualunque* tipo di scritto che possa riguardare il rovescio della medaglia della società cinese. E un articolo sulla gente che soffre per l'epidemia di Covid a Wuhan rientrerebbe di certo in questa categoria...

«Mi dispiace sapere che ti stanno attaccando in questo modo, Pang» disse Chen.

«Non è nulla. Però, se solo...» ribatté Pang esitando. Alla fine disse: «Se solo i miei pezzi potessero raggiungere un maggior numero di persone...»

«Perciò si tratta di quello che hai visto, sentito e fatto nel tuo quartiere? Una specie di diario sulla vita a Wuhan ai tempi del Covid?»

«Non soltanto nel mio quartiere, e poi non sarebbe un diario personale vero e proprio. In ogni caso ho pubblicato online parecchi articoli del genere, ma la maggior parte è stata bloccata immediatamente. Avrei dovuto saperlo che qui da noi non saranno mai diffusi. A meno che non siano scritti in un'altra lingua, per esempio in inglese o in italiano...»

Poteva essere un suggerimento indirizzato proprio a Chen? Le sue traduzioni inglesi di poesia erano pubblicate al di fuori della Cina, e Pang lo sapeva fin troppo bene.

«È una cosa orribile!» disse l'ex ispettore capo, che invece di approfondire la questione cambiò argomento. Era già stato selvaggiamente azzannato da un serpente, adesso temeva che ce ne fosse un altro nascosto e pronto a tendergli un agguato. «Pang, se c'è qualcosa che posso fare per te, non esitare a dirmelo. Ti faccio spedire delle mascherine e dei guanti sterili. Dovrei averne ancora, a casa.»

«Il governo avrebbe dovuto dire la verità alla popolazione molto tempo fa» proseguì Pang, che parve sorvolare sull'offerta di Chen. «Ma la facciata di una Cina in cui tutto va bene dev'essere mantenuta ad ogni costo. Scusami, Chen, devo prendere un'altra chiamata. Ti manderò qualcuno dei miei post, che fanno parte di una cosa che provvisoriamente ho intitolato *Il dossier Wuhan*.»

Dopo aver concluso la telefonata, Chen rimase in piedi vicino alla finestra. Prese distrattamente una sigaretta, ma la rinfilò nel pacchetto senza accenderla. La sirena di un'altra ambulanza squarciò lontana il cielo fosco. Era preoccupato per Pang, e non poté fare a meno di rievocare alcuni momenti della sua visita a Wuhan di appena due mesi prima, dettagli che erano ancora vividi nella sua mente.

Nel corso della storia, Wuhan era stata una città di grande rilevanza politica e culturale, già nel periodo dei Tre Regni nel Primo secolo, e ben prima che di Shanghai si cominciasse a fare anche solo menzione nei libri. Tuttavia, per Chen l'aspetto più affascinante di Wuhan era l'importanza rivestita dalla città nella poesia cinese classica, nella quale veniva spesso citata. Questa era stata la ragione principale per cui, quando Pang l'aveva invitato al convegno di letteratura, non si era lasciato sfuggire l'occasione.

Aveva conosciuto Pang, diventandone amico, nel corso di alcuni incontri organizzati tempo prima dall'Associazione scrittori cinese. Particolarmente memorabile era stato un convegno del Pen durato cinque giorni che ebbe luogo al Lago delle Mille Isole. Per gli autori di Shanghai e di Wuhan, patrocinati dall'Associazione, era stata una vera e propria vacanza tutto compreso. I due avevano soggiornato nello stesso hotel nei pressi del grande bacino, trascorrendo il tempo a scrivere, a condividere opinioni e a discutere delle loro poesie e delle loro storie.

Durante una cena in albergo, Chen si era vivamente complimentato per la zuppa di teste di pesce, la specialità locale che avevano appena mangiato, ma Pang aveva sostenuto che il gusto del persico di Wuchang, pescato a Wuhan nello Yangtze, era di gran lunga migliore.

«Una volta, il presidente Mao dedicò un verso di una sua poesia proprio a quel pesce: "Ho appena bevuto l'acqua dello Yangtze, e adesso sto gustando il persico di Wuchang." Chen, guarda che è incredibilmente delizioso. Un buongustaio degno di questo nome non può non assaggiarlo.»

«Be', durante il periodo dei Tre Regni un detto popolare diceva: "Preferiamo bere l'acqua dello Yangtze, mentre il persico di Wuchang non ci piace proprio." Questo perché l'imperatore Wu intendeva trasferirsi nella nuova capitale di Wuhan, decisione che era invisa al popolo. Mao scrisse la sua poesia per accreditarsi come un imperatore più grande di Wu.»

«Detto questo» aveva ribattuto Pang, «il persico di Wuchang è *veramente* favoloso. Per un inguaribile buongustaio come te non è necessario essere come Mao, però senz'altro apprezzerai il pesce.» E aveva aggiunto, con un sorriso smagliante: «Un giorno dovrai proprio venire a Wuhan.»

Chen ricordava bene quella conversazione, più che altro, forse, per via della stoccata sarcastica di Pang nei confronti di Mao. Dopo la sua morte, il Grande Timoniere era rimasto un intoccabile perché era stato il fondatore del Partito comunista cinese. Anche Pang, come Chen, era un diverso all'interno del sistema monopartitico.

Evidentemente, lo stesso Pang si era ricordato di quella conversazione in riva al lago, e in seguito aveva invitato Chen al convegno di letteratura di Wuhan, pur avendo forse sentito parlare dei suoi problemi a Shanghai. Durante il simposio, sostenuto e finanziato dalle autorità del partito, si era dibattuto sul modo di raccontare la storia della Cina al mondo. Tutto ciò che poteva essere collegato a quel tema era considerato politicamente corretto e pertanto, alla luce della pubblicazione delle sue traduzioni di poesia cinese classica, Chen era stato ritenuto il candidato ideale.

Pang si era rivelato un padrone di casa garbato e premuroso. Grazie alle generose risorse stanziate per un "grande evento propagandistico" come quello, Chen aveva avuto l'occasione di visitare le attrazioni turistiche di Wuhan, compresa la famosa Torre della Gru Gialla. Nella sua conferenza, aveva parlato delle sensazioni suscitate in lui da quel celebre monumento, e aveva comparato la versione di Ezra Pound della poesia di Li Po sulla torre a quella realizzata da uno studioso cinese. L'intervento di Chen era stato molto apprezzato in quanto politicamente corretto in termini di "fiducia culturale", oltre che lodato sul giornale di Wuhan.

Pang non aveva neppure dimenticato che Chen era un amante della buona cucina, quindi l'aveva portato in una serie di ristoranti. Gli avevano servito piatti di gamberi d'acqua dolce piccanti e di granchi cotti al vapore, perciò si era dovuto infilare dei guanti usa e getta per rompere i carapaci; il tofu puzzolente era stato talmente forte e piccante da costringerlo a bere continuamente acqua fredda; la pelle di tofu farcita con i tre tesori gli si era sciolta in bocca come un sogno coloratissimo; e i tagliolini speciali di Wuhan asciutti e bollenti, conditi con l'"olio della ricetta segreta" a base di burro di sesamo, noccioline e fette di cetriolo, erano stati veramente appetitosi, tant'è che Chen avrebbe voluto divorare soltanto quelli per tutta la giornata. Pang aveva organizzato per l'occasione anche una crociera lungo il fiume, durante la quale tutti i relatori avevano potuto ammirare i magnifici panorami su entrambe le rive, oltre che, naturalmente, mangiare piatti colmi di persici di Wuchang fritti.

Dal convegno era anche scaturito il progetto di traduzione, a sua volta generosamente finanziato dall'Ufficio del turismo di Wuhan. Un gran numero di poesie cinesi classiche descrivevano le attrazioni turistiche della città, perciò l'ente aveva pensato che un'accurata traduzione in inglese di quelle liriche avrebbe potuto svolgere la funzione di guida turistica internazionale alla cultura e alla storia della città. Pang aveva fatto tutto il possibile perché la traduzione venisse assegnata a Chen, anche perché un progetto simile, che aveva ricevuto l'approvazione delle autorità ed era considerato un efficace strumento propagandistico, poteva fruttare dei diritti d'autore quattro o cinque volte più alti rispetto al consueto.

I pensieri di Chen tornarono al *Dossier Wuhan* di cui aveva appena parlato con Pang.

In Cina la vita reale poteva essere più strana di quella raccontata in un romanzo. E anche più tragica, oltre che soggetta a cambiamenti ancor più repentini. La mossa del partito di insabbiare i problemi causati dal Covid per mantenere la stabilità sociale, provvedimento che a sua volta poteva aver provocato una disastrosa pandemia mondiale, era qualcosa di sconvolgente.

Ma pur essendo presentata come opera di finzione, una cosa come *Il dossier Wuhan* non aveva possibilità di essere pubblicata in Cina. Soltanto a causa dei suoi post su WeChat, Pang subiva già pesanti pressioni governative. Per il governo di Pechino, quanto accaduto a Wuhan e nelle altre città doveva essere rappresentato come un'eroica e patriottica battaglia contro il Covid, sotto l'egida del grande e glorioso Partito comunista cinese, che non poteva sbagliare: la propaganda governativa rappresentava la sola e unica verità.

L'ex ispettore capo si avvicinò alla finestra e credette di sentire la sirena di un'altra ambulanza che squarciava il sudario di un cielo tetro. Non era come quelle che aveva visto in precedenza.

Si preparò una tazza di caffè e sprofondò nella poltrona, dove cominciò a leggere le ultime notizie sulla situazione a Wuhan.

Quante altre città avrebbero fatto la fine di Wuhan, rivelandosi impotenti di fronte al Covid? Forse perfino Shanghai?

Dopo la telefonata con Pang, a lungo Chen non riuscì a scrollarsi di dosso l'enorme apprensione che lo stava opprimendo. Apprensione che, immaginò, stava attanagliando anche molte altre persone.

Era l'epoca di WeChat, ma ciò che stava accadendo a Wuhan riusciva solo parzialmente a filtrare attraverso una serie sparuta di post, a dispetto di una cyberpolizia impegnata in una frenetica attività di blocco e di cancellazione.

All'improvviso, l'aria nella stanza si fece soffocante. Chen si alzò per andare alla finestra e pulì il vetro appannato con la manica della camicia. Le ultime foglie attaccate agli alberi del quartiere sembravano tutte tremolanti, cadevano come dopo aver esalato un sospiro.

Quando parecchi anni prima era scoppiata l'epidemia di Sars, gli eventi avevano seguito il medesimo corso, perché anche allora il governo aveva insabbiato i fatti per salvare la propria immagine. Adesso le autorità avevano di nuovo insabbiato, occultato e nascosto i problemi fino all'ultimo, ma ormai era troppo tardi...

Un'occhiata all'orologio gli fece capire che era arrivata l'ora di pranzo. Siccome aveva saltato la colazione, Chen pensò di uscire per mangiare qualcosa in un chiosco giù in strada, ma ricordandosi l'attacco di tosse che lo aveva colto in precedenza, quando si trovava dalle parti dell'Ospedale Renji, e poi anche la misteriosa telefonata arrivata subito dopo con la richiesta di sottoporsi al tampone, decise di lasciar perdere.

Guardò nuovamente al di là della finestra, ma non vide nessuno entrare o uscire dal cancello sorvegliato del suo rione. Le regole e le norme del partito potevano essere particolarmente efficaci, nel momento in cui si trattava di difendere i propri interessi più vitali.

Qualche fiocco di neve lanuginoso cominciò a svolazzare sospinto dal vento freddo e rimase attaccato al terreno. Poi Chen notò un puntolino che brillava sulla finestra. Era un moscone blu che ronzava sopra l'angolo superiore del pannello di vetro. Ogni volta che lui sollevava il braccio, l'insetto si allontanava ronzando, per poi tornare al medesimo punto, inspiegabilmente, come un verso che gli era tornato in mente ossessivo:

Bisogna essere un pupazzo di neve
per rimanere sotto la neve, ad ascoltare

lo stesso funereo messaggio
del vento che ulula, senza tremare...

Per la città di Shanghai lo spettacolo della neve era qualcosa di raro.

Subito dopo, con sua grande sorpresa, Chen vide apparire una ragazza giovane e snella che si dirigeva con passo leggero verso casa sua, come se fosse sbucata fuori da quel murale della stazione della metropolitana di Pechino che un tempo gli era così familiare: la ragazza uigura che teneva tra le braccia nude dei grossi grappoli d'uva, con i capelli umidi e profumati, illuminata come l'estate da lacrime riconoscenti.

Tuttavia, l'immagine risaliva a tanti anni prima, alla sua giovinezza a Pechino. Quel fugace abbaglio l'aveva confuso, avvolgendolo in un'ineffabile sensazione di *déjà-vu*.

Adesso la ragazza si stava avvicinando al cancello del suo rione. Parlò con le guardie e mostrò loro un foglio di carta, sicuramente un qualche documento. Poi una discussione, o un litigio, ma alla fine la lasciarono passare.

Finalmente la riconobbe.

Sì, era Jin, la sua segretaria all'ufficio per la Riforma del sistema giudiziario dell'amministrazione municipale di Shanghai.

Per un amico è difficile arrivare tra il vento e la neve.

Era un verso di una poesia che aveva scritto lui?

E poi un altro verso: *È molto difficile ripagare il favore di una bella donna.*

Questo però non l'aveva scritto lui, ne era sicuro.

Come mai era venuta proprio oggi? E perché? Chen provò a rimettere in ordine la sua scrivania.

La ragazza bussò adagio alla porta.

Chen si affrettò per andare ad aprire. La vide là sorridente, con una borsa di plastica in mano e sulle spalle un grosso zainetto chiazzato di neve leggera. Dietro di lei, una scia di luce si riversava dentro l'appartamento.

«Per terra è bagnato, e mi sono inzuppata anche le scarpe. Meglio che me le tolga e mi infili delle pantofole» disse. Dopodiché si sfilò le *sneakers* e i calzini bianchi. Prese un paio di ciabattine di plastica dalla scarpiera, come se fosse appena tornata a casa propria, poi estrasse dal sacchetto un contenitore di polistirolo.

«Le ho preso le ultime due porzioni di minifocaccine fritte al negozio all'angolo, il suo preferito del rione. Direttore Chen, stia attento perché sono ancora bollenti. È a dir poco un miracolo se oggi il locale è ancora aperto. Con tutta probabilità domani sarà chiuso.»

Jin si riferiva allo spettro dell'imminente lockdown che aleggiava sulla città. Almeno una decina di negozi in quella zona aveva già esaurito la merce o chiuso i battenti, dopo che sulle porte erano stati apposti i sigilli governativi rossi.

«Chissà, Jin, magari domani non ci sarà alcun confinamento, però per quel che riguarda le minifocaccine fritte ha ragione lei. Apprezzo molto che me le abbia portate qui. Le guardie all'ingresso le avranno messo i bastoni tra le ruote, temo. O mi sbaglio?»

«La maggior parte dei rioni è accessibile soltanto ai residenti, ma non deve preoccuparsi per me, perché l'amministrazione municipale mi ha rilasciato un permesso speciale. Abbiamo l'obbligo di servire il popolo con tutto il nostro cuore in qualunque circostanza, come diceva tanto tempo fa il presidente Mao. Direttore Chen, il nostro ufficio riveste una grande importanza per la riforma del sistema giudiziario cinese, e io devo riferirle periodicamente.»

«Ben detto» approvò Chen, divertito dal commento sarcastico della ragazza. Non poté fare a meno di notare il suo zainetto stracolmo. Sembrava fosse pronta per un viaggio.

«In ogni caso, i trasporti hanno degli enormi problemi. Metà delle linee della metropolitana è stata chiusa. Stamattina mi ci è voluta più di un'ora e mezza prima di arrivare in ufficio, e ho dovuto cambiare treno parecchie volte durante il tragitto.»

«E un taxi?» chiese lui, per poi affrettarsi ad aggiungere: «Credo che il nostro ufficio abbia una somma a disposizione per le spese di emergenza.»

«Sì, potrei prendere il taxi, ma sarebbe troppo costoso farlo tutti i giorni. Il suo appartamento non è lontano dall'ufficio, perciò oggi ho pensato di passare qui da lei. Solo il cielo sa cosa potrà accadere domani in questo folle mondo.»

«*Il mondo sta impazzendo e diventerà sempre più folle. Incorreggibilmente plurale...*»

I versi di Louis MacNeice ben si addicevano a quel preciso momento, e a quel preciso luogo.

«Ma che direttore poetico! A proposito, ultimamente è riapparsa in rete una breve poesia, per essere esatti qualche giorno fa. Tra i *netizens* si è sparsa la voce che la Sicurezza interna ha preso di mira proprio lei, perché la considera uno dei possibili autori. Ecco perché ho pensato di venire qui.»

Jin afferrò subito il suo cellulare, sul cui schermo era riprodotta la poesia in questione.

Leggendo La fattoria degli animali

State buoni nel porcile e smettete di grugnire!
Rimpinzatevi felici, voi maiali sempre a spasso,
inseguite un grande sogno senza uscire dall'ammasso,
quell'istante liberato che vi possono ammannire
seppur privi di ogni ardire. No ai commenti,
niente critiche al partito, non ve n'è proprio ragione,
crogiolatevi alla luce di Sua Maestà Napoleone,
che fortuna diguazzare rotolandovi contenti.

Santo cielo, pandemia? Febbre alta? Che succede?
Nossignori, non temete, l'importante è avere fede.

Nello stabbio ormai vedrete che i lamenti cesseranno,
più nessuno darà conto di una vita con l'affanno.
E che importa se l'abisso or cagiona un gran terrore,
sempiterno c'è l'amore di un insigne imperatore.

Chen non poté fare a meno di leggere con attenzione il componimento, e poi di rileggerlo di nuovo, ancor più concentrato. Lo riconobbe, anche se forse alcune parole erano diverse rispetto a quelle che ricordava.

Era stato scritto nei primissimi giorni della crisi causata dal Covid, ma l'autore non era Chen. L'aveva visto per la prima volta durante i suoi ultimi giorni di servizio come ispettore capo, poco prima che Jin diventasse segretaria del nuovo ufficio. Non era stato lui a guidare quell'indagine, durante la quale forse era stato incriminato un *netizen* di Vicolo della Polvere Rossa, ma ci si era trovato coinvolto attraverso una bizzarra serie di circostanze. Anche a quell'epoca, tuttavia, i suoi superiori avevano sospettato il futuro ex ispettore di essere l'autore della poesia antipartito, ma poi l'indagine aveva preso una piega imprevista e la questione della paternità era stata accantonata.

«Ah, le minifocaccine fritte! Le deve mangiare quando sono ancora calde» disse la ragazza. «È quello che mi diceva prima, ricorda?»

Jin aveva ancora in mano il contenitore termico. Vide l'esitazione di Chen e allora ne prese una per lui. Tra le sue dita snelle, la focaccina, ricoperta di scalogno e sesamo, con il fondo dorato e croccante, sembrava ancor più succulenta. Prima che Chen potesse dire qualcosa, gliene mise in bocca un pezzetto.

«Lasci che l'aiuti, così tra un boccone e l'altro potrà leggere e riflettere sulla poesia.»

Chen sorrise imbarazzato e iniziò a sorseggiare il brodo delizioso del ripieno.

«Ne vuole anche lei?»

«Oh, grazie, soltanto una» disse la ragazza, che aprì la bocca mentre Chen gliela passava con le bacchette. Jin succhiò con cautela il brodo, con un'espressione molto soddisfatta.

«Jin, lei cosa pensa della poesia?»

«La sua ricomparsa su internet è dovuta probabilmente ai riferimenti che contiene. L'attuale leader supremo del partito è stato soprannominato dai *netizens* "maiale" o "testa di maiale". E questo, unitamente al termine "pandemia", è bastato a far scattare l'allarme tra i cyberpoliziotti. Per non parlare del fatto che i campi di concentramento per la quarantena vengono paragonati alle porcilaie. Tutte le persone che hanno reagito ripostando la poesia o contrassegnandola con un *like* sono invariabilmente finite nei guai.»

«Parla attraverso la voce di Napoleone, il dittatore dei maiali nella *Fattoria degli animali* di George Orwell. Una scelta molto ingegnosa» disse Chen. «Potrebbe suonare come il discorso di un imperatore francese a cui non importa cosa può accadere al mondo dopo la sua morte. Parole che potrebbe aver pronunciato anche l'attuale imperatore cinese, perciò i *netizens* hanno protestato infuriati affermando che a lui interessa solo esercitare il potere, indipendentemente dal prezzo che dovrà pagare il popolo.»

«Naturale che la cyberpolizia si sia data tanto da fare» disse Jin, pensierosa. «È da un bel po' che considerano l'espressione "testa di maiale" molto rilevante. Anche se non necessariamente a causa della poesia.»

Forse era proprio quella la vera ragione della sua visita, perché non avrebbero certo potuto discuterne al telefono.

E quello era anche il motivo per cui i *netizens* avevano postato la poesia proprio adesso, nel momento cruciale in cui il mondo del cyberspazio si scontrava duramente con la realtà governata dal partito. Non c'era da meravigliarsi troppo se i cyberpoliziotti avevano individuato Chen come il possibile autore, visto che dopotutto era pur sempre un poeta che aveva pubblicato dei libri.

«Il governo sta analizzando minuziosamente la rete per scovare l'autore della poesia» disse Jin, che scrutò il volto di Chen alla ricerca di un suo cambio di espressione.

«Ma come potrei essere coinvolto, Jin? La poesia è stata scritta da qualcun altro. L'avevo letta nel corso di una vecchia indagine su non ricordo chi in Vicolo della Polvere Rossa.»

«Davvero?»

«Considerate le circostanze attuali, so bene che devo mantenere un profilo basso. E poi è stata proprio lei a insegnarmi a usare WeChat, anche se io sono sempre imbranato, con tutta questa tecnologia...»

Si era spostata di fianco a lui e gli stava mostrando il proprio cellulare. «Guardi questa lista.»

Era un elenco in cui compariva l'*hashtag* #TuaMadreVaAll'Inferno, redatto da un certo "Killer del Verme Azzurro": raggruppava un certo numero di intellettuali che dovevano essere «tolti di mezzo da questi tempi gloriosi».

La lista comprendeva il nome di Chen Cao.

La cosa era più che allarmante, e anche misteriosa. Tra la gente comune, lui era noto per essere un ispettore competente, ma non un intellettuale. Aveva pubblicato poesie che, dati i tempi, non erano proprio politicamente corrette. Tuttavia, i veri amanti della poesia erano pochi, e in realtà Chen non costituiva un grosso problema per le autorità governative.

«Noi confidiamo nel partito, e confidiamo nel popolo» disse lui in tono sarcastico.

«Il partito ha fatto al popolo il lavaggio del cervello.»

«Come dice Confucio, alle persone puoi dire cosa vuoi che facciano, ma non perché vuoi che lo facciano.»

«Ah, ma lei riesce sempre a tirar fuori la citazione giusta al momento giusto...» disse Jin con una punta di sarcasmo, ma poi cambiò bruscamente argomento. «Ho sentito che anche la sua prima indagine importante era collegata a Vicolo della Polvere Rossa. È un vero peccato che ormai tutto quel rione stia per essere demolito.»

Chen si astenne dal discutere con lei delle sue precedenti indagini. Per il momento, meno cose sapeva sul suo lavoro, passato o presente che fosse, e svolto "a stretto contatto" con certe persone di sua conoscenza, meglio sarebbe stato per lei – e per tutti.

Nella stanza calò il silenzio.

«Jin, mi permetta di farle una domanda di un altro tipo» disse Chen. «Questa mattina stavo andando alla Libreria internazionale di via Fuzhou. C'era un traffico spaventoso, le ambulanze intasavano le strade per raggiungere l'Ospedale Renji. Perciò ho desistito e sono tornato a casa. Però, nel momento in cui sono rientrato ho ricevuto una misteriosa telefonata. Mi si chiedeva di sottopormi a un tampone. Come può essere?»

«Oh, ma è la cosiddetta "Amicizia nello spazio e nel tempo", la più avanzata tecnologia di sorveglianza esistente oggi in Cina. Forse stamattina si è trovato nelle vicinanze di qualcuno che presentava un codice rosso.»

«Aspetti un momento, Jin. Sono un po' confuso. "Amicizia nello spazio e nel tempo"? Sembra quasi una pubblicità romantica! Cosa diavolo dovrebbe significare?»

«Stamattina lei aveva con sé il cellulare, giusto?»

«Sì, ce l'avevo in tasca.»

«Allora dev'esserci stato un qualche "contatto ravvicinato" rilevato dal codice Covid installato sul telefono. In realtà, non è necessario toccare o entrare in contatto con qualcuno. Diciamo che, da una distanza di una decina di metri, l'altro telefono con un codice Covid rosso innesca un codice giallo sul suo telefono. Questo non significa che lei si è infettato, ma che c'è la possibilità di venire infettati.

Quindi, secondo la nuova politica lei deve subito fare un test. In questo modo tutti i possibili "contatti ravvicinati" dei pazienti affetti da Covid possono essere contenuti e isolati.»

«È una cosa che fa davvero paura. Perciò anch'io mi devo presentare nella struttura di quarantena?»

«Non credo ce ne sia bisogno, o comunque non ancora, direttore Chen... Perché con tutta probabilità il test sarà negativo. Se necessario, stanotte posso dormire qui nella camera degli ospiti, così domani mattina l'accompagno in ospedale.»

«No, lei adesso se ne va via subito da qui» disse lui con sollecitudine. «Non voglio sembrare irriconoscente per il suo gentile suggerimento, ma adesso anche lei è entrata in contatto con un "contatto ravvicinato"!»

«Non si preoccupi. Andiamo a fare il test, poi raggiungerò direttamente l'ufficio, è vicino. Non devo prendere la metropolitana, e nel tragitto per l'ospedale può darmi le sue disposizioni per il lavoro. Tutte le nostre comunicazioni potrebbero essere sorvegliate. E lo stesso vale per le email e WeChat.»

Ha ragione. Il più delle volte erano costretti a parlare in una sorta di linguaggio in codice comprensibile solo a loro, come per un tacito accordo preliminare. Qualunque argomento politicamente sensibile, o che riguardasse loro personalmente, doveva rimanere sottaciuto. Era come un meccanismo di autocensura, come gli spazi vuoti che parlavano silenziosamente in un paesaggio classico cinese dipinto su un rotolo.

«Soprattutto mi piacerebbe assaggiare uno dei suoi manicaretti» disse Jin con un sorriso canzonatorio, «lei che è l'ispettore capo celebre per essere anche un gourmet.»

«Purtroppo, anche per questo sono costretto a dirle di no. Come recita un antico proverbio cinese, "pur se bravissimo, un cuoco che non ha riso non può preparare un pasto". E in questo momento gli scaffali dei negozi di alimentari sono quasi vuoti.»

Chen si era sentito *obbligato* a rifiutare la proposta di Jin, nonostante lei gliel'avesse fatta per scherzo, costretto ad accampare scuse che potevano essere vere o false.

Quello che era accaduto tra di loro sui Monti Gialli era appunto accaduto là, di certo non sarebbe potuto capitare di nuovo a Shanghai. Forse era stato per via dell'altitudine, perché si erano sentiti avvolti dalle tenebre, perché la notte era stata complice, e perché nel sogno di Chen il pino dell'antica leggenda si era trasformato in una penna miracolosa...

Ripensandoci, tutto appariva surreale, come la visione fugace di una nube che si fonde trasformandosi in pioggia, e della pioggia che si trasforma in nube – come in quel celebre, antico poema di Song Yu del 300 dopo Cristo.

Da quando erano tornati dai Monti Gialli, i loro rapporti di lavoro si erano mantenuti inalterati, come se non fosse accaduto nulla. Chen era rimasto in licenza di convalescenza. *Il Grande Fratello vi guarda!*, le alte sfere avrebbero potuto sospettare che tra di loro ci fosse qualcosa. E lui non voleva che la ragazza perdesse il posto di lavoro per colpa sua.

Perciò anche quello era stato un tacito accordo: entrambi dovevano osservare la massima cautela. Soltanto in questo modo Jin avrebbe potuto continuare a lavorare per lui, e a raccogliere brandelli di informazioni riservate che potessero essergli utili.

Era l'epoca della sorveglianza statale di massa, e grazie alla nuova tecnologia – immaginabile e inimmaginabile – ultimamente su internet c'era una battuta che andava per la maggiore: «Per i criminali è difficile commettere un delitto, e per la gente è difficile amare.»

«Però potrei comunque darle una mano» insistette Jin. «Per lei non è facile uscire per andare a fare la spesa. Visti i valori della sua glicemia, è più vulnerabile al Covid.»

Di recente, il livello degli zuccheri nel sangue di Chen aveva raggiunto i valori pre-Covid. Proprio questa era stata la scusa usata dalle autorità del partito per relegarlo in licenza di convalescenza. L'ex ispettore capo cominciò a domandarsi se le lusinghe della ragazza facessero parte di un piano già prestabilito.

«La nostra è una società all'insegna della sorveglianza onnipresente e onnisciente» disse lui. «Grazie al suo permesso speciale lei può venire a trovarmi con la scusa del lavoro d'ufficio. Ma qualunque cosa che non sia quello...» E cambiò argomento senza terminare la frase. «Tuttavia, credo che una cosa per me potrebbe farla, se non le risulta di troppo incomodo.»

«Di cosa si tratta? Mi dica.»

«Ho appena sentito il mio amico Pang, di Wuhan. Non c'è bisogno che le dica quanto sia terribile la situazione in quella città. Apprezzerei molto se potesse spedirgli delle mascherine e dei guanti monouso. E anche delle scatolette di carne. Metta tutto nello stesso pacco.»

«Nessun problema» disse lei scuotendo la testa. «Dev'essere come la fine del mondo.»

Anche Chen scrollò la testa, pensando a quell'orrore. Ma le parole erano troppo flebili e deboli, non potevano fare alcuna differenza.

«Non abbiamo altri modi per aiutare quella gente?» Jin si alzò in piedi, gli versò una tazza di tè caldo e proseguì: «La gente di Wuhan è stata travolta da quel disastroso lockdown, direttore Chen.»

Ma Chen non aveva una risposta pronta.

Su ciò, di cui non si può parlare, si deve tacere.

Stavolta l'aforisma di Ludwig Wittgenstein non gli parve così adeguato.

Lassù, tra i Monti Gialli, Chen si era reso conto della passione giovanile di Jin, che era quasi riuscita a riaccendere il suo idealismo disincantato. Ora però non erano più tra le montagne.

«Direttore Chen, potrebbe tentare di scrivere qualcosa sulla Shanghai ai tempi del Covid» suggerì Jin.

«No, è totalmente fuori discussione scrivere qualcosa del genere, ha presente, no? "Energia negativa..."»

«Decisamente, energia negativa. Una mia ex compagna di classe insegnava in un liceo. Ha assegnato un compito ai suoi alunni, dovevano scrivere una cosa simile alla recensione di un libro» disse Jin, e la tristezza velò i suoi occhi grandi e limpidi, «ma uno di loro l'ha accusata di diffondere energia negativa perché tra i libri elencati c'era *Il dottor Živago*. Per questo motivo la mia ex compagna si è buttata giù dal balcone.»

«*Il dottor Živago...*» ripeté Chen con un sospiro. «Durante la mia infanzia un vecchio libraio venne imprigionato perché sugli scaffali della sua piccola libreria aveva messo la versione inglese del romanzo. La storia veramente si ripete sempre. Adesso *Il dottor Živago* è tornato a essere qualcosa che trasmette energia negativa. Secondo Karl Marx, nel corso della storia le cose che accadono per la seconda volta sono solo delle farse.»

«Già, lui aveva detto qualcosa a proposito della storia che si ripete: la prima volta come tragedia, la seconda come farsa. Ma forse, direttore Chen, i suoi scritti potrebbero essere pubblicati all'estero proprio come *Il dottor Živago*, visto che lei è sicuramente in grado di tradurli in inglese.»

Inutile che Jin ne parlasse. Anche se si trovavano lì faccia a faccia.

Il problema, in ogni caso, era che lui non aveva pronto un libro del genere. Chen si alzò di scatto. E se invece fosse stato *Il dossier Wuhan* scritto da Pang?

Proprio in quel momento squillò il cellulare.

Chen prese il telefono, sul cui schermo era comparso un altro numero sconosciuto. Ancor prima di toccare il pulsante per accettare la chiamata, sentì un'auto accostare proprio sotto la finestra del suo appartamento.

«Ah, ma è una Bandiera rossa» disse Jin, che si era alzata per andare a vedere.

La Bandiera rossa era l'auto più prestigiosa dal punto di vista politico, perché era fabbricata in Cina e negli anni Sessanta e Settanta era stata riservata ai leader supremi come Mao. Perciò, nei ricordi d'infanzia di Chen, era sempre stata l'"auto numero uno", e aveva potuto ammirarla solo nei documentari della propaganda in cui Mao incontrava gli illustri ospiti stranieri nei mari Centrale e Meridionale di Pechino. Con la riforma di Deng Xiaoping, la Bandiera rossa era stata soppiantata dai modelli di lusso di provenienza occidentale. Ma nel corso degli ultimi anni era tornata sorprendentemente alla ribalta, in quanto simbolo delle conquiste raggiunte dalla Cina indipendente, oltre ad avere una connotazione politica, visto che era riservata ai leader del partito nelle occasioni ufficiali.

Le guardie infreddolite al cancello del rione dovevano come minimo essere rimaste sbalordite.

«Ah, è Hou!» esclamò Jin.

L'uomo che smontò dall'auto era Hou Guohua, vicecapo di gabinetto della giunta municipale di Shanghai. Un alto funzionario molto ben introdotto e avviato a una rapida carriera. Che Hou fosse venuto a trovare direttamente a casa uno come Chen, un uomo fuori dalle grazie del partito, era qualcosa di inimmaginabile.

«Direttore Chen, è in casa?» stava dicendo in quel momento Hou al telefono.

«Sì, ci sono.»

«Magnifico. Mi aspetti, perché sto arrivando. Sono Hou Guohua, della giunta municipale di Shanghai. Ci siamo già conosciuti. Sarò da lei tra due minuti.»

Una visita francamente inaspettata. Chen e Jin si scambiarono occhiate cariche di preoccupazione.

«Jin, forse avrà visto Hou nel palazzo dell'amministrazione municipale...»

«Sì, ma quale potrebbe essere lo scopo di questa visita inattesa?»

«Non l'ha detto.»

«È per la poesia?...» domandò lei.

«Non credo. Mi piacerebbe avere il talento necessario per scrivere una cosa simile, ma non è nelle mie capacità.»

E allora perché tutto quel trambusto? Forse Hou era venuto ad annunciare a Chen di essere stato sottoposto alla procedura di *shuanggui*, cioè in stato di detenzione per un periodo di tempo indefinito in una località sconosciuta? Era una forma di arresto riservata ai dirigenti del partito, una procedura segreta le cui motivazioni restavano comunque nascoste. I dirigenti del partito avevano fin troppe ragioni per essere arrabbiati con lui.

«Penso che farebbe meglio ad andarsene, Jin.»

«Perché?» ribatté lei, scuotendo la testa. «No, io resto qui con lei. Direttore Chen, io sono la sua segretaria, qualunque cosa succeda...»

Jin non terminò la frase. Era un messaggio diretto e inequivocabile. Lei sapeva che Chen era nei guai, che aveva fatto il passo più lungo della gamba. Ma qualunque cosa gli fosse accaduta, Jin sarebbe rimasta al suo fianco.

Bussarono alla porta e Chen andò ad aprire. Sulla soglia c'era Hou, che sorrideva a trentadue denti. Gli porse la mano. Era alto e slanciato, sulla quarantina.

Chen l'aveva conosciuto nel corso di qualche riunione dell'amministrazione municipale. Si diceva che intrattenesse stretti legami con la Sicurezza interna, così come con una serie di personaggi di rilievo all'interno della Città Proibita.

Quel pomeriggio, Hou si era presentato armato di un gran sorriso. Come nell'antico proverbio, si impose subito come «colui che apre immediatamente la porta che dà sulle montagne» e andò dritto al punto.

«Abbiamo bisogno dell'aiuto del direttore Chen, anzi, dovrei dire del nostro celebre ispettore capo Chen. È una decisione dell'amministrazione municipale. Ed è una richiesta a cui so che non potrà dire di no.»

Chen percepì un vago senso di minaccia. Non aveva alcuna intenzione di assecondare subito la richiesta senza ricevere informazioni concrete in merito. Ma non aveva neppure voglia di andare ad aggiungersi alla schiera di quegli intellettuali che avevano prodotto "letteratura carceraria", costume decisamente ben radicato nella storia cinese. Dinastia dopo dinastia, gli uomini di lettere erano stati sempre gettati in prigione per qualunque cosa avesse potuto infondere energia negativa o per aver assunto una posizione contraria a quella dell'imperatore.

La Cina cambia, la Cina non cambia.

Fu in quel momento che Hou notò Jin, a piedi nudi dietro Chen. Li squadrò entrambi con aria interrogativa, ma non fece domande.

«Sono qui per riferire al direttore Chen le ultime novità dell'ufficio» disse lei con deferenza. «Penso che sia il caso che vi lasci, non crede, vicecapo Hou?»

«Io ritengo di no» si intromise Chen. «Tutto il lavoro dipende da lei.»

«Direttore Chen, per il momento metta da parte l'ufficio» disse Hou, che evitò di rispondere a Jin. «In questo preciso istante ci troviamo ad affrontare il diabolico caso di un omicida seriale. Omicidi ai tempi del Covid.»

«Cosa?» Sembrava il titolo di un romanzo, ma Chen si guardò bene dal fare ulteriori commenti.

Sicuramente doveva trattarsi di qualcosa di più di un'indagine su una serie di omicidi, se un pezzo grosso come Hou si era precipitato dall'ex ispettore capo in licenza di convalescenza – e oltretutto a bordo di una Bandiera rossa.

«Dobbiamo risolvere il caso il più presto possibile. Lei svolgerà la funzione di consulente numero uno per la squadra speciale incaricata dell'indagine. In realtà sarà proprio lei a guidare la squadra, e io l'affiancherò. Non ho alcuna esperienza in indagini di questo tipo.»

«Ma, vicecapo Hou, io non so nulla di questo caso» obiettò Chen. «E poi sono ancora in licenza di convalescenza.»

«Mi chiami Hou e basta. Io sono più giovane di lei, per non parlare del fatto che lei appartiene a un rango più elevato del mio e, oltretutto, è un leggendario ispettore capo che ha svolto un lavoro a dir poco encomiabile. Considerata la sua esperienza e la sua competenza, lei è l'unica persona adatta a dirigere l'indagine.» Hou proseguì senza prendere minimamente in considerazione le obiezioni di Chen. «Non molto tempo fa, lei, nel giro di appena qualche giorno, ha risolto molto brillantemente un altro caso che riguardava un ospedale, in cui delle mascherine erano state intenzionalmente lasciate sui luoghi del delitto.»

«Hou, lei mi sta lusingando. In realtà è stato l'ispettore Yu a risolvere quel caso. Ricordo che all'epoca io ero troppo impegnato in altre faccende, perché stavo svolgendo l'incarico di guida turistica per il compagno Zhao, che si trovava qui a Shanghai in visita.»

«Ah, il compagno Zhao, l'ex primo segretario del Comitato centrale di disciplina del partito. Effettivamente ha sempre parlato molto bene di lei. È capitato anche oggi. L'abbiamo consultato per avere un'opinione su un eventuale suo ruolo da protagonista nell'indagine, e si è trovato totalmente d'accordo con noi. Lei è troppo modesto. Anche l'ispettore Yu ci ha detto che è stato tutto merito suo, Chen. Per non parlare dell'altro caso di omicidio seriale di diversi anni fa, quello del *qipao* rosso. A Shanghai sono in molti a ricordarlo.»

Hou e i suoi uomini avevano svolto i compiti a casa con grande diligenza. Non c'era da sorprendersi che l'ispettore

Yu avesse confermato il grande contributo di Chen nell'indagine sull'omicidio della maschera, ma questo aveva fornito alle autorità cittadine un'ulteriore motivazione per cooptare l'ex ispettore capo.

«Hou, mi dica qualcosa di più sul caso» disse Chen. «Forse potrei darle qualche suggerimento.»

Le sue parole, pensò, non esprimevano una volontà di coinvolgimento diretto. Tuttavia potevano anche suonare come una forma di incoraggiamento per Hou, che prontamente si dilungò in un dettagliato resoconto.

Il primo omicidio era avvenuto vicino all'ingresso principale dell'Ospedale Renji. All'incirca una settimana dopo la diffusione delle notizie ufficiali sull'epidemia di Covid scoppiata a Shanghai, un dirigente della propaganda del partito in forza all'ospedale, di nome Ouyang, era stato ucciso con un oggetto presumibilmente contundente, che gli aveva completamente fracassato la parte posteriore del cranio. Il delitto aveva avuto luogo a notte fonda, davanti all'ospedale. Di solito, da quelle parti, e a quell'ora, circolavano poche persone, ma nelle ultime due settimane se n'erano viste parecchie a causa della pandemia. La scelta della zona poteva essere premeditata, ma il movente era totalmente sconosciuto a Hou e alla sua squadra.

Essendo un delitto commesso nelle vicinanze di un istituto così prestigioso, il dipartimento di polizia di Shanghai aveva subito inviato una squadra. Una delle prime teorie emerse attribuiva il movente a qualche controversia di carattere medico.

Negli ultimi tempi, i contenziosi tra i pazienti e il personale dell'ospedale erano diventati sempre più frequenti e brutali. Alla luce della cosiddetta riforma del sistema sanitario, anche gli ospedali dovevano realizzare profitti per garantirsi la sopravvivenza, pertanto i regolamenti erano cambiati. Per esempio, l'obbligatorietà di versare un grosso anticipo prima di essere ammessi al pronto soccorso. L'assicurazione medica pubblica copriva solo un'esigua parte dei costi, e una volta esaurito il denaro anche i pazienti già ricoverati potevano essere accompagnati all'uscita.

La gente era inoltre costretta a consegnare buste rigonfie ai medici più competenti per ricevere cure migliori. Per non parlare dell'ulteriore onere rappresentato dal costo indecente dei farmaci prescritti dai dottori, che collaboravano con i rappresentanti delle ditte farmaceutiche.

Di conseguenza, erano parecchi i pazienti e le loro famiglie di certo risentiti nei confronti del personale ospedaliero. Tutto questo causava un numero sempre maggiore di controversie, a volte anche violente o addirittura fatali.

Prima che i poliziotti potessero puntare proprio in quella direzione nel corso della loro indagine, si erano ritrovati travolti dall'incredibile ondata del Covid. Che aveva fatto precipitare l'intero ospedale nel caos più totale, con i pazienti che si riversavano al Renji in massa come se fosse iniziata la fine del mondo, mentre la propaganda del partito trasformava i medici e il personale infermieristico nelle «persone più amate».

Una settimana dopo, un'infermiera di nome Huang era stata uccisa in una stretta viuzza laterale, abbastanza vicina al punto in cui era stata assassinata la prima vittima. Di solito quel vicoletto veniva usato come scorciatoia dal personale dell'ospedale. Quindi i poliziotti erano arrivati alla conclusione che l'assassino dovesse avere una certa familiarità con la zona. Una persona che fosse arrivata lì per la prima volta non avrebbe mai saputo dell'esistenza di quell'angusta stradina laterale.

Al tempo stesso tutto questo prefigurava un nuovo scenario, ovvero la possibilità di trovarsi al cospetto di un omicida seriale.

«Ma potrebbe trattarsi di una coincidenza» disse Chen,

commentando per la prima volta la vicenda. «Un dirigente della propaganda e una giovane infermiera.»

Tuttavia, Hou proseguì imperterrito la sua narrazione. I due omicidi avevano subito attirato l'attenzione, pur essendo stati compiuti nel bel mezzo dell'epidemia, e l'amministrazione di Shanghai si era ritrovata sotto una fortissima pressione. Il virus ormai impazzava, e impedire che i medici e gli infermieri si trasformassero nelle vittime di un assassino era diventata una questione di fondamentale importanza politica. Tuttavia, gli ex colleghi di Chen al dipartimento di polizia non erano riusciti a fare alcun passo avanti.

«È un durissimo colpo al morale dei medici e degli infermieri dell'Ospedale Renji. E anche degli altri ospedali di Shanghai» concluse Hou in tono cupo. «Durante questa crisi la gente sta soffrendo tantissimo, e sia i medici che gli infermieri hanno lavorato molto duramente per salvare vite, correndo in prima persona rischi enormi. Come possiamo permettere che un assassino agisca in questo modo?»

Chen ascoltò senza fare commenti. Rimase in silenzio per un po', prima di alzare gli occhi, tamburellando il dito sulla scrivania. «I due omicidi avvenuti nelle vicinanze dell'ospedale non indicano necessariamente l'opera di un seriale.»

«Peccato che stamattina sia stato ritrovato nel parcheggio il corpo di un noto cardiochirurgo dell'Ospedale Renji» lo interruppe Hou. «A poco a poco stiamo acquisendo tutti i dettagli. Direttore Chen, non possiamo più permetterci di star qui ad aspettare con le mani in mano.»

«Ma io non posso più muovermi come prima» protestò Chen. «Nel mio rione ci sono regole severe sui residenti, che sono autorizzati a uscire solo due o tre volte alla settimana. E Jin mi ha appena detto che, a partire da domani, la metropolitana potrebbe essere chiusa.»

«Di tutto questo lei non deve preoccuparsi, direttore

Chen. Le è stato rilasciato un permesso speciale che le consentirà di andare ovunque. E la stessa cosa vale anche per lei, Jin. Considerato il problema dei trasporti, abbiamo prenotato un intero piano di un hotel nelle vicinanze dell'ospedale, che così può essere raggiunto nel giro di due o tre minuti.»

«Un hotel vicino all'ospedale?»

«Il Wu Palace Hotel, in via Fuzhou. Non è un cinque stelle, ma è decoroso e anche comodo, vista la posizione.»

«Il Wu Palace Hotel...» Nella mente di Chen balenò la scena di quelle numerose auto di lusso parcheggiate lì davanti. Non c'era da meravigliarsi, allora. E comunque non poteva opporsi più di tanto all'incarico, indipendentemente dalla sua volontà di assumerlo.

«Però il direttore Chen è ancora in licenza di convalescenza» intervenne Jin. «E poi deve anche supervisionare il lavoro dell'ufficio.»

«Naturalmente abbiamo preso in considerazione anche questo. Non dovrà svolgere un lavoro sul campo, ma avrà semplicemente la funzione di superconsulente per l'indagine. Jin, dal momento che oggi si trova qui, penso che anche lei dovrebbe registrarsi all'hotel insieme al direttore Chen. La sua priorità numero uno è quella di prendersi cura di lui, e di aiutarlo in questa importante indagine.»

«Ma...»

«Se sarà necessario, di tanto in tanto potrà tornare in ufficio» disse Hou. «Con la massima flessibilità di orari. Inutile dirle, Jin, che non dovrà fare parola con nessuno dell'indagine.» Hou si rivolse nuovamente a Chen. «Andiamo. La macchina la sta aspettando.»

Giorno 1 – Pomeriggio

Che notte stellata ma, ahimè, non è
l'ultima notte in cui io
resto fuori, solo, fino
a notte molto, molto inoltrata, incurante
della rugiada e del vento gelido.

HUANG JINGREN

Nessuna apparizione del passato. Nessuna apparizione dell'oggi. Nessuna apparizione del domani.

Sutra del diamante

Il pesce, io voglio mangiare, e anche la zampa dell'orso. Se non posso ottenere entrambi, rinuncerò al pesce in favore della zampa dell'orso. La vita, voglio avere, e anche la giustizia. Se non posso ottenere entrambe, rinuncerò alla vita in favore della giustizia.

MENCIO

Un bambino di tre anni che abitava in un rione sottoposto a lockdown si è improvvisamente ammalato. Il padre voleva far portare il figlio all'ospedale, ma la politica zero-Covid impediva di uscire sprovvisti di un tampone valido, cioè effettuato nelle ventiquattr'ore precedenti. Se anche fosse riuscito a evadere, nessun

ospedale avrebbe mai accettato il bambino. I Grandi Bianchi erano autorizzati dal governo a imporre un confinamento così rigoroso da non permettere a una mosca di entrare né di uscire. Il bambino stava perdendo conoscenza, perciò il padre, disperato, ha chiamato l'ambulanza, correndo di qua e di là come una formica che zampetta frenetica su un wok rovente, ma senza avere risposta.
Finalmente è poi riuscito a trasportare il bambino fino al cancello di uscita del rione servendosi di un triciclo. Ha implorato tra le lacrime i Grandi Bianchi, ma inutilmente. Dopo sono arrivati anche i vicini di casa, e alcuni di essi hanno cominciato a protestare contro le misure inumane. I Grandi Bianchi hanno chiamato i rinforzi, hanno spintonato e picchiato i dimostranti, che a loro volta hanno reagito registrando le scene violente e postando su internet i filmati. Questo ha innescato nella polizia la modalità "grosso guaio". Di conseguenza, l'ambulanza alla fine è arrivata, ma troppo tardi. Il bambino era morto.

Il dossier Wuhan

All'interno della sfarzosa Bandiera rossa, Jin era seduta dritta e rigida come una canna di bambù tra Hou e Chen. Quest'ultimo praticamente non aprì bocca, impegnato com'era a fare chissà cosa sul cellulare, mentre Hou, che si era infilato gli auricolari, seguitava a rispondere alle telefonate che gli arrivavano una dopo l'altra.

Giunsero a un albergo di medie dimensioni con un'insegna dorata: WU PALACE HOTEL. La struttura, che si trovava all'angolo tra via Fuzhou e via Fujian, aveva l'aria di essere un vecchio palazzo ammodernato. Non in modo particolarmente lussuoso, considerati gli standard vigenti a Shanghai, però era situato in un'eccellente posizione al centro della città. Si trovava a dieci minuti di cammino da via Nanjing, l'arteria pedonale sempre affollata e alla moda, a sette o otto minuti dal Bund, fiancheggiato da imponenti edifici neoclassici, e più o meno alla medesima distanza da piazza del Popolo, dove c'era il palazzo dell'amministrazione municipale di Shanghai.

Jin pensò che da lì avrebbe potuto benissimo recarsi a piedi in ufficio.

L'atrio dell'hotel si rivelò decisamente ragguardevole: c'era un enorme dipinto a olio di un robusto pino che svettava orgoglioso sullo sfondo delle nuvole bianche che avvolgevano i Monti Gialli. Il quadro, che raffigurava un tema molto diffuso nella paesaggistica tradizionale, ricopriva il muro bianco dietro le scale lucide e spiraleggianti.

«I Monti Gialli...» mormorò Jin.

Stavolta non fu necessario registrarsi con i documenti di identità. Hou doveva aver già pensato a tutto prima. La responsabile della reception era una quarantenne dall'aria alquanto nervosa che non fece domande e consegnò prontamente a entrambi una scheda della camera, farfugliando imbarazzata: «Mi dispiace, ma dato il preavviso così breve abbiamo dovuto far sgomberare gli altri ospiti e quindi non siamo riusciti a rassettare le stanze. Dovrete attendere ancora un po'. La vostra squadra è composta da almeno dieci persone, e ci sono tantissime cose da fare.»

«Intanto ci sediamo qui da qualche parte. Le camere saranno pronte entro breve» disse Hou, che li scortò verso la sala da pranzo dell'hotel.

«Una volta, il primo piano era un ristorante specializzato in pesce di mare» commentò Chen, da inguaribile gourmet qual era. «Parecchi anni fa ho pranzato qui con un amico di Pechino, era una tarda serata d'inverno. A quell'ora non eravamo riusciti a trovare nessun altro locale aperto. Con mia piacevole sorpresa ho mangiato un'ottima spigola al vapore, con fettine di cipollotto e di zenzero dorato.»

Gli altri componenti della squadra erano già lì ad attenderli. Alcuni appartenevano al dipartimento di polizia di Shanghai e salutarono Chen in modo assai cordiale, ma lo stesso non si poté dire del resto degli agenti, che con tutta probabilità militavano nella Sicurezza interna. Chen sapeva bene che non era il caso di fare domande a Hou, questo Jin l'aveva capito. Difatti nessuno si avvicinò per sedersi al tavolo insieme a Hou e a loro due.

Jin rifletté sulla situazione, così drasticamente mutata, non senza una certa amara ironia. Ah, certo, quel trasferimento all'hotel rappresentava la soluzione ideale ai suoi problemi: adesso sì che poteva prendersi cura di Chen, la direttiva proveniva da Hou Guohua in persona. Inoltre, visto che era possibile raggiungere a piedi l'ufficio, non c'era più motivo di effettuare tutti quegli spostamenti in metropolitana, o di non prendere un treno a causa delle continue cancellazioni. Ma, soprattutto, Jin poteva studiare da vicino in che modo l'ex ispettore avrebbe condotto l'indagine su quei delitti commessi in piena pandemia.

«Senza contare che il Padiglione del Fiore di Albicocco si trova ad appena mezzo isolato di distanza, sul medesimo lato di via Fuzhou» le disse Chen, quasi fosse una guida turistica. «È molto rinomato per le specialità culinarie del Guangdong.»

«Direttore Chen, ma lei è un insaziabile buongustaio!»

«Sì, anch'io ho sentito parlare di quel ristorante» si intromise Hou, ridacchiando premuroso. «Servono le torte della luna più famose e costose di tutta Shanghai.»

«Quand'ero bambino abitavo dalle parti del ristorante. Mia madre mi ci ha portato diverse volte» disse Chen.

I tre sembravano a loro agio nel chiacchierare del più e del meno, tuttavia erano riluttanti a discutere dell'indagine e a scendere nei dettagli in presenza degli altri componenti della squadra investigativa.

Hou volle subito sottolineare una cosa a suo dire molto importante: Jin doveva aiutare Chen a scaricare sul suo cellulare le applicazioni più recenti, e anche un programma per le riunioni online. Forse anche loro sarebbero stati obbligati a rimanere in isolamento nelle rispettive camere. Nel frattempo, la squadra avrebbe dovuto mantenere un costante distanziamento sociale. Se poi fosse scattato il provvedimento di lockdown, e con esso i suoi severissimi regolamenti, la maggior parte delle discussioni sul caso sarebbero avvenute tramite conferenze virtuali.

«Io sono troppo all'antica per tutto questo» disse Chen a Jin. «Il suo aiuto farà un'enorme differenza. Installi pure tutte le app che ritiene necessarie.»

«Sì, ci aggiungerò anche un paio di app per la consegna del cibo. Che per un epicureo come lei sono tassative» replicò Jin, ridacchiando. «Vedrà, ordinare online sarà facilissimo. Basta comporre un numero sul suo cellulare e le verranno recapitati contenitori pieni di delizie, calde e fredde. Fortunatamente, nelle vicinanze ci sono diverse trattorie ottime, e tutte a buon mercato. Ho appena controllato.»

I pasti dell'hotel non dovevano essere troppo male, pensò Chen, forse erano preparati appositamente per la squadra speciale. Per non parlare, poi, dell'assortimento di piatti fornito attraverso le app. Non credeva che anche Jin fosse un'amante del cibo da strada, e questa fu una piacevole sorpresa. Gli aveva anche scaricato una app che cercava le specialità gastronomiche nel quartiere lì vicino.

«Nel giro di quattro o cinque minuti ci portano qui all'hotel tutto quello che vogliamo e che è possibile reperire nelle vicinanze» disse la ragazza, che picchiettò sullo schermo con dita che assomigliavano a uccellini affamati.

Chen sorrise senza dir nulla, anche se quell'idea non lo entusiasmava più di tanto. Per lui, il fatto che una certa specialità potesse essere consumata subito dopo essere uscita sfrigolando dal wok rovente faceva ancora un'enorme differenza, dal punto di vista gastronomico. Per non parlare, poi, del conseguente spreco di confezioni, che non potevano essere riciclate. Ma era comprensibile che una ragazza giovane come Jin non fosse tradizionalista come lui.

Una cameriera in grembiule bianco, proveniente dalla sala da pranzo, si avvicinò al loro tavolo. Elencò tutti i servizi a disposizione, compresa la colazione a buffet, il servizio in camera ventiquattr'ore su ventiquattro, il wi-fi gratuito eccetera.

«Tutto questo ci sarà di grande aiuto» disse Chen. «Hou, la ringrazio moltissimo per aver provveduto all'organizzazione. Jin, lei può tornare al suo ufficio domani. Non deve rimanere qui all'hotel tutto il tempo, come le ha detto Hou. Può gestire le cose come le risulta più comodo.»

La ragazza annuì. Aveva l'impressione che Chen parlasse con una certa circospezione, in presenza di Hou.

«Facciamo un giro all'ospedale» propose quest'ultimo, dopo aver guardato l'orologio. «Quando torneremo le stanze saranno pronte.»

«Buona idea. Potremmo anche dare un'occhiata ai vari reparti.»

«Sì, prima però li avverto» disse Hou, mentre prendeva il suo cellulare.

«Una camminata all'aperto non può che farle bene, direttore Chen. Ma non dimentichi le mascherine» si affrettò a dire Jin, tirandone fuori un paio dalla sua tracolla.

«Non si preoccupi, Jin» disse Hou. «Abbiamo delle mascherine Ffp2 della nostra scorta speciale.»

«Il direttore Chen è ancora in licenza di convalescenza. Con o senza le mascherine Ffp2 è comunque più vulnerabile degli altri, temo» protestò la ragazza, suo malgrado.

«Come le dicevo, devo sottopormi a un tampone» le disse Chen. «Già che ci sono, potrei farmelo fare all'Ospedale Renji.»

Quando uscirono, via Fuzhou cominciava a essere debolmente rischiarata dalla luce tenue dei lampioni. Chen si guardò intorno, come se stesse facendo una normale passeggiata, e disse agli altri due: «Sull'altro lato di via Fuzhou c'è la Libreria internazionale. Negli anni Settanta ho avuto la fortuna di trovarci dei libri eccellenti, compreso l'*Oxford Advanced Learner's Dictionary* a cura di Hornby. C'era un vecchio libraio che teneva sottobanco per me tutta una serie di volumi meravigliosi. A quell'epoca comprare e leggere libri del genere era ancora considerato una "zona grigia", da un punto di vista legale...»

«Già, quegli indimenticabili vecchi tempi» esclamò Jin

in tono canzonatorio, anche se in realtà si domandò il motivo di quell'inattesa nostalgia per la libreria.

Hou li osservò con un'espressione sottilmente divertita.

«Stamattina stavo per andarci, ma per colpa del traffico impossibile non sono neppure riuscito ad attraversare la strada» disse Chen.

«Ci andremo sicuramente un'altra volta» lo rassicurò Jin. «È proprio vicino a noi, è così facile da raggiungere.»

«Un'idea eccellente» concordò prontamente Hou.

«L'ospedale in cui ci stiamo recando è molto prestigioso, e ha una lunga storia» disse Chen. «È stata la prima casa di cura occidentale di Shanghai, venne fondata da un missionario inglese nel 1844. Nel 1933, grazie a un enorme lascito di un commerciante inglese, è stato costruito un altro edificio di sei piani, in aggiunta al blocco originario. Mentre raggiungevamo l'hotel ho fatto qualche ricerca.»

«Però! Non conoscevo proprio la storia dell'ospedale, direttore Chen» commentò Hou.

«Tutto quello che si legge nei libri di storia cinese poi diventa storia» disse Jin, con un tono di voce inaspettatamente caustico. «Solo che io non ho imparato niente sull'ospedale dai nostri libri di testo. E dunque la mia laurea non serve a niente, direttore Chen.»

«Mi viene in mente una frase citata spesso» ribatté Chen, rimuginando pensieroso. «*Chi controlla il passato controlla il futuro. Chi controlla il presente controlla il passato.*»

«A quanto pare il direttore Chen è un uomo dotato di conoscenze enciclopediche» disse Hou con un sogghigno. Poi si rivolse a Jin: «Ecco perché è necessaria la sua presenza in un'indagine così importante. Ha cominciato a fare ricerche sull'ospedale quando ancora eravamo sulla Bandiera rossa. Jin, lei è fortunata a lavorare con una persona come lui.»

«No, quello fortunato sono io» replicò Chen. «Jin è competente e ha un grande spirito di iniziativa. Tutto il peso del lavoro dell'ufficio grava sulle sue spalle.»

Dopo pochi minuti raggiunsero la loro destinazione. Si trattava di un vecchio edificio a cui erano stati annessi diversi altri padiglioni in maniera un po' disordinata, ma a modo suo era ancora imponente. Un paio di dirigenti del partito si precipitarono a porgere il benvenuto in una spaziosa sala riunioni. Su una lunga scrivania di mogano avevano già disposto diverse tazze di tè varietà Cima di Montagna, insieme a uno schieramento di delicati piatti contenenti frutta secca, come se si stesse ancora festeggiando il capodanno.

«È un onore avervi qui nel nostro ospedale» disse un dirigente di nome Qing. «Ci dispiace che al momento la situazione sia così confusa. Il nostro personale è stato travolto dalle continue ondate di pazienti affetti da Covid, ed è stanchissimo. Il segretario del partito, Tang, non è potuto essere presente, ma ci ha avvisato dell'arrivo di ospiti importanti.»

«Sono tempi difficili» replicò Hou in tono formale. «Voi state facendo del vostro meglio, e noi lo apprezziamo molto. Per cui, permettetemi di presentarvi il nostro leggendario ispettore capo Chen, che svolge la funzione di consulente speciale per la nostra squadra investigativa. E Jin, la sua qualificata assistente.»

«Oggi» si intromise Chen con un tono molto serio, «vogliamo parlarvi degli omicidi avvenuti nelle vicinanze dell'ospedale.»

«Nelle *immediate* vicinanze» disse Hou, riecheggiando meccanicamente le parole di Chen.

«Noi siamo molto turbati» ribatté il compagno Qing, che parlò in tono misurato, scegliendo le parole con grande accuratezza. «Sappiamo che alcune persone si lamentano perché i pazienti non ricevono cure adeguate, ma questo è dovuto alla carenza di approvvigionamenti, specialmente per quel che riguarda i respiratori, o al fatto che all'accettazione vengono respinti per via della limitata capienza dell'ospedale, e così via. Tuttavia, non siamo i soli ad avere questo genere di problemi. Per gli altri ospedali è lo stesso. Per alcuni è molto peggio. Ci stiamo sforzando di fare tutto il possibile, e comunque in conformità agli ordini diretti e alle disposizioni emanate dalle autorità dell'amministrazione di Shanghai.»

«Lo sappiamo» disse Chen, «ma adesso dobbiamo concentrarci su una serie di dettagli che riguardano le tre vittime di omicidio. Tanto per cominciare, esistono dei possibili collegamenti tra di loro?»

«No, non che noi sappiamo. Tutti lavoravano all'ospedale, ma in tre reparti diversi. Il direttore Ouyang alla sezione propaganda e l'infermiera Huang in ortopedia, mentre il dottor Wu era un cardiochirurgo di prima fascia. È altamente improbabile che le loro strade possano essersi incrociate. E non è pensabile che possano essere stati coinvolti in un contenzioso medico con il medesimo paziente, nonostante il Covid.»

«Avete notato qualcosa di insolito prima degli omicidi?»

«No. Però abbiamo svolto un'indagine interna preliminare. E abbiamo solo scoperto che il dottor Wu era alle prese con un problema riguardante la demolizione di un'ala della vecchia *shikumen* di sua proprietà, anche se in ogni caso questo non aveva nulla a che fare con il suo lavoro di medico.»

«Inoltre» aggiunse l'altro dirigente, «l'infermiera Huang ha iniziato a lavorare all'ospedale soltanto un mese prima di capodanno. È fuori questione che potesse conoscere Ouyang o Wu. Insomma, non abbiamo idea di cosa possa essere accaduto tra loro.»

«Tuttavia, credo che si debba anche prendere in considerazione la possibilità di un caso di emulazione» disse Chen.

«Cosa intende dire, ispettore capo Chen?»

«Parlo di un emulatore che imita un omicidio precedente per suscitare scalpore e ricavarne eccitazione. E che non necessariamente è collegato a un caso pregresso.» Dopo una breve pausa, Chen proseguì: «Ora, che cos'hanno realmente in comune i tre omicidi? Innanzitutto il luogo in cui sono stati commessi, cioè le vicinanze dell'ospedale, anche se i vari punti non si trovano alla medesima distanza dal Renji. In secondo luogo, tutte le vittime lavoravano all'ospedale, e infine in tutti e tre i casi l'omicidio è stato commesso intorno alla mezzanotte.

«Il primo è avvenuto circa una settimana dopo l'annuncio ufficiale dello scoppio della pandemia a Shanghai. Il secondo, la settimana successiva. E il terzo più o meno dieci giorni dopo. Con tutto lo scompiglio che si era creato su internet in quei giorni, l'assassino doveva avere un ottimo movente, con tutta probabilità noto soltanto a lui, eppure così forte da spingerlo a uccidere nonostante le circostanze fossero cambiate.»

«Un movente forte, passionale» disse il compagno Qing. «Sì, credo di capire. Ma, direttore Chen, a cosa allude quando parla di circostanze cambiate?»

«Per prima cosa, la gente ha cambiato atteggiamento nei confronti dei medici e degli infermieri. Con tutta la propaganda governativa sugli atti di eroismo e di sacrificio compiuti, tutti veri, peraltro, ci vuole un assassino a sangue freddo per uccidere queste persone in una fase così cruciale della pandemia. Inoltre, è cambiato anche il contesto.»

«In che senso, direttore Chen?»

«Diciamo che circa un mese fa, con tutti quei banchetti e quei venditori che affollavano la zona, un criminale poteva tranquillamente nascondersi nei paraggi in attesa del momento per colpire. Oggi è ancora un'area caotica, ma praticamente i banchetti non ci sono più, le trattorie sono chiuse e il numero degli agenti di sicurezza si è moltiplicato, per cui è tutt'altro che facile per l'assassino poter agire come in passato. A meno che non si tratti realmente di un pazzo.»

«Direttore Chen, lei ha colto perfettamente nel segno» commentò Hou.

«In ogni caso, se si tratta davvero di omicidi seriali, temo che l'assassino possa continuare a colpire. Abbiamo più o meno una settimana di tempo, prima che la prossima vittima sia uccisa.»

«Già, e ci sono parecchie cose di cui preoccuparsi» intervenne Jin. «Direttore Chen, non si dimentichi del suo tampone.»

«Giusto» disse Hou. «Questa sera l'ispettore capo Chen si sottoporrà a un test, proprio qui. E vorremmo avere l'esito il prima possibile. Preferibilmente domani, compagno Qing.»

«Certo, il prima possibile. Faremo del nostro meglio, vicecapo Hou.»

Calò un silenzio inquietante.

Non appena uscirono tutti dalla sala riunioni, i due dirigenti del partito si allontanarono.

Chen suggerì di dare un'occhiata all'ospedale, che ormai si trovava sull'orlo del collasso. E pur consapevole della mano di Jin che da dietro gli strattonava il piumino, insistette.

Hou, in quanto capo della squadra speciale di investigazione, non sollevò obiezioni.

Tuttavia, Chen si rese conto di un'altra possibilità: Hou e la sua squadra non dovevano sottoporsi ad alcun test. Forse anche il sistema di rilevamento del Covid era stato realizzato a scopi politici? Il governo poteva manipolarlo per impedire a persone come Chen di spostarsi liberamente, a meno che... A meno che non si presentasse un altro tipo di priorità politica, per esempio il caso degli omicidi seriali.

Si diressero verso il pronto soccorso, dove videro persone che gemevano, piangevano, si lamentavano, dentro e fuori dal reparto. Per loro quello era *il momento in cui il mondo finisce con un piagnisteo*, come aveva scritto T.S. Eliot.

Avvolti dalla luce fioca, assistettero a una serie di scene strazianti. L'ospedale era stato preso d'assalto. Molti pazienti non potevano essere ammessi al pronto soccorso, perfino le panchine fuori dal reparto, lungo il corridoio, erano gremite. Una giovane infermiera passò di fretta tra i tubi e le bombole dell'ossigeno, e districandosi tra le panchine riuscì a mantenere un equilibrio precario. Il suo viso era più pallido del bianco della sua uniforme. Tra le panchine c'era un uomo accucciato con una flebo attaccata a un'asta, mentre al suo fianco era seduta una donna dai capelli bianchi che indossava uno smunto giaccone verde imbottito, come quelli dell'esercito che tanto andavano di moda negli anni Settanta.

Un medico dai capelli brizzolati sulle tempie continuava a saltare dentro e fuori dal corridoio come un pupazzo a molla: gesticolava, gridava, impartiva istruzioni imperscrutabili; un'altra infermiera sventolava freneticamente la mano rivolta alla scrivania davanti al reparto; il familiare di un paziente in fin di vita iniziò a salmodiare le scritture, sollevando le braccia verso il soffitto bianco, e poi prostrandosi come un folle sul selciato di cemento umido, in preghiera.

Nel frattempo, un numero sempre maggiore di persone cercava di stiparsi dentro: alcuni malati di Covid, altri probabilmente no. La maggior parte avrebbe dovuto essere trasferita nel reparto di quarantena, ma non c'era spazio disponibile.

Inutile cercare di parlare con quella gente. I medici e gli infermieri erano troppo oberati per poter dire qualcosa sulle misure di sicurezza dell'ospedale. Senza contare che difficilmente potevano essere a conoscenza di qualche dettaglio importante. I pazienti e le loro famiglie non erano certo dell'umore giusto per rispondere alle loro domande sui delitti.

Stavano dunque per andarsene verso l'uscita, quando Chen intravide un uomo di mezza età che singhiozzava inconsolabile in un angolo del corridoio. Le sue spalle sobbalzavano ritmicamente. Era inginocchiato di fronte a una panchina, accanto a un corpo avvolto da un telo bianco. Chen notò in lui qualcosa di familiare.

L'ex ispettore capo lo avvicinò in silenzio. Stupefatto, lo riconobbe: l'uomo che piangeva a dirotto era nientemeno che il suo amico Molong.

«Sua madre...» Chen si ammutolì. Non riuscì a dire altro.

«Sì, è morta su questa dura panchina senza riuscire a ottenere un letto» disse Molong fra un singhiozzo e l'altro, «niente respiratori, niente cure appropriate, neppure un sorso di brodo di pollo caldo, prima di esalare il suo ultimo respiro. Ispettore capo Chen, sono un figlio orribile e patetico, senza un briciolo di devozione!»

Tra gli amici di Chen era risaputo che Molong era un figlio devotissimo, ma pochi sapevano che era anche un hacker di prim'ordine.

Chen tornò da Hou e gli disse a bassa voce: «Molong è un mio vecchio amico. Sua madre è appena spirata. Vorrei parlare brevemente con lui.»

«Naturalmente, direttore Chen.»

«Per qualche giorno ha accompagnato qui sua madre, per cui forse può aver notato qualcosa di insolito all'ospedale.»

«È una valida osservazione. Lei è davvero un investigatore competente. Faccia pure con calma, direttore Chen. Io e Jin daremo ancora un'occhiata in giro.»

«Non ci vorrà molto. Al massimo quindici minuti.»

«Come mai si trova qui all'ospedale, ispettore capo Chen?» gli domandò Molong. Con il dorso della mano si sfregò il viso per asciugare le lacrime.

Molong era uno dei pochi amici dell'ex ispettore capo ad avere il suo ultimo numero di cellulare, ed essendo un hacker molto esperto sapeva come mettersi in contatto con lui senza farsi scoprire dai cyberpoliziotti. Tuttavia, era da un po' di tempo che non lo chiamava.

«Molong, avrebbe dovuto farmi sapere prima di sua madre. Avrei tentato di aiutarla.»

«Stavolta nessuno poteva fare niente. E poi lei non è più l'ispettore capo del dipartimento. Tutti sanno cosa significa. E io sono un famigerato hacker sulla lista nera del governo. È per questo che non mi sono più fatto vivo. Ho provato a far ricoverare mia madre in diversi ospedali, ma inutilmente. Ho tentato di attivare tutte le mie conoscenze, ma sono riuscito soltanto a farle avere questa dura panchina qui nell'androne.»

Quello che era capitato a Molong, rifletté Chen, poteva succedere a tantissime altre persone.

Poteva anche essere una motivazione sufficiente a spingere una persona a uccidere?, rifletté Chen, pensando ai tre delitti.

«È tutta colpa del governo che ha insabbiato i fatti!» riassunse Molong, dopo aver inspirato a fondo. «All'inizio i giornali di partito continuavano a raccontare alla gente che il virus non poteva essere trasmesso da persona a persona. Che poteva essere facilmente prevenuto e curato. Perciò la gente, e in particolare gli anziani, sono stati presi alla sprovvista.

«All'inizio mia madre pensava che si trattasse di una normale influenza. Avrei potuto farla ricoverare all'ospedale prima, ma lei continuava a rifiutarsi. Quando alla fine l'ho portata qui in macchina, la febbre ormai era altissima. La situazione poteva anche non essere così critica, tuttavia non l'hanno accettata.»

«Molong, lei ha fatto del suo meglio. Però avrebbe comunque potuto parlarmene prima.»

«Ma a cosa sarebbe servito? Avrà pur visto con i suoi occhi il terribile disastro che ne sta venendo fuori. Un inferno! Qualche anno fa lei ha letteralmente smosso mari e monti per farla operare di un cancro ai polmoni all'East China Hospital, e lo sa cosa mi ha detto mia madre proprio su questa panchina?»

«Cosa le ha detto?»

«Che grazie al suo aiuto lei era riuscita a vivere altri quattro anni. E che di questo era molto contenta. Mia madre voleva che io la ripagassi e aveva ragione, ma il fatto è che quando lei era in vita avevo le mani legate.»

«Di cosa sta parlando, Molong?» gli domandò Chen.

«Immagino che sia coinvolto in qualcosa di importante, e di molto rischioso. Quando mia madre era ancora viva io non potevo correre troppi rischi, ma adesso questo non conta più. Avanti, ispettore capo Chen, mi dica cosa posso fare per lei.»

«Ma io...»

La conversazione venne interrotta da Jin, che si stava avvicinando in tutta fretta come una diligente segretaria.

«Il signore è Molong, un mio vecchio amico» disse Chen, facendo le presentazioni, «e lei è Jin, la mia fidata e abile segretaria.»

La ragazza scrutò la mascherina di Chen e allungò la mano per sistemarla bene, in modo che gli coprisse meglio il viso. Fu un gesto intimo da parte sua, ma lo fece senza esitare. Chen pensò che fosse sinceramente preoccupata del distanziamento tra lui e Molong. Abbassò timidamente la mascherina e sorrise all'amico, come per scusarsi, poi la tirò su di nuovo.

«Hanno appena chiamato Hou dall'hotel» disse Jin. «Le stanze sono pronte. Vuole fare una riunione con la squadra al completo. Sono arrivate nuove istruzioni dall'amministrazione municipale, direttore Chen.»

Chen sospettava che Hou non volesse lasciarlo da solo

e lontano dai suoi occhi, ma Jin decise di non dire altro in presenza di Molong.

«Allora parleremo più avanti, Molong. Le porgo ancora le mie più sentite condoglianze. Se c'è qualcosa che posso fare, lo comunichi pure a me o a Jin. Anzi, può contattare direttamente lei» disse Chen. «Forse non gliel'avevo ancora detto, ma Jin era con me sui Monti Gialli per un'altra indagine.»

«Direttore Chen, dico a Hou che lo raggiunge tra un minuto» concluse Jin, e si voltò per andarsene. «E non dimentichi che deve ancora fare il tampone.»

«Ai piani alti dell'amministrazione non hanno più fiducia in me, come può ben vedere» proseguì Chen rivolto a Molong. «Però, siccome devono affrontare un caso che minaccia la cosiddetta stabilità sociale si sono rivolti a me per farsi aiutare. Ma questa è un'altra storia. Mi dica ancora di sua madre... anzi, dovrei dire della mia Zietta. Quando è previsto il funerale?»

«Anche le pompe funebri stanno chiudendo. L'aggregazione sociale non è consentita. Devo considerarmi fortunato, perché sono riuscito ad assicurarmi un posto per domani mattina presto.»

«Non sono sicuro di potercela fare, ma forse Jin riuscirà a venire in vece mia. È il minimo, per la mia Zietta.»

Nella mente di Chen stavano affiorando alcune idee, seppur vaghe e sfuggenti. Prima, durante la telefonata con Pang, aveva abbozzato qualcosa che però si era subito perso prima che potesse dargli una forma concreta.

Forse avrebbe potuto aiutare Pang almeno traducendo *Il dossier Wuhan*. E Molong sarebbe stato in grado di far uscire dalla Cina il documento. Considerato il suo profondo risentimento nei confronti dell'amministrazione dell'ospedale e della politica zero-Covid, probabilmente Molong era più che disposto a dare una mano anche in quell'indagine. Non avrebbe avuto difficoltà a hackerare il Renji per raccogliere informazioni riservate sulle persone coinvolte negli omicidi.

Un'improvvisa consapevolezza provocò in Chen un sussulto.

Sei mesi prima, la sola idea di collaborare con altre persone e di mettersi contro il governo gli sarebbe parsa inimmaginabile. Ma in Cina le cose cambiavano molto in fretta. E quel governo lo aveva deluso tantissimo.

Mentre si dirigevano verso l'ingresso principale dell'ospedale, Chen notò la presenza di diversi componenti della squadra.

«Meglio non uscire tutti insieme» disse Hou.

«Ha ragione» convenne Chen, annuendo. «Uno o due alla volta. Dobbiamo farci notare il meno possibile. Non è il caso di far scattare chissà quale allarme qui all'ospedale. I nervi delle persone sono già messi a dura prova.»

«Esattamente, direttore Chen.»

«Allora io vado subito con il direttore Chen» disse Jin. «Stasera deve tornare qui per sottoporsi al tampone.»

«Se uscite da qui insieme voi due, la cosa può apparire più naturale, immagino» commentò Hou con un sorrisetto scaltro. «Un dirigente del partito con la sua segretaria giovane e carina.»

Sembrava una battutina ironica. Che tuttavia colse Jin completamente alla sprovvista, anche se decise di non reagire.

Quindi i due si accomiatarono da Hou. Uscirono dall'ospedale, svoltarono a destra in via Shandong e poi ancora a destra in via Guangdong, che percorsero tormentati da una domanda. Camminarono consapevoli di una sensazione ineliminabile, ovvero che qualcuno alle loro spalle li stesse seguendo con insistenza, in silenzio.

Tornarono all'hotel intorno alle nove e mezza. A Chen e a Hou vennero assegnate due imponenti suite che si trovavano una di fronte all'altra, separate da un corridoio illuminato fiocamente.

Quella di Jin era invece una normale camera, niente di particolarmente lussuoso, però era adiacente alla stanza di Chen. Entrambe, poi, erano dotate di un balcone con una balaustra di ghisa riverniciata di verde, che dava direttamente su via Fuzhou.

Inoltre, le due stanze erano comunicanti, anche se la porta era stata chiusa a chiave. Jin non era troppo sicura che tutte le camere fossero sorvegliate, ma con tutta probabilità la sua conteneva delle microspie e una telecamera nascosta. Tutto era possibile, all'ombra del potente sistema di sorveglianza messo in campo dal Partito comunista cinese. Per l'occasione, nonostante il brevissimo preavviso, l'intero piano dell'hotel era stato sgomberato per far posto alla squadra speciale.

Qualcuno bussò alla porta di Jin e disse: «Le abbiamo portato uno spuntino per la serata.»

La ragazza aprì, prese un vassoio su cui erano posate due uova e una tazza di tè varietà Pozzo del Drago. Grazie alle disposizioni speciali, il servizio in camera dell'hotel era eccellente.

Ma forse Jin avrebbe potuto fare qualcos'altro per l'ex ispettore? Hou e i suoi uomini avevano un bisogno così disperato dell'aiuto di Chen che il fatto di permetterle di soggiornare lì sembrava una magnanima concessione. Nel frattempo, i poliziotti e gli agenti della Sicurezza interna sorvegliavano Chen ogni singolo istante. Forse lo stesso valeva anche per lei, essendo la sua "piccola segretaria".

Tuttavia, non c'era motivo di azzardare ipotesi al buio, la situazione era qualcosa al di là della sua portata.

Da qualche parte, nella stanza, c'era una vecchia sveglia che ticchettava rumorosamente. Di tanto in tanto, Jin sentiva dei passi che attraversavano rapidi il corridoio. Pensò che avrebbe potuto dedicare un po' di tempo a certe pratiche dell'ufficio che dovevano ancora essere ultimate.

Il trillare del telefono in camera la strappò dalla sua intensa concentrazione. La chiamata proveniva da Chen.

«Sono uscito sul balcone, nella mia stanza c'è un caldo soffocante. La vista di via Fuzhou sotto la luce lunare è assolutamente indescrivibile, come in una poesia quasi dimenticata. Familiare e allo stesso tempo strana.»

«Davvero?»

Essendo un hotel ricavato da un vecchio edificio degli anni Venti o Trenta del secolo precedente, la scarsa qualità del riscaldamento non era poi così sorprendente. Tuttavia sembrava alquanto improbabile che il poetico ispettore capo potesse concedersi fantasticherie romantiche in un momento come quello.

Più probabile che la telefonata fosse anche un invito a farla uscire sul balcone. E la scelta di usare la linea interna dell'hotel una mossa a beneficio di orecchie altrui.

«Lei sta bene, direttore Chen?» gli domandò Jin, che stette al suo gioco.

«Niente di particolare. Mi manca solo un po' il fiato.»

«Quanti gradi ci sono all'aperto?... Attenda un attimo. Secondo il mio cellulare non fa troppo freddo, ma è meglio che si tenga ben coperto.»

«Non si preoccupi. Giusto qualche minuto di aria fresca» disse Chen.

«Be', dovrei controllare il balcone per lei. L'ha sottolineato anche il vicecapo Hou, la mia priorità politica numero uno è quella di prendermi cura di lei.»

«Su questo non ho nulla da obiettare, Jin.»

La ragazza scrutò il balcone e vide Chen, che si stagliava nella pallida e fredda luce della luna. I due balconi erano separati, ma a poca distanza tra loro. Potevano parlarsi senza essere costretti ad alzare la voce.

Jin uscì sul balcone pestando i piedi, soffiando l'alito caldo sulle mani fredde.

«Non è male, direttore Chen, ma non dovrebbe restare fuori troppo a lungo.»

«Mi dispiace di averla trascinata sul balcone. In *1984*, anche Winston e Julia sono costretti a vedersi in questo modo, al buio e al freddo.»

«Ah, ho appena scaricato il testo del libro» disse lei. «A giudicare dalle prime frasi dell'introduzione, Julia si innamora di Winston malgrado tutte le circostanze avverse, giusto?»

«Esatto, ma lei prosegua la lettura. Questa è la prima volta che guardo via Fuzhou dal balcone, al buio. Che bizzarra sensazione! Forse nei suoi libri di storia non ha trovato che nel periodo antecedente il 1949 questa strada era famosa per i bordelli.»

«Davvero?»

Da quando erano arrivati all'hotel, quella era la prima volta che riuscivano a trovare un momento per stare da soli.

Impulsivamente, Jin allungò la mano, ma le sue dita non riuscirono a toccare quelle di Chen sul balcone accanto. Dopotutto l'"Amicizia nello spazio e nel tempo" non esisteva.

«Direttore Chen, cosa intende quando dice che la vista è per lei qualcosa di familiare e di strano allo stesso tempo?»

«Guardi... Sul lato opposto della strada c'è la Libreria internazionale. Nei primi anni Settanta cominciai a frequentarla mentre studiavo l'inglese da autodidatta. Dentro era sempre molto affollata, ma all'esterno lo era ancora di più, perché era piena di ragazzi come me che davanti all'ingresso si scambiavano libri in inglese. Le autorità del partito ne erano a conoscenza, lo sapevano, ma all'epoca decisero di non fare nulla. In seguito, il governo conferì a via Fuzhou la denominazione di "strada della cultura", e diversi negozi vennero trasformati in librerie.

«Prima del 1949, però, via Fuzhou non era affatto illuminata, ed era piena di costosi bordelli. Si dice che il generale Chiang Kai-shek in persona avesse comprato una ragazza in uno dei postriboli per farla diventare una sua concubina. Ma stasera siamo qui sul balcone e guardiamo la strada... senza traffico, né pedoni, né luci al neon, come se il passato e il presente si fossero sovrapposti, immersi nell'oscurità.»

«È come nel vecchio detto, "parlando con lei per dieci minuti ho imparato più cose che studiando per dieci anni"» osservò Jin. «La gente si avventura all'aperto per comprare generi alimentari, ma certo non i libri. In questi tempi di Covid, se uno deve uscire di casa è in grossa difficoltà.»

«Questo è vero, ma lei, Jin, può farlo?»

«Ho un permesso speciale che mi è stato concesso dall'amministrazione della città, ricorda? E poi Hou mi ha detto che non è necessario rimanere in hotel per tutto il tempo.»

«Dovrei chiederle un altro favore.»

«Qualunque cosa, direttore Chen.»

«Quello che è accaduto alla madre di Molong è davvero molto triste. Vorrei comprare una corona di fiori e partecipare al funerale. Sa, per anni mi sono rivolto a lei chiamandola Zietta.»

«No, è meglio che lei resti qui in albergo. Se è necessario, posso andarci per conto suo. Ci penso io a portare una corona di fiori freschi alla cerimonia.»

«Jin, lo apprezzo veramente molto. Un'altra cosa: ho un amico a Wuhan che si chiama Pang e che potrebbe aver bisogno di aiuto, e Molong è una persona che forse è in grado di fare qualcosa per lui. Per cui le lascio il numero di telefono di Pang, lo dia a Molong, che potrà mettersi in contatto direttamente con lui.» Dopo averle dettato il numero, Chen aggiunse, dopo un'ulteriore riflessione: «Pochi sanno che Molong è un genio del computer.»

Quelle parole rafforzarono la convizione di Jin: l'indomani mattina presto sarebbe certamente andata alle pompe funebri. Per un incarico su cui Chen non aveva voluto scendere nei dettagli, almeno per il momento.

«Sono felice di esserle utile, direttore Chen.»

«La cerimonia funebre per la madre di Molong sarà domani mattina alle otto. Alla camera ardente del tempio buddhista di Longhua. Gli faccia avere una corona di fiori freschi a nome mio, e non badi a spese.»

«Come mai così presto?»

«Era l'unica fascia oraria disponibile. Anche se temo che ben presto chiuderanno pure le camere mortuarie. Molong è un amico fidato, perciò quando parlerà con lui non abbia timore.»

«C'è altro?»

«Be', Molong è stato all'ospedale accanto a sua madre per diversi giorni. Forse potrebbe aver notato qualcosa di insolito. Ma naturalmente non posso esserne certo.» Chen riprese il discorso dopo una breve pausa: «In ogni caso, come recita l'antico adagio, "un generale che combatte lontano, ai confini, non è obbligato ad ascoltare l'imperatore"... Anche lei saprà certamente cosa intendo dire.»

Giorno 2

Assai grato per l'onore
che mi hai concesso sul "palco per il generale"
fatto d'oro, tengo in mano
una spada di giada di drago,
sono pronto a donare la vita
per te, mio signore.

LI HE

Nel mezzo del cammin di nostra vita
mi ritrovai per una selva oscura
ché la diritta via era smarrita.

DANTE ALIGHIERI

Sto commentando i Sei Classici,
i Sei Classici stanno commentando me.

LU JUYUAN

Ai tempi del Covid, i filmati brevi stanno riscuotendo un successo sempre maggiore, sembra che si diffondano come un incendio fuori controllo che si propaga rapidamente. Uno degli ultimi video mostra un giovane padre che lotta per farsi largo tra le barriere brandendo un coltello e gridando a squarciagola: «A casa non c'è più latte in polvere, il mio bambino sta moren-

do di fame.» Essendo stato imposto il lockdown nel rione in cui abita, non può uscire per andare a comprare il latte in polvere. È disperato. È superfluo aggiungere che l'uomo è stato poi sopraffatto dai Grandi Bianchi e dai poliziotti di quartiere, ammanettato e imbavagliato con uno strofinaccio.
Tuttavia, il video è diventato famoso perché la gente ha ammirato il coraggio del padre di combattere per il suo bambino. Qualcuno ha perfino realizzato la parodia di una canzone molto popolare, che fa:

Ciao, bambino mio, è l'ultima poesia che tuo padre ha scritto per te.
A casa non c'è più latte in polvere,
i tuoi pianti mi stanno spezzando il cuore,
mi spingono a evadere da questo lockdown
brandendo un coltello.
Oh, piccolo mio, il mio bambino che sta morendo di fame,
per un barattolo di cremoso latte in polvere,
voglio essere un padre che rimarrà nei tuoi ricordi, e di cui sentirti fiero, quando io non ci sarò più.

Tra i vicini si sussurra che il padre, a causa della sua condotta criminale nei confronti della politica zero-Covid del partito, sia stato condannato a diversi anni di carcere.

Il dossier Wuhan

Jin uscì dall'hotel la mattina presto. Spirava un vento gelido, e durante la notte la neve soffice e leggera aveva imbiancato nuovamente via Fuzhou.

Decise di indossare una mascherina patriottica, con il disegno di una piccola bandiera rossa a cinque stelle sull'angolo superiore sinistro. Si domandò se anche lei fosse sorvegliata, quando si trovava in compagnia di Chen, o anche quando era lontana da lui.

Erano tempi in cui la gente doveva sforzarsi di essere patriottica, in ogni occasione. Tutti conoscevano una frase pronunciata da un funzionario di alto rango a Pechino: «Bisogna essere assolutamente leali nei confronti del partito; altrimenti si è assolutamente sleali.» Sembrava una specie di brutta filastrocca, invece era una cosa serissima.

Nelle profondità della mente di Jin riecheggiava il frammento di una poesia che una volta aveva sentito pronunciare da Chen: «*Città irreale... Ch'io non avrei mai creduto che morte tanta n'avesse disfatta.*» Jin aveva provato a rintracciare le origini di quel frammento, ma inutilmente. In quel momento anche via Fuzhou le appariva irreale, deserta, strangolata da uno smog bigio.

Arrivata in piazza del Popolo, ancora avvolta da un pallido sudario, prese la metropolitana. Il treno era semivuoto, forse perché era ancora prestissimo.

Jin fece scorrere le notizie sullo schermo del suo cellulare. Non trovò niente sui tre delitti all'ospedale, mentre le informazioni sulla pandemia abbondavano: non soltanto quelle relative a Wuhan, ma anche a Shanghai e alle altre città. Il convoglio si infilò in una galleria lunga e buia.

Jin arrivò alla camera ardente di Longhua all'incirca venti minuti prima dell'orario previsto.

Nel momento in cui Chen si sedette al tavolo della sala da pranzo dell'hotel per fare colazione, apparve anche Hou.

Niente di cui stupirsi. Anche le persone che alloggiavano lì dovevano essere sotto stretta sorveglianza. Probabilmente Hou stava tenendo d'occhio ogni mossa di Chen.

«Buongiorno, direttore Chen, dov'è Jin?»

«Ieri sera sono uscito sul balcone a prendere una boccata d'aria, e per riflettere su questa indagine così difficile.»

«Abbiamo tutti bisogno di una boccata d'aria, ma sul balcone doveva fare parecchio freddo.»

«Non si preoccupi. Jin ha subito pensato bene di controllare la temperatura.»

«È proprio una brava ragazza, mi ricorda un'espressione che lei ha usato in una delle sue poesie: *un fiore sorridente e comprensivo*.»

«Ah, no, quella è una vecchia espressione cinese, tuttavia Jin è davvero una ragazza intelligente e solerte, su questo non c'è dubbio. Là fuori sul balcone mi ha chiesto se poteva fare qualcos'altro per me, così ho pensato alla cerimonia funebre per la madre di Molong, che dovrebbe svolgersi questa mattina. Qui abbiamo appena iniziato la nostra indagine, non posso andare di persona, per cui le ho chiesto di portare una corona di fiori da parte mia.»

«Un gesto molto premuroso.»

«Ma per tornare a quello di cui le stavo parlando... Si tratta di un caso complicato, difficile. Come in quella famosa affermazione del compagno Deng Xiaoping agli inizi della riforma cinese, "possiamo soltanto cercare di attraversare il fiume tastando le pietre, una dopo l'altra, quasi nascoste dall'acqua fangosa". A quei tempi io ero uno studente universitario che nutriva una grande fiducia nella riforma. Il tempo scorre in fretta, e abbiamo ancora molta strada da fare. Non so se alcune di quelle pietre possono offrire un appiglio sicuro nelle acque turbolente, tuttavia non abbiamo altra scelta, anche se a fatica dobbiamo cercare di camminarci sopra.»

«Esattamente, direttore Chen, non abbiamo scelta. Lei quale pensa che sia la nostra prima pietra?»

«Dobbiamo controllare qualunque attività sospetta delle vittime. Diciamo, nella settimana precedente la morte di ognuna di loro. Non necessariamente attività collegate al Covid. Dovremo interrogare i familiari e le persone nei rispettivi quartieri di residenza.»

«C'è altro?»

«È necessario scoprire le informazioni riservate su quello che è accaduto nell'ospedale da quando è stato rinvenuto il cadavere della prima vittima.»

«Intende dire che potrebbero anche non averci detto tutto?»

«Be', non si può mai sapere. Però è una possibilità, non crede? Ha presente quella metafora che viene usata spesso? *Spremere il dentifricio dal tubetto*... Per una ragione o per l'altra ci sono dei funzionari che provano a insabbiare il più possibile. Ricorda il nostro colloquio con i quadri dell'ospedale, ieri sera?»

«Certo, la verità verrà fuori soltanto quando schiacceremo per bene il tubetto. Ha perfettamente ragione, direttore Chen.»

«Ho letto sul *Quotidiano del popolo* che il capo del partito di Wuhan ha appena rassegnato le dimissioni a causa dei suoi goffi tentativi di insabbiare l'esplosione dell'epidemia.»

«Verissimo, ispettore Chen. L'ho letto anch'io. È una cosa assolutamente scandalosa. E un vero disastro per tutto il paese. Un'amara lezione per tutti noi.»

«Inoltre, dobbiamo avere i referti dettagliati delle autopsie di tutte e tre le vittime. Meglio farseli consegnare direttamente dalla sala autoptica, evitando che siano esaminati prima da altri.»

«Ho capito. Questa è una cosa che si può sicuramente fare. Mando subito qualcuno a sorvegliarla. I referti le verrano consegnati oggi stesso. Siamo fortunati ad averla nella nostra squadra. Senza di lei l'indagine non andrebbe da nessuna parte.»

«Non dica così, Hou. Che programmi ha per oggi?»

«Sto organizzando un paio di riunioni all'hotel, solo per noi. Quando è il momento, la chiamo.»

Le pompe funebri erano un'istituzione statale situata su un immenso lotto di terreno a ovest della città, con un prato molto ben curato sul davanti e una fila di aiuole di fiori colorati che attorniavano il cancello.

Jin venne accolta da un grande cartello su cui era elencata la nuova normativa imposta dall'amministrazione municipale a seguito dell'epidemia.

Nonostante quei regolamenti, sulla facciata di un edificio attiguo che assomigliava a una specie di piccolo centro commerciale si estendeva un vistoso striscione di seta bianca, sul quale c'era scritto a caratteri cubitali neri:

UN SERVIZIO SUPEREFFICIENTE PER TUTTE LE PERSONE
DI QUESTO MONDO TERRENO, DALL'INIZIO ALLA FINE.

Jin entrò nel grande negozio di fiori e, quando sentì chiamare il suo nome, si voltò.

Era Molong, che teneva in mano una lunga lista degli acquisti.

«Jin?» ripeté lui, sorpreso.

«Ah, lei è Molong, giusto? Ci siamo conosciuti ieri sera davanti al pronto soccorso.»

«Esatto, era all'ospedale con Chen.»

«Sì, e questa mattina mi trovo qui su suo incarico. È impegnato in un'indagine speciale, perciò ha voluto che venissi io a esprimerle le sue più sentite condoglianze.»

«La ringrazio moltissimo per essere venuta così di buon mattino. Mi ha chiamato ieri sera, dicendomi che lei è una delle sue amiche più fidate. Il crematorio è oberato di lavoro, e l'unica fascia oraria disponibile era quella della mattina presto.»

«Oh, dovrei comprare una bella corona di fiori» si ricordò Jin. «Il direttore Chen parla sempre di sua madre e dice che è il minimo che possa fare. Ha insistito perché disponessi i fiori di fronte alla sua fotografia. In questo momento non è opportuno che lui si faccia vedere di persona, spera che lei possa capire.»

«Non deve neanche dirlo. Per me è come un fratello. C'è qualcosa che posso fare per lui?»

Chen non le aveva parlato dei rapporti intercorsi tra lui e Molong negli anni precedenti, ma era evidente che si fidavano molto l'uno dell'altro.

«L'attuale indagine in cui è impegnato il direttore Chen riguarda una serie di omicidi seriali avvenuti nei pressi dell'Ospedale Renji. Credo che un po' di informazioni riservate sull'ospedale e sulle vittime potrebbero essergli d'aiuto. Ecco, non è che mi abbia detto *esattamente* questo, però io lavoro al suo fianco da diverso tempo.»

«Ho capito. È una brava persona, e lavorare per uno come lui è una bella cosa, Jin.»

«Non potrei essere più d'accordo. Vuole anche che le dia il contatto di un suo amico di Wuhan, che di nome fa Pang. Potrebbe aver bisogno di assistenza da parte di qualcuno con la sua esperienza e le sue competenze in un certo campo particolare.»

«A proposito di questo... Le ha detto qualcosa di più specifico su quello che dovrei fare?»

«No, ieri sera si è limitato a consegnarmi il numero di cellulare di Pang. Può contattarlo direttamente. Poi immagino che entrambi saprete di cosa parlare.»

«Già... A volte il nostro ispettore Chen preferisce non essere più dettagliato perché non vuole coinvolgerci in qualche guaio. Mi ha anche detto che si fida di lei.»

«La ringrazio per le sue parole, per me significano molto. Ieri sono stata nel suo appartamento, ed ero pronta a lavorare con lui durante la pandemia, ma di punto in bianco è capitato un incarico imprevisto. Di conseguenza, adesso soggiorno con lui al Wu Palace Hotel, insieme alla squadra di investigazione» spiegò Jin.

«Anch'io le lascio il mio numero privato, è quello riservato agli amici più fidati. Mi chiami, se ci sono ulteriori dettagli che possono essermi utili. Meglio che Chen non mi contatti di persona, potrebbe non essere sicuro. Va bene anche per lei?»

«Tre giorni fa ho fatto comprare da mio padre una nuova sim card, una scheda registrata a suo nome» disse la ragazza, che tirò fuori il cellulare e compose il numero di Molong. «Adesso ce l'ha anche lei. Il mio telefono supporta due sim card.»

«Meglio usarne anche un altro.»

«Mi sa che ha ragione. Allora me ne procurerò uno appositamente per questo numero.»

«Jin, ancora una domanda. Ho letto che Chen è stato nominato direttore dell'ufficio per la Riforma del sistema giudiziario, ma che per il momento è in licenza di convalescenza. Come se la passa?»

«Di salute sta bene, ma nessuno sa quello che pensano di lui nelle alte sfere.» Jin cambiò argomento e diede una rapida occhiata al bancone di vetro, pieno di espositori sfavillanti. «Forse dovrei comprare qualche lingottino d'oro e d'argento per la bara. Ma se non sbaglio qui i defunti vengono cremati, giusto?»

«Esatto. Le persone anziane come mia madre fanno ancora fatica ad accettare la cremazione. Perciò una piccola imitazione della bara in cartone, con dentro dei lingottini di carta luccicante, potrebbe esser loro di conforto. Quanto al servizio speciale descritto sullo striscione, è stato messo a disposizione per via del Covid. Le persone hanno difficoltà a girare per negozi per procurarsi "il necessario" per l'occasione. È più comodo trovare tutto alla casa funeraria. Ovviamente, questo significa per loro un profitto ancora maggiore.»

«Perciò stanno guadagnando una fortuna approfittando della crisi...»

«In circostanze normali sarebbe anche aperto un ristorante a cinque stelle... Un locale enorme, in grado di allestire più di cento banchetti al giorno.»

Jin fece segno a una commessa vestita di nero, e con il volto coperto da una mascherina dello stesso colore, di mostrarle qualche campione della merce.

«Più lingottini si comprano» spiegò la commessa, «più il defunto può spendere nell'Aldilà.»

«Mi lasci dare un'occhiata. Quando saremo pronti le faremo sapere» disse Jin. Poi si voltò verso Molong: «Penso che acquisterò un mucchietto di lingottini d'oro e anche d'argento. Il direttore Chen mi ha detto di non lesinare. E poi, anche la corona di fiori più grande che hanno...»

Il cellulare di Jin squillò, una telefonata forse provvidenziale.

«Sono Hou, chiamo dall'hotel. Jin, dove si trova?»

«Alla camera ardente» rispose lei, consapevole dell'attenzione con cui Hou seguiva tutti i suoi spostamenti. «Sto aspettando che inizi la cerimonia funebre della madre di Molong. È il vecchio amico del direttore Chen, quello che abbiamo conosciuto ieri sera all'ospedale, ricorda?»

«Naturalmente, lo ricordo bene, e la sto chiamando proprio per questo. Potrebbe fare qualcosa anche per me?»

«Di che si tratta, vicecapo Hou?»

«Anch'io vorrei disporre una corona di fiori freschi in memoria della defunta. Il direttore Chen la chiama Zietta, vero?»

«Esatto. Proprio adesso sto scegliendo per lui una corona» disse Jin. «E farò stampare il suo nome sul drappo di seta bianca.»

«Allora ne aggiunga un'altra con un altro nastro e con queste parole: "Dall'Ufficio dell'Amministrazione della Città di Shanghai, per la zia del direttore Chen." Non badi a spese, naturalmente le verranno rimborsate.»

«Ho capito, vicecapo Hou» concordò prontamente Jin. «Molto premuroso da parte sua.»

Effettivamente, era un gesto di grande cortesia, pensò Jin. Hou non era certo obbligato a farlo. Una corona simile poteva dare un enorme prestigio al congiunto della defunta. E anche a Chen. Fin dall'inizio di quella storia, Jin si era domandata come mai Hou avesse continuato a concedere favori a Chen. Ma la politica era per lei qualcosa di imperscrutabile.

Pagò alla cassa e chiese al calligrafo di aggiungere sul nastro anche l'incarico ufficiale di Chen, oltre a qualche altro suo titolo onorifico. Potevano conferire ulteriore peso specifico alla corona, per così dire.

Poi fu la volta dei fiori a nome dell'amministrazione cittadina richiesti da Hou.

A questo punto Jin pensò bene di acquistare anche un'altra corona, più piccola, sul cui nastro fece apporre il proprio nome e l'incarico di segretaria per il direttore Chen. Meglio quello di niente.

Molong non parve sorpreso, perché ormai nulla di ciò che riguardava l'ex ispettore capo Chen poteva stupirlo.

Quindi si limitò a chiedere alla ragazza: «Può dirmi qualcosa di specifico riguardo al caso su cui sta indagando?»

«I corpi delle tre vittime sono stati ritrovati vicino all'Ospedale Renji, perciò deve affiancare una squadra speciale inviata dall'amministrazione della città. Lei sa bene che di questi tempi, per via del Covid, dall'ospedale non escono informazioni attendibili...»

La conversazione venne di nuovo interrotta.

La commessa, che forse aveva sentito qualche frammento del dialogo telefonico tra Jin e il vicecapo Hou, aveva scambiato Molong per un riccone dell'amministrazione di Shanghai dotato di entrature ai più alti livelli. E adesso voleva accalappiarselo tutto per sé, ingolosita dalla lunga lista degli acquisti che teneva tra le mani.

«Il direttore Chen è parecchio indaffarato» disse Jin a Molong, «telefoni direttamente a me, sono la sua "piccola segretaria".»

«Ho capito. La chiamo presto al numero che mi ha dato.»

Jin lasciò Molong tra le grinfie della commessa: se voleva dimostrarsi un figlio rispettoso della pietà filiale, avrebbe dovuto organizzare un funerale con tutti i crismi, senza poi contare che la pandemia...

Poco dopo la colazione, Hou chiamò la camera di Chen.

«Abbiamo delle informazioni sul dottor Wu, la terza vittima.»

«Mi dica, Hou, la prego.»

«Parecchi anni fa un certo paziente è morto sul suo tavolo operatorio, ma non si può dire che sia stata colpa sua, perché l'intervento era particolarmente rischioso. All'epoca, la famiglia del defunto protestò con l'ospedale, ma non in maniera troppo energica. Dopo aver ricevuto una grossa somma a mo' di risarcimento, non si sono più fatti sentire.»

«Potrebbe essere qualcosa» disse Chen. «Ulteriori notizie sulla causa sarebbero probabilmente d'aiuto, ma temo che sia una possibilità un po' remota.»

«Ah, sì?»

«In questo genere di dispute mediche la violenza può scattare d'impulso, subito dopo la tragedia, ma parecchi anni dopo? Ne dubito. C'è altro?»

«Ricorda che il funzionario di partito dell'ospedale, Qing, ci aveva parlato dei problemi del dottor Wu relativi alla demolizione della porzione di sua proprietà di una vecchia *shikumen*? Sono venuto a sapere che, non molto tempo fa, il fratello del dottor Wu ha litigato con lui a proposito dell'indennizzo per la ricollocazione. Stando a quanto ha riferito uno dei vicini, il fratello ha minacciato di ucciderlo.»

«Ah... Avete un fascicolo aggiornato sul dottor Wu?»

«Sì, ci ha pensato Xiao, della nostra squadra, ma non è particolarmente aggiornato o dettagliato.»

«Me lo mandi così com'è. So che Xiao è un poliziotto competente.»

«Glielo faccio recapitare nella sua stanza» disse Hou.

«Quando si ha a che fare con un omicida seriale, è importante avere un fascicolo il più esauriente possibile, che permetta di costruire non solo il profilo del criminale, ma anche quello delle vittime.»

«Ma, direttore Chen, com'è possibile riuscirci così, di punto in bianco? Non abbiamo la minima idea dell'identità dell'assassino.»

«Su questo sto lavorando. Dagli elementi che abbiamo raccolto finora, sono propenso a credere che si tratti di un uomo nel fiore degli anni, agile, vigoroso, calcolatore, dotato di una certa familiarità con la topografia del quartiere, in grado di colpire in una strada frequentata da poche persone e poi di scomparire nel nulla.»

«Ma è meraviglioso, direttore Chen! Su quali elementi lei costruisce un profilo? Vede, io sono un profano, non ho alcun tipo di esperienza in materia.»

«A giudicare dai referti delle autopsie, tutte le vittime sono state uccise con uno o due colpi sferrati con un pesante oggetto contundente. Dubito che una donna possa avere la forza fisica per compiere un atto simile e poi sparire così in fretta, senza essere vista da alcun testimone. Come le dicevo, l'assassino è un individuo calcolatore, dotato di spirito di iniziativa. Nonostante tutte quelle telecamere di sorveglianza installate intorno all'ospedale, non siamo riusciti a ricavare una sola immagine utilizzabile. Non possiamo neppure sottovalutare la sua familiarità con i dintorni. Per esempio, io non sapevo dell'esistenza del parcheggio dell'ospedale. Naturalmente, il referto autoptico della terza vittima non è ancora completo, e non siamo in grado di trarre delle conclusioni certe. Perciò oggi vorrei farmi un altro giro qui intorno. Quando ieri sera sono tornato per il tampone, nei pochi minuti in cui mi sono soffermato era troppo buio per riuscire a vedere bene la zona.»

«Mi sembra davvero sensato, direttore Chen. Posso venire con lei?»

«In realtà vorrei prima prendermi ancora un po' di tempo per riflettere e documentarmi. Ho come un'intuizione. Ma forse è soltanto un presentimento...»

Anche la sala commemorativa della casa funeraria si rivelò diversa da come la ricordava Jin.

Per la cerimonia buddhista, Molong aveva affittato quella più grande. Abitualmente sarebbe stata gremita di persone. Ma non quella mattina. Anzi, sarebbe apparsa praticamente deserta, se non fosse stato per la monumentale esposizione di corone di fiori freschi e di scatole lucenti piene di denaro per l'Aldilà. Molong sembrava proprio una persona che avesse agganci con i ricconi di Shanghai.

A causa del Covid le persone non potevano uscire di casa, tuttavia qualcuno aveva deciso di rendere comunque l'estremo omaggio alla defunta, e per ragioni tutte sue.

Il discorso commemorativo venne letto da Molong, che singhiozzava in lacrime. Poi, due file di monaci avvolti nelle loro tuniche color zafferano cominciarono a girare intorno al tavolo su cui erano state posate le offerte, salmodiando e borbottando versetti e percuotendo batacchi di legno a forma di pesce. Le loro teste rasate brillavano sotto le luci tremolanti, regalando un ulteriore tocco di solennità alla cerimonia buddhista.

Dopo aver posato le corone di fiori dinanzi al ritratto listato a lutto della madre di Molong, Jin si ritirò in fondo alla sala, dove un uomo di mezza età con le tempie ingrigite si fece avanti silenziosamente e l'affiancò, sussurrandole: «Io sono Gu. Non ci conosciamo, ma ho sentito fare il suo nome dall'ispettore capo Chen.»

«Ah, davvero?»

«Lei si trova qui per conto dell'ispettore capo Chen, giusto? Io sono un suo vecchio amico, per anni lui mi ha semplicemente chiamato signor Gu. Perciò anche lei può chiamarmi così.»

"Ispettore capo" era un titolo che non veniva più usato per parlare di Chen. Dunque, rifletté Jin, questo signor Gu doveva veramente conoscerlo da anni.

«Il suo nome mi suona familiare» gli disse. «Aspetti... È stato lei ad aiutarci a ottenere una camera d'albergo sui Monti Gialli? Quella notte mi trovavo con lui, che viaggio memorabile! Credo di averlo sentito fare il suo nome un paio di volte, nel corso di una telefonata al direttore dell'hotel.»

«Sì, ero io. Possiedo una catena di hotel, anche se non sui Monti Gialli. Però ho parlato con il direttore. Sapere che anche lei era con Chen è per me una piacevole sorpresa.»

«Eravamo lì per un'indagine» si affrettò subito a precisare Jin.

«È da un po' che non ci parliamo, io e l'ispettore capo, ma è colpa dei miei problemi personali. Tuttavia, sono una persona che è sempre in grado di fare qualcosa per lui, si fidi. Ecco il mio numero di cellulare. Un cellulare speciale.»

Il signor Gu prese il telefono con una mano, mentre con l'altra strinse quella di Jin, sfidando così le regole sul distanziamento sociale.

«Sono ancora in grado di fare qualcosa per lui» ripeté Gu. «Per esempio, potrei far recapitare delle provviste a sua madre, che vive sola nella loro vecchia casa. Sono già stato a trovarla.» Per un minuto o due rimase in silenzio, poi riprese a parlare: «Io e Chen ci conosciamo da anni. La sua telefonata di ieri sera non è stata una sorpresa. Mi ha chiesto di partecipare alla cerimonia funebre di stamattina. Io conoscevo già Molong, quindi non potevo mancare. Chen mi ha detto che ci sarebbe stata anche lei.»

«Spostiamoci un po' più in fondo alla sala» disse Jin. «Non è il caso di farsi notare troppo.»

La sera precedente, sul balcone, quando Chen le aveva detto che «un generale che combatte lontano, ai confini, non è obbligato ad ascoltare l'imperatore», forse si riferiva proprio a tutto questo.

Dunque aveva chiamato il signor Gu, probabilmente dopo la loro conversazione sul balcone. Era proprio vero, l'enigmatico ispettore Chen era un vulcano di idee.

«Adesso ho capito, lei è il presidente del New World Group» disse Jin. «Credo d'aver visto la sua fotografia sui giornali. Il direttore Chen mi ha anche fatto il suo nome, mi ha detto che gli è stato di grande aiuto in parecchie delle sue indagini.»

«È un onore che Chen le abbia parlato di me. Ma, a dire la verità, è lui che mi ha dato una grossa mano. È stato agli inizi della riforma cinese. Grazie alla sua traduzione di un'importante proposta d'affari, il New World Group si è potuto assicurare il suo primo prestito internazionale. Se la cosa non fosse andata in porto, la società non avrebbe mai avuto il successo che poi ha avuto.»

«Chen non me ne ha mai parlato.»

«L'estrema umiltà è un tratto tipico di Chen.»

Ormai Jin era sicura che quell'incontro non fosse fortuito, anche se ancora non aveva idea di quello che avrebbe dovuto dire o fare. Come al solito, Chen era stato eccessivamente prudente nei suoi riguardi.

«Lei è un imprenditore di successo, sulla bocca di tutti. Signor Gu, la gente la descrive come uno dei capisaldi del settore immobiliare cinese. Tuttavia, i suoi guai...»

«Forse ho avuto fin troppo successo. Come altri imprenditori, anch'io adesso sono considerato una potenziale minaccia per il governo di Pechino: dobbiamo essere annientati. Cosa posso farci? Niente. E comunque non mi interessa più. Ormai la mia famiglia si è stabilita negli Stati Uniti, e adesso dovrebbero essere in grado di badare a se stessi.» Scuotendo la testa intristito, aggiunse: «Il punto è che uno non ha proprio voglia di essere squartato come un grasso maiale indifeso.»

Jin aveva letto dei problemi a cui andavano incontro imprenditori come il signor Gu. Erano stati spazzati via da una nuova campagna di nazionalizzazioni lanciata dall'attuale capo del partito. Per l'economia cinese era un suicidio, ma lui insisteva nell'assestare colpi durissimi, uno dopo l'altro. Il nomignolo Testa di Maiale esprimeva tutta la sua stupidità, la sua cocciutaggine e la sua ottusità. E non c'era da stupirsi che il suo slogan preferito fosse: «Non dimenticate il cuore originario del *comunismo*.»

«È davvero ironico... Quando il Partito comunista salì al potere in Cina nel 1949» proseguì Gu, «promise di proteggere la proprietà privata e le imprese. Mao impiegò solo cinque o sei anni per cambiare drasticamente musica. Nel 1957 il partito lanciò un movimento nazionale per la nazionalizzazione delle imprese private a spese degli imprenditori, ai quali vennero confiscate le aziende e le fabbriche; gli imprenditori vennero etichettati come "capitalisti neri" e furono vittime delle ulteriori persecuzioni nel nuovo sistema di classe voluto da Mao.»

«La ringrazio di queste sue parole, signor Gu. Nei nostri libri di storia si legge che il popolo cinese ha *festeggiato* il movimento di nazionalizzazione.»

«Negli anni successivi i movimenti politici radicali si succedettero uno dopo l'altro e l'economia statale arrivò sull'orlo del collasso. Non erano rimaste che macerie, e ancora una volta il partito promise di proteggere la proprietà privata e gli imprenditori con una serie di politiche riformiste. Grazie alle quali, come disse Deng Xiaoping, avrebbero permesso "a un ristretto numero di persone di diventare ricche"; così vennero alla ribalta alcuni imprenditori che fecero sentire la propria voce. Dopodiché, diventarono nuovamente una potenziale minaccia, tanto che prese piede un secondo movimento di nazionalizzazione guidato da un nuovo slogan politico: "Il popolo cinese diventa ricco insieme."

«Ho dovuto elargire una serie continua di cosiddette donazioni» proseguì il signor Gu appassionato. «Pagare pesanti multe per i pretesti più disparati e sottoscrivere incessantemente confessioni sulla mia "colpa". Come altri imprenditori, sono stato brutalmente dissanguato, come un maiale, legato mani e piedi a strillare coperto di sangue, in attesa che il coltello del macellaio vibrasse la stoccata finale... Ma come sta l'ispettore Chen?» domandò poi, cambiando argomento.

«Soggiorno con lui al Wu Palace Hotel per un'indagine su alcuni omicidi.»

«Che vergogna. Si servono di lui solo per salvare l'apparenza della stabilità sociale.»

«È proprio come in un vecchio proverbio cinese: "Quando nel bosco non resta più nulla da cacciare, l'arco e le frecce devono essere accantonati." Probabilmente la stessa cosa vale anche per lei, signor Gu.»

«Ben detto, Jin. Ormai parla come Chen. Lei è una sua amica, ed è anche amica mia.» Gu prese un biglietto da visita e le disse: «Questi sono i miei contatti, c'è anche il mio nuovo numero di telefono. Qualunque cosa possa servire a Chen, me lo faccia sapere subito.»

«E questo è il mio» rispose Jin porgendogli il proprio biglietto. «Possiamo sentirci direttamente, signor Gu. E forse è più opportuno così. Il direttore Chen non si trova molto a suo agio con tutta questa tecnologia.»

Poco dopo le undici, in hotel, Chen ricevette un sms da Jin: «La cerimonia funebre è terminata. È stata più lunga del previsto. Al ritorno penso di passare dall'ufficio a dare un'occhiata. Potrebbero esserci dei documenti importanti per lei. Rientro all'una precisa.»

Un messaggio un po' criptico, ma una cosa era inequivocabile: una volta rientrata al Wu Palace, Jin doveva discutere con lui di qualche novità. Visto che ormai Hou li seguiva come un fantasma, era costretta ad approfittare di ogni momento in cui potevano restare soli.

Inoltre, il messaggio poteva anche essere una conferma di quanto gli aveva detto sul balcone, e cioè che era pronta a stare dalla sua parte fino in fondo.

Chen si alzò e cominciò a prepararsi una tazza di caffè istantaneo. Quello non era un hotel di lusso e la stanza non era dotata di una macchinetta, c'erano soltanto un paio di bustine di tè e di caffè sul comodino. L'acqua del bollitore termico sembrava quasi marroncina, forse per via delle tubature arrugginite, com'era capitato quella volta tra le montagne lontane...

Dopo la notte trascorsa sui Monti Gialli, la loro relazione non aveva avuto un seguito. Chen si era imposto di non andare in ufficio, ma non a causa del Prufrock che c'era in lui. Le autorità del partito gli avevano imposto quella licenza di convalescenza nel tentativo di toglierlo dalla circolazione, magari anche definitivamente. Con tutto quello che stava accadendo in quel periodo, forse la gente si sarebbe dimenticata di lui. E allora per Chen sarebbe arrivato il momento di sprofondare in un irrimediabile oblio.

Non che non volesse più combattere, ma ormai era diventata una lotta contro ostacoli insormontabili. Dopo che le nubi della notte si erano dispiegate morbidamente davanti alla finestra, dopo la pioggia caduta sui Monti Gialli, Chen aveva dovuto prendere Jin in seria considerazione.

Nell'esistenzialismo una persona fa una certa scelta, ne subisce le conseguenze e diventa ciò che è. Lui aveva fatto la sua. Quali che fossero state le conseguenze, nessun rimpianto. Tuttavia, se la sua inevitabile caduta avesse trascinato nella polvere anche lei, Chen non avrebbe mai potuto perdonarselo.

Più realisticamente, c'era la terribile prospettiva di fare la stessa fine di Winston e Julia in *1984*. Erano stati brutalmente annientati, spinti a uno sconvolgente tradimento reciproco, malgrado la passione romantica e idealistica che li aveva avvinti all'inizio.

Sotto il castagno, chissà perché,
io ti ho venduto e tu hai venduto me:
sotto i suoi rami, alti e forti,
essi sono defunti e noi siamo morti.

Perciò, quanto era accaduto sui Monti Gialli avvolti dalle nubi notturne – la foglia appassita, la rana di montagna che gracidava immersa nel buio, il pino che in sogno sbocciava diventando miracolosamente un pennello, e il drone minaccioso che li sorvolava, ronzando in cerchio davanti alla loro finestra per sorvegliarli... Sì, era meglio che tutte quelle cose rimanessero semplicemente nei loro ricordi.

Da quel momento anche lei gli era parsa molto cauta, a

suo modo assai discreta. Forse dopo essere scesa dalle vette dei Monti Gialli anche Jin aveva avuto dei ripensamenti, anche lei aveva considerato quello che c'era tra loro da una prospettiva più realistica?

Comunque Chen interpretasse la vicenda, una ragazza giovane come Jin avrebbe dovuto aspirare a un altro tipo di carriera. Senza contare la differenza di età.

E poi era diventato così difficile amarsi sotto gli occhi di tutte quelle telecamere di sorveglianza. *Il Grande Fratello vi guarda*. Eppure Jin era tornata da lui, prima con quella visita a sorpresa nel suo ruolo di segretaria dell'ufficio, poi seguendolo in hotel in veste di assistente.

Dunque la crisi provocata dal Covid sarebbe sfociata nella fine del mondo? Per questo Jin aveva deciso di fare qualcosa a cui teneva veramente?...

All'una meno due minuti, Chen, che era fuori dall'hotel a fumare una sigaretta, avvistò Jin che arrivava di corsa.

«Direttore Chen, come mai mi ha aspettato qui?»

«Dopo colazione ho detto a Hou che volevo riflettere un po' su quanto accaduto. Cosa che ho fatto, ma mi sono stancato un po'. Perciò sono venuto qui a fumare.»

«Capisco, ma non le fa certo bene» disse lei. «Comunque, ho visto Molong alla camera ardente e ci siamo scambiati i numeri di telefono. Se c'è qualcosa di nuovo o di importante, provvederà subito a mettersi in contatto direttamente con me. E farà anche in modo che tutte le comunicazioni confidenziali tra di noi restino protette da qualsiasi tentativo di hackeraggio o da fughe di notizie.»

«Oh, bene, Molong è un professionista esperto. E lei, Jin, è un'assistente in gamba.»

«Mi sono anche presa la libertà di dirgli di controllare il sistema di posta elettronica dell'ospedale per vedere se ci sono informazioni riservate che possono tornarci utili.»

«Ha fatto questo? Magnifico!»

«Sto solo imparando a essere la brava segretaria di un leggendario ispettore capo.»

«D'altra parte è vero, in questo momento dobbiamo fare tutto quello che è in nostro potere. Non possiamo permetterci di star qui ad aspettare con le mani in mano.»

«A proposito, ho visto il signor Gu. Ci siamo scambiati i numeri di telefono anche con lui. Mi ha promesso che avrebbe fatto di tutto per aiutarci nell'indagine. Mi ha detto che sa di essere in debito con lei.»

«Tipico di Gu, parlare così» commentò Chen. «Ieri sera, dopo la nostra chiacchierata sul balcone, ho pensato che avrei dovuto parlargli della morte della madre di Molong. Non volevo dilungarmi troppo al telefono, ma forse potrebbe aiutarci, anche se non necessariamente per l'indagine.»

«Ho capito» disse Jin, senza in realtà aver afferrato il senso di quelle parole.

C'erano tante cose che non sapeva sull'enigmatico ex ispettore capo, ma questo lo capiva benissimo.

«Che ne dice se facciamo una breve passeggiata qui nei dintorni? Vorrei dare un'occhiata alle scene dei delitti.»

«La seguo, direttore Chen» rispose lei, e lo prese sottobraccio.

Un'ambulanza sfrecciò urlante lungo via Fuzhou e Chen commentò: «Conosco Molong e Gu da anni. In un modo o nell'altro, tutti e due mi sono stati d'aiuto. Posso assicurarle che si tratta di persone fidate.»

«Ho già sentito parlare del signor Gu. È uno dei ricconi più facoltosi di Shanghai. Lui però dice di trovarsi in guai seri, per colpa della cosiddetta seconda nazionalizzazione. È davvero ingiusto!»

«Gli imprenditori non statali hanno fatto un magnifico lavoro per la riforma economica cinese, e hanno acquisito una certa influenza, solo che adesso il partito crede che possano mettere a rischio la stabilità politica del regime monopartitico.» Chen preferì non dilungarsi oltre sulla questione. Le cose erano complicate, ma Jin aveva ragione.

«Ed è anche ingiusto che trattino lei in questo modo!» proseguì la ragazza. «Direttore Chen, lei ha fatto tantissimo per il dipartimento di polizia, ma a quale scopo? L'hanno privata dell'incarico di ispettore capo perché ha tentato di svolgere con onestà il suo lavoro di poliziotto, e l'hanno relegata in un ufficio con pochissimo potere e denaro a disposizione. Però, nel bel mezzo della crisi provocata dal Covid, hanno pensato bene di coinvolgerla in questa indagine nonostante lei sia ancora in licenza di convalescenza!»

«Con tutte le ingiustizie che ci sono in Cina oggi, quello che è capitato a me non è nulla» ribatté Chen. «*Cosa c'è di più inutile di un poeta?*... È un verso di Gao Shi, un poeta della dinastia T'ang. Penso però di poter fare ancora qualcosa per la gente.»

Svoltarono in via Shandong.

All'incrocio videro un ambulante solitario che cucinava tortini di cipollotti dentro una larga padella piatta poggiata su un fornello a gas portatile, ma Chen non si stupì più di tanto. Il profumo gli fece venire l'acquolina in bocca. In cima a un bastone di bambù scolorito c'era un cartello con su scritto: OGGI ULTIMO GIORNO.

«Tutte le bancarelle chiuse. Dove si sarà nascosto il colpevole?» mormorò Chen tra sé e sé, con voce appena percettibile.

Jin si era soffermata sullo sguardo prolungato rivolto da Chen ai tortini che ancora sfrigolavano nella padella. Si avvicinò al venditore, ne comprò uno, lo divise in due parti e ne porse una all'ex ispettore capo.

«Lei non dovrebbe mangiare molto, ma per una volta può anche evitare il cibo dell'hotel.»

«La ringrazio, Jin. Quando ero giovane e inesperto era

uno dei miei spuntini preferiti. Però non ricordo se questo banchetto si trovasse al medesimo angolo della strada, né se questo ambulante sia lo stesso di allora.»

Così come il giorno precedente, davanti all'ospedale si era ammassata una moltitudine di persone. Pazienti preoccupati e i loro familiari.

«Che ne pensa, Chen?»

«Perché proprio qui?»

«Già...»

«È affollatissimo a causa della pandemia, giorno e notte. Anche se era circa mezzanotte, l'assassino ha corso un rischio enorme con la sua prima aggressione, quando ha colpito Ouyang, il direttore della sezione propaganda. Non può trattarsi di una rapina finita male. Piuttosto, credo che il suo gesto fosse premeditato, una sorta di vendetta. La scelta del luogo, ai suoi occhi, costituisce una vera e propria dichiarazione di intenti.

«E poi l'arma del delitto è molto strana. Forse un tubo d'acciaio, ma con qualcosa all'estremità, come la testa di un pesante martello. Ho controllato le immagini delle scene del crimine.»

«Quindi l'assassino ha fabbricato un'arma speciale, per ragioni a noi sconosciute?»

«Non lo so. Ma il tubo d'acciaio potrebbe essere abbastanza voluminoso. Come avrebbe fatto a trasportarlo in giro senza farsi notare?»

«È inverno, magari l'ha nascosto sotto un cappotto lungo.»

«Un cappotto lungo...» Un'immagine indistinta balenò nella mente di Chen, ma scomparve subito.

In ogni caso, l'assassino poteva essersi appostato da qualche parte in via Shandong, in un punto che gli permetteva di tenere sotto controllo il cancello d'ingresso. Poi è entrato in azione nel momento in cui ha visto la vittima uscire dall'ospedale.

«È stranissimo. All'infuori del venditore di tortini, tutti

gli altri banchetti e gli ambulanti sono scomparsi» osservò Jin, perplessa.

«È la politica zero-Covid... Vogliono prevenire i contatti ravvicinati a tutti i costi e non lasciano nulla di intentato. Questo, però, potrebbe significare una svolta curiosa per la nostra indagine.»

«Cosa intende, direttore Chen?»

«L'assassino doveva sapere quando la vittima sarebbe comparsa, non poteva attendere lì all'infinito. Ma siccome di ambulanti e di chioschi non ce ne sono più, dove ha potuto nascondersi?»

«Bella domanda.»

Passarono davanti al cancello d'entrata dell'ospedale seguitando a parlare tra loro, poi arrivarono a una stradina acciottolata, angusta come un vicolo. Jin prese il cellulare e toccò l'applicazione Mappe.

«Ah, via dell'Oro Porpora. Proprio la stradina laterale che...» disse incredula.

«Esatto, la stradina in cui è stata assassinata la seconda vittima. L'infermiera Huang, del reparto di ortopedia.»

Era una viuzza stretta e deserta, che la Sicurezza interna aveva passato e ripassato al setaccio.

A un certo punto apparve una donna con la mascherina: correva di gran fretta verso l'ospedale portando a cavalcioni un bambino di cinque o sei anni. Con tutta probabilità abitava in un quartiere lì intorno, e aveva usato quella viuzza come scorciatoia.

«Quanto è lunga la via?» domandò Jin.

«Non saprei. Non molto, a giudicare dalla distanza tra via Shandong e via Fujian. Ma da qui sembra più un vicolo cieco.»

La imboccarono e dopo qualche passo videro un cartello su cui c'era scritto: ACCESSO RISERVATO AI MEZZI OSPEDALIERI.

«Non ci passa neanche, un'ambulanza.»

Quasi a voler misteriosamente sottolineare le parole di

Jin, una minuscola automobile imboccò la stradina a tutta velocità. La donna che correva fu costretta a balzare di lato, appiattendosi contro il muro di un'anonima *shikumen*, ricoperta di muschio. Il bimbo che portava in spalla si spaventò moltissimo e scoppiò a piangere.

Quando arrivarono in fondo alla viuzza, Jin notò un cartello bianco con una freccia che indicava una recinzione di plastica verde e la scritta: RISERVATO AGLI AUTOMEZZI DELL'OSPEDALE. Si stavano avvicinando al parcheggio temporaneo, ovvero al luogo in cui era avvenuto il terzo omicidio, quello dell'esperto cardiochirurgo, il dottor Wu.

In alto, nel cielo grigio e minaccioso, svolazzava un pipistrello nero e solitario. A un certo punto piombò verso il suolo, quasi avesse puntato una vittima da dissanguare.

«L'assassino doveva conoscere la zona...»

La conversazione si interruppe bruscamente per una chiamata di Hou: voleva che rientrassero il prima possibile all'hotel per una riunione.

Sulla via del ritorno, Chen ebbe appena il tempo di raccontare a Jin la sua idea di tradurre *Il dossier Wuhan*. Un progetto difficile, assai rischioso. Che avrebbe coinvolto le poche persone di cui si fidava, vale a dire Pang, Molong e il signor Gu. E da ultima, ma non per importanza, la stessa Jin.

«Mi fa piacere che mi consideri tra le persone di sua fiducia» si limitò a dire lei.

Proprio in quel momento arrivò un messaggio di Pang che conteneva un nuovo estratto dal *Dossier Wuhan*:

> Un paio di giorni fa c'è stato un incendio in un grande palazzo. Nel relativo comunicato, il governo ha dichiarato che tra le fiamme sono morte dieci persone, e che il rione in cui si trova l'edificio è «una zona a basso rischio Covid, in cui la gente può entrare e uscire senza alcuna limitazione».
>
> Qual è il nesso che può giustificare il bizzarro accostamento tra il disastroso incendio e la zona a basso rischio

Covid? Il popolo cinese è ormai perfettamente in grado di leggere tra le righe di un comunicato ufficiale, specialmente in questi tempi di pandemia. Come nel vecchio detto, «più nascondi le cose e più se ne scoprono di nuove». I *netizens* si sono subito tuffati nel cyberspazio per cercare, postare e far circolare le notizie...
Perché il camion dei pompieri non è arrivato in tempo?
Ai sensi della politica zero-Covid, tutto il rione si trova in stato di lockdown, ed è completamente circondato da pareti e barriere mobili. L'autopompa è rimasta bloccata. Prima di poter entrare in azione, i vigili del fuoco sono stati costretti ad abbattere le barriere e a spostare i blocchi stradali. Per questo motivo sono arrivati con un ulteriore ritardo di due ore.
Perché non è stato possibile rimuovere le auto elettriche bloccate vicino al rione?
Perché i residenti non sono riusciti a evacuare il palazzo?
Semplice, perché i cancelli erano stati chiusi con del robusto fil di ferro, in conformità alla normativa zero-Covid.
Perché i tre bambini divorati dalle fiamme erano soli, senza i loro genitori?
Perché quei genitori si trovavano in quarantena, isolati in un'altra città.
In un successivo comunicato ufficiale, la perdita di quelle dieci vite è stata parzialmente attribuita all'incapacità dei residenti di mettersi in salvo per conto proprio, e non ai danni collaterali causati dagli inumani provvedimenti ordinati dalle autorità. Un vicino di nome Shu ha pubblicato un post secondo cui le vittime dell'incendio sono più di venti, e non dieci. Il giorno successivo, Shu è stato posto in stato d'arresto a tempo indeterminato.
Laozi l'ha spiegato con chiarezza: «*L'imperatore celeste non è benevolo, poiché divora ogni cosa che gli è stata offerta sull'altare.*»

Quel nuovo testo rinsaldò la volontà di Chen di tradurre il dossier.

Tornati all'hotel, raggiunsero Hou, che aveva convocato una riunione per condividere le ultime informazioni sull'indagine, oltre che per discutere le teorie che circolavano su internet riguardo al movente dell'assassino.

«Grazie al buon lavoro svolto da Xiao Lei della squadra speciale, che ha potuto trarre grandi benefici dalle analisi condotte dal direttore Chen» iniziò Hou serio, «siamo in possesso di uno schema abbastanza chiaro, che si potrebbe anche definire uno studio comparativo sulle somiglianze e sulle differenze fra i tre omicidi.

«La prima vittima è Ouyang, il capo della sezione propaganda del Renji, ucciso nelle vicinanze dell'ingresso dell'ospedale. La seconda, una giovane infermiera di nome Huang del reparto di ortopedia, assassinata in una stradina laterale, a circa tre minuti di distanza a piedi. La terza è un noto cardiochirurgo, il dottor Wu, colpito nel parcheggio dell'ospedale, che si trova non molto lontano dall'ingresso. Dopo i primi due omicidi, il Renji ha innalzato il livello di sicurezza, perciò, al suo terzo delitto, l'assassino è stato costretto a scegliere un luogo diverso.

«Tutti e tre gli omicidi sono avvenuti poco dopo la mezzanotte. Il personale dell'ospedale lavora fino a tarda ora, e questo non è un segreto. Per quel che riguarda l'arma del delitto, si tratta di un oggetto contundente, forse un martello.

«Essendo i tre delitti avvenuti in un momento tanto delicato, su internet si sono naturalmente diffuse le ipotesi più folli e si grida a un diabolico caso di omicidi seriali. La maggior parte delle teorie adombra la possibilità di una controversia di carattere medico, ma alcuni *netizens* sono arrivati a considerarla una forma di protesta contro la politica zero-Covid. Secondo tali argomentazioni, proprio la politica governativa è la causa di un numero sempre più alto di danni collaterali, ben più pericolosi del Covid stesso. Naturalmente, tutto questo è assurdo...»

Un'ora dopo il termine della riunione, Jin bussò piano alla porta di Chen ed entrò nella sua stanza: lo vide insieme a Hou, entrambi completamente assorti in una discussione sull'indagine.

«Oh, il nostro è proprio uno straordinario "mondo nuovo"!» esclamò Jin con malcelato entusiasmo, ed esibì un foglietto di carta. «Ho chiamato l'ospedale. Direttore Chen, è appena arrivato l'esito del suo tampone. Negativo! Non deve più preoccuparsi. Il vicecapo Hou ha smosso mari e monti per accelerare la procedura. È tutto merito suo.»

«Hou, la ringrazio moltissimo» disse Chen, con una sincerità che esprimeva anche un certo sollievo.

«Ottime notizie! Bisogna assolutamente festeggiare. Che ne dice di una cena al Padiglione del Fiore di Albicocco? Naturalmente a spese della squadra investigativa speciale! Abbiamo a disposizione un budget che ce lo permette.»

«Bella idea, vicecapo Hou.» Jin si intromise prima che Chen potesse dire qualcosa. «Il direttore Chen mi ha detto che è uno dei suoi ristoranti preferiti, qui in città.»

«Continueremo lì la nostra discussione. Credo che potranno riservarci una saletta privata, di questi tempi i ristoranti non sono molto frequentati.»

«Andiamo noi tre, *quando la sera si stende contro il cielo*» disse Chen, sempre pronto a fare uso di qualche immagine poetica. «Ma penso sia necessario che tutta la squadra si sottoponga al test.»

«Ha ragione» disse Hou, «ma l'ospedale potrebbe avere problemi nel reperire i kit per il tampone. Tornerò a parlargliene.»

Il Padiglione del Fiore di Albicocco era degno della sua reputazione tra i clienti buongustai, anche se quella sera gli avventori non erano molti. Nonostante il breve preavviso, non fu difficile trovare per i tre ospiti vip una graziosa saletta privata con tanto di grande schermo tv e karaoke.

Ben presto tutte le specialità dello chef vennero servite in tavola, compreso il manzo in salsa di ostriche, i gamberetti trasparenti, il pollo all'olio aromatizzato al cipollotto, il latte fritto...

Chen pensò che avrebbe potuto essere una fantastica cena per due, senza l'ingombrante presenza di un terzo incomodo con i fari, per così dire, continuamente puntati su di loro. Anche se, forse, Hou avrebbe preferito risparmiarsi quel ruolo.

Chen raccolse con le bacchette un gamberetto, di un rosa trasparente, a cui erano rimaste attaccate delle foglioline di tè verde.

«Direttore Chen, ho appena ricevuto un messaggio dal sindaco» iniziò Hou con un sorriso compiaciuto. «Anche lui era a conoscenza del suo lavoro, e ha voluto che le porgessi i suoi migliori omaggi. Ha tenuto a precisare che lei è ancora in licenza di convalescenza.»

«Sì, il direttore Chen ha lavorato molto duramente» disse Jin, leale come sempre.

«Il sindaco ha detto che una rapida e positiva risoluzione del caso rappresenterà un fattore enormemente positivo, ai fini della stabilità sociale nella città di Shanghai. Il suo aiuto sarà davvero molto apprezzato.»

«Forse non gliel'avevo detto» ribatté Chen, masticando una fettina di manzo in salsa di ostriche, delizioso e tenero proprio com'era sempre stato nei suoi ricordi, «ma quando ero bambino abitavo in un quartiere non molto lontano dall'ospedale, e lì ho fatto compagnia a mio padre per più di una settimana nella cosiddetta sala di osservazione, dove ha trascorso i suoi ultimi giorni. Non era certo paragonabile al pronto soccorso di oggi, c'erano molte meno attrezzature e pochissimi medici. Si trovava al Renji perché era stato classificato come un "intellettuale nero", alla luce della teoria della lotta di classe. Ricordo che doveva essere il terzo o il quarto anno della Rivoluzione culturale. All'epoca io ero giovane, ma non così giovane da non provare vergogna, e anche risentimento, nei confronti della mia famiglia "nera". Fatto sta che non sono riuscito a prendermi veramente cura di mio padre e perciò, per quel che mi riguarda, questa indagine è anche un tentativo personale di riscatto, per quanto tardivo.»

«Mi dispiace molto per quello che è accaduto a suo padre. La Rivoluzione culturale è stato un vero e proprio disastro nazionale» disse Hou. «Il nostro partito l'ha ammesso a più riprese. Ma per tornare a ciò di cui si stava discutendo in hotel... Che ne pensa del rapporto di Xiao? Negli ultimi anni le dispute violente tra pazienti e medici sono aumentate a dismisura. A Shanghai la maggioranza degli ospedali si è dotata di più guardie di pattuglia, oltre alle numerose apparecchiature di sorveglianza.»

Chen non rispose subito. L'aumento delle controversie mediche aveva radici sociali e politiche. Mentre gli alti funzionari del partito godevano gratuitamente delle prestazioni sanitarie e di tutti i privilegi, la gente comune doveva anticipare una grossa cifra soltanto per l'accettazione all'ospedale. Alla luce della teoria egualitaria di Mao, in Cina i medici avrebbero dovuto guadagnare quanto gli operai, ma ai tempi di internet non era certo un segreto che guadagnassero molto di più.

«Lei è proprio come il suo amico Molong» gli disse Jin, «un bravo figlio, rispettoso dei genitori.»

«No, invece. Tutt'altro. Non vedo mia madre da capodanno. Le era venuta una brutta influenza e per due settimane mi ha proibito di andarla a trovare. Fortunatamente il test è risultato negativo. Davvero, *chi può mai dire l'indo-*

le dell'erba di una spanna, / se rendere saprà tre mesi di radioso sole di primavera?»

«Un'altra delle sue poesie, direttore Chen?»

«No, l'ha scritta per sua madre Meng Chiao, all'epoca della dinastia T'ang. E mi ha ricordato che le focaccine alla brace di questo ristorante sono anche le preferite di mia madre.»

Il giorno precedente era uscito di casa di gran fretta. Tranne il contenitore con i nidi di salangana, il resto del cibo comprato al Padiglione del Fiore di Albicocco, le focaccine e i ravioli, ormai non era più fresco. Anzi, probabilmente era già avariato.

«Perciò le devo chiedere un altro favore, Jin.»

«Al suo servizio, direttore Chen.»

«La casa di riposo di mia madre è stata colpita duramente, nel corso della pandemia. Quindi lei adesso vive sola nella nostra vecchia casa. Le piacciono molto le focaccine alla brace che fanno qui. Domani mattina le dispiacerebbe acquistarne qualcuna e poi fargliela avere?»

«Eccellente idea» si intromise Hou. «Potremmo ordinare delle vaporiere di bambù con le focaccine e recapitargliele stasera.»

«Lei va a letto molto presto» disse Chen, lanciando un'occhiata all'orologio.

«Io scommetto che il nostro direttore buongustaio preferisce che siano consegnate domani mattina per una precisa ragione gastronomica» intervenne Jin, in tono scherzoso. «Secondo me è dell'idea che le focaccine debbano essere consumate ancora calde. Perché il gusto ne beneficia al massimo, le rende particolarmente succulente.»

Tornato nella sua camera d'albergo, Chen si rese conto che il sonno era decisamente l'ultima delle sue preoccupazioni.

Prese la chiavetta usb che Jin gli aveva messo in mano

di nascosto quando erano al ristorante e la inserì nel suo portatile. Poi si infilò gli auricolari.

La chiavetta conteneva un file audio di Molong. Dopo aver craccato il sistema informatico dell'ospedale, aveva ricostruito una cronologia degli eventi abbastanza chiara in relazione alla situazione della pandemia. In un primo momento, gli organi di informazione ufficiali non avevano praticamente riportato notizie sui casi di Covid rilevati. All'ospedale alcune persone si erano sottoposte al test, ma soltanto una o due erano risultate positive, e successivamente false positive.

Tuttavia, in città la cosa aveva causato un'ondata di rabbia crescente. Poco dopo, il clamore si era placato, perché anche la notizia dei falsi positivi poteva essere considerata alla stregua di "energia negativa". Qualunque discussione doveva essere bloccata e cancellata. Chi ripostava i post o metteva un *like* veniva punito o ridotto al silenzio.

Dopo il ritrovamento della prima vittima, l'epidemia non poteva più essere tenuta nascosta, perché un gran numero di pazienti era già stato diagnosticato positivo al virus. Poi era morta anche l'infermiera Huang, proprio nel momento in cui l'ospedale veniva sommerso da un'ondata di nuovi malati, nonostante le severe disposizioni governative.

Dopo il rinvenimento della terza vittima nel parcheggio, il disastro del Covid era ormai fuori controllo.

Chen rilesse il rapporto alla luce della lampada e pensò a un detto buddhista: *Anche il seme beccato da un uccellino, o il sorso d'acqua bevuto, possono essere predeterminati.*

Ma che cos'è il karma, quando brancoli nell'oscurità?

Giorno 3

Le cose cadono a pezzi, il centro non può tenere.
Pura anarchia dilaga nel mondo
la marea insanguinata s'innalza e dovunque
la cerimonia dell'innocenza è annegata.
I migliori mancano di ogni convinzione mentre i peggiori
sono pieni di intensità appassionata.

WILLIAM BUTLER YEATS

Il mio amico mi lascia nell'ovest
sulla Torre della Gialla Gru.
Col profumo, coi fiori della terza luna
discende verso Yang-chou.
Solitaria la vela, profilo lontano,
dispare nel vuoto di giada.
Non vedo che lo Yangtze fluire
al limite estremo del cielo.

LI PO

Urgente comunicazione governativa indirizzata ai Grandi Bianchi, ai comitati e ai poliziotti di quartiere: «Uscite immediatamente, aprite le porte che sono state bloccate con chiodi, cavi, sbarre d'acciaio e lamiere di ferro. Fatelo il più in fretta possibile. Non c'è un minuto da perdere.»

Perché? Perché ieri notte una donna di sessant'anni si è suicidata gettandosi dal dodicesimo piano, dopo essere rimasta rinchiusa per settimane dentro casa, sola nella sua stanza, con la porta blindata dall'esterno con una lastra di ferro. Non era positiva al Covid, ma siccome nel suo palazzo c'era una persona considerata un "probabile contatto diretto", tutte le porte dell'edificio erano state bloccate.
Anche la figlia, che abitava nell'appartamento accanto, era impossibilitata a uscire da una lastra di ferro simile applicata alla sua porta, ed era preoccupatissima per l'anziana donna, che non vedeva più da tempo. Dopo aver sentito il forte tonfo, ha telefonato ai vicini e ai Grandi Bianchi, che pattugliavano imperterriti la zona, gridando: «La mamma si è buttata giù.»
I Grandi Bianchi, in preda al panico, hanno fatto uscire la figlia, che si è precipitata ad abbracciare il corpo della madre riverso in una pozza di sangue nell'aiuola al di fuori del palazzo. Gli altri inquilini hanno acceso le luci nella speranza di poter essere d'aiuto all'ambulanza in arrivo. Ma ci è voluta un'ora. Il corpo era già congelato come uno stecco ghiacciato, la donna indossava ancora la sua mascherina nera. Il ritardo dell'ambulanza è stato causato dalle numerose regolamentazioni imposte dalla politica zero-Covid.
Ahimè, anni fa il compagno Deng Xiaoping aveva spalancato le porte per dare inizio alla riforma economica, ma oggi un uomo con la testa di maiale ha richiuso tutte quelle porte trasformando la Cina in un incubo.

Il dossier Wuhan

Jin era di fianco a Chen davanti all'ingresso dell'hotel. Entrambi tenevano in mano un bastoncino di pasta fritta ancora caldo. Stavano discorrendo mentre mangiavano il loro spuntino, lì all'aperto.

Era mattino presto, il cielo grigio e carico di smog riempiva l'orizzonte. Durante la notte aveva smesso di nevicare, ma si vedeva ancora qualche fiocco svolazzare, sospinto qua e là dalle folate intermittenti del vento. Intanto, un piccolo uccello nero saltellava lì nelle vicinanze, come una sinistra e improvvisa apparizione da un terribile incubo.

«Si fatica a rimanere soli, io e lei. Mi viene in mente *La terra desolata*, Jin, anche se non riesco a rammentare le parole esatte.»

«Ma lei è proprio posseduto da Eliot, direttore Chen!»

«La Cina di oggi non è forse una terra desolata? Che ti lascia addosso quella sensazione di essere pedinato e sorvegliato a ogni ora del giorno e della notte? Di avere sempre un'altra persona che cammina al tuo fianco? Anche se poi siamo soltanto io e lei, e teniamo in mano un bastoncino di pasta fritta...»

Sorridendo amareggiata, Jin diede un altro morso allo spuntino e iniziò a riferire a Chen gli ultimi sviluppi, in particolare i riscontri emersi dalle ricerche di Molong.

«Ha ricavato un bel po' di materiale dal sistema informatico dell'ospedale, e con quello si potrà dimostrare che hanno cercato di insabbiare le cose fin dall'inizio. Parecchie informazioni riservate sono state cancellate o bloccate, però è convinto di poterle recuperare. Vuole che di questo lei non dubiti affatto. Ha anche detto molto chiaramente che farà di tutto per riuscirci.»

«Jin, lei è molto capace ed efficiente.»

«Molong ha anche preso contatto con il suo amico Pang, quello di Wuhan. Mi ha riferito che si ritiene onorato di essere stato coinvolto in questo progetto, che lo considera anche una sorta di riscatto.»

«Per Molong i doveri filiali sono qualcosa di imprescindibile, ma penso di poterlo capire.» Chen proseguì in tono molto serio: «Tradurre la poesia cinese classica richiede tempo, ma adesso non è più così urgente, perché al momento c'è un altro progetto che mi preme molto di più. Ovvero tradurre in inglese *Il dossier Wuhan*, una specie di reportage-diario scritto dal mio amico Pang, che descrive le sofferenze della gente di Wuhan ai tempi del Covid.»

«*Il dossier Wuhan*?» domandò Jin.

«Ricorda che il giorno in cui è venuta a casa mia le avevo parlato di una cosa che stavo leggendo, e che le ho accennato al fatto che avrei dovuto scrivere qualcosa sulla vita nell'era del Covid? Avrei tanto voluto lavorarci sopra, ma non avevo il tempo e nemmeno l'esperienza per iniziare un progetto del genere. Ma è proprio quello che sta facendo il mio amico Pang con *Il dossier Wuhan*. Come le dicevo, è una sorta di diario su quanto sta accadendo alla gente di quella città. In presa diretta, e da vicino.

«Pang ha postato dei capitoli del suo dossier. I segugi del partito sono riusciti subito a stanarlo e hanno cominciato a mettergli addosso una pressione enorme. Inutile dire che non potrà in alcun modo pubblicare qui in Cina. Appena prima che lei arrivasse a casa mia, quella mattina, Pang mi stava proponendo la possibilità di tradurre il suo dossier in inglese.»

«Ma è un argomento a dir poco delicato» disse Jin in tono preoccupato. «Fin troppo sensibile e pericoloso, dato il momento. L'indagine sui delitti richiede parecchia energia. E, se è per quello, anche la traduzione. Per ora direi che è inutile buttarsi a capofitto in un progetto simile. Se lei è esausto, può risultare ancora più vulnerabile al virus. E se la traduzione viene fatta risalire a lei, le Piccole Guardie Rosse l'attaccheranno come cani rabbiosi e lo considereranno un imperdonabile tradimento anticinese, la inonderanno con la loro saliva avvelenata.»

Jin possedeva un evidente acume pratico di cui Chen faceva invece difetto, e sembrava fosse perfettamente consapevole del meccanismo di sorveglianza punitivo messo in atto dallo stato. Da un certo punto di vista, Jin era assai più lucida di Chen, e assai meno impressionabile dalla propaganda.

«Qui non si tratta solo di costringere le persone a uno stato di paura permanente, è qualcosa di ben più importante!» continuò.

«Io non sono uno storico» ribatté Chen, «ma quello che sta succedendo a Wuhan, e in Cina, non dovrebbe essere bloccato o cancellato. Credo che una volta Esphur Foster abbia detto: "Noi non siamo nulla senza la nostra storia." Se io non posso fare qualcosa in prima persona riguardo alla pandemia, mi sento almeno in dovere di fare qualcosa per il popolo di Wuhan con la mia penna.»

«La capisco, Chen.»

«Sì, devo impegnarmi a risolvere il caso di questi omicidi, ma allo stesso tempo non posso fare a meno di pormi domande sul mio vero ruolo in tutta questa vicenda. Le autorità del partito vogliono politicizzare non soltanto l'indagine, ma anche la pandemia. Non vedo perché dovrei ridurmi a diventare una marionetta nelle loro mani.»

«Direttore Chen, non deve certo spiegarmi quanto siano difficili le cose per lei» disse Jin. «La capisco benissimo.»

«Per tutti questi anni ho impersonato il ruolo del poliziotto, perciò io sono diventato quel ruolo. E adesso, che mi piaccia o meno, il ruolo ha preso il sopravvento su di me. Considerata la questione dal punto di vista di un poliziotto, se l'assassino continua a seminare vittime, Shanghai precipiterà nel panico collettivo. Tuttavia, risolvere il mistero di tre feroci delitti non è la stessa cosa che impegnarsi per mantenere la stabilità del sistema guidato dal partito. Sempre più persone stanno finalmente rendendosi conto che amare il proprio paese non significa affatto essere costretti a sostenere qualunque cosa faccia il governo. Soprattutto, appoggiare quel mantenimento della stabilità politica che tanto è caro al Partito comunista cinese.»

«Ho letto che la carriera di un intellettuale molto noto è stata letteralmente "mandata a puttane" e che lui stesso è stato sbattuto in galera» disse Jin. «Ma non ci crede nessuno. È successo solo perché cercava di difendere con estrema passione la democrazia. Prima di scontare una pena di diversi anni di carcere, è stato costretto a subire l'umiliazione di dichiararsi colpevole in diretta alla televisione di stato. Però lui ama veramente la Cina!»

«Esattamente. Il paese e il governo sono due entità completamente distinte.»

«Può dirlo forte, Chen. Per non parlare del fatto che è un governo privo di legittimazione, tenuto in piedi soltanto da una rete di controllo che sta stringendo le sue maglie sempre di più. Ricorda il drone davanti alla finestra della sua camera d'albergo sui Monti Gialli? Sì, proprio quello. Adesso le autorità usano i droni per la sorveglianza di massa.»

«Ho ascoltato il file audio con la storia di Gu. Un lavoro eccellente, Jin. Ha detto chiaramente che ormai si sente inchiodato al muro come un piccolo insetto, e che non gli riesce più di liberarsi. Lei contatti Gu e gli chieda se gli è possibile inviare alla sua famiglia negli Stati Uniti, preferibilmente tramite Molong, alcuni capitoli del *Dossier Wuhan*.

Naturalmente, prima dovrei tradurli.» Chen fece una pausa, poi riprese a parlare a bassa voce: «Il progetto potrebbe essere enormemente rischioso. Jin, se lei decidesse di tirarsi indietro, lo capirei benissimo.»

«Ma, direttore Chen, come può dire una cosa del genere? Io ho già accennato la possibilità al signor Gu, anche se naturalmente non sono scesa nei dettagli.»

Si voltò e si strinse a lui per un attimo. Il suo corpo flessuoso parve infondere in Chen un po' della sua giovinezza e del suo vigore. E anche un po' della sua passione idealistica.

«Lei ha fatto questo? Jin, ha proprio la stoffa del bravo ispettore.» E poi aggiunse, come un'ulteriore riflessione: «Sto diventando vecchio. Ormai niente ha più molta importanza per me. Lei invece è così giovane, di talento, il suo futuro è pieno di grandi speranze.»

«Non vedo tutte queste speranze, nel momento in cui il mondo potrebbe finire domani. E poi in questa faccenda io ci sono già dentro fino al collo, e sono al suo fianco. Come potrei tirarmene fuori? Quello del *Dossier Wuhan* è un nobile progetto. Conti su di me. Io non ho certo la padronanza dell'inglese che ha lei, ma potrei essere qualificata per essere la sua "piccola segretaria". Credo di essere in grado di sbrigare tutte queste faccende per lei.»

«Ebbene, Jin, c'è una cosa che potrebbe fare per me. Chiami Pang e gli dica che d'ora in avanti potrà restare in contatto direttamente con lei. Molong mi ha già inoltrato in tutta sicurezza il resto dei file da Wuhan.»

«Molong è davvero efficiente!»

«Il signor Gu è tornato a farsi sentire?»

«Sì. Mi ha anche chiesto se in questo momento c'è qualcosa di specifico che potrebbe fare per lei.»

«Allora gli dica di sentire Molong. Deve verificare che tutte le email e i messaggi di Gu siano sicuri. C'è anche un'altra domanda che vorrei gli facesse...»

Chen si interruppe bruscamente, perché vide Hou uscire dall'hotel. Come un segugio esperto e attento, Hou annusò energicamente il delizioso profumo emanato dai bastoncini di pasta appena fritti e caldi.

«Siete molto mattinieri» disse.

«Il direttore Chen ha avuto un'improvvisa e irresistibile voglia di uno spuntino all'aperto» ribatté Jin. «Potevo forse esimermi dal procurarlo a un epicureo come lui?»

«Ho provato la app che Jin mi ha scaricato» spiegò Chen, «e come previsto ho scovato un banchetto qui nelle vicinanze che vende ancora i bastoncini di pasta fritti. Molto comodo. La colazione dell'hotel è eccellente, ma per cambiare un po' l'ho trascinata fuori fino alla bancarella. E non sono deluso, perché questi bastoncini sono gustosi proprio come una volta.»

«Adesso però dovremmo andare al Padiglione del Fiore di Albicocco» disse Jin, che diede un altro morso e poi si leccò le dita snelle. «Dobbiamo comprare le focaccine alla brace per la madre del direttore Chen. Ho appena sentito che la gente sta prendendo d'assalto i negozi della città e arraffa tutto quello su cui può mettere le mani.»

«Ma non ce n'è bisogno» commentò Hou, scrollando la testa come un sonaglio.

«Le tristi lezioni di Wuhan hanno spaventato a morte anche i cittadini comuni di Shanghai» disse Jin, non senza un accenno di sarcasmo nella voce.

«Ah, Jin, quasi dimenticavo» si affrettò a intervenire Chen. «I soldi per la spesa di oggi.»

«Direttore Chen, non deve darsi pensiero per questo.»

«No, invece, deve prenderli. È il minimo che un figlio così poco riconoscente come me possa fare.»

Le porse un fascio di banconote e glielo premette sulla mano.

Jin sentì che dentro la mazzetta era avvolto qualcosa di minuscolo, e allora la infilò rapidamente nella tasca del suo piumino bianco.

Hou era ancora accanto a loro.

«Quindi andrà a fare compere per la madre di Chen?» domandò. «È una splendida idea, Jin. Anch'io ho preparato una lista della spesa per lei. Gliela mando subito» continuò mentre prendeva il cellulare. «Qualcosina per la madre del direttore Chen. Non si preoccupi della cifra. È coperta dal nostro fondo cassa, ma è un gesto per esprimere la gratitudine della squadra per il suo aiuto.»

«Non è necessario» disse Chen. «È una cosa che tocca a me. Non posso accettarlo.»

«Direttore Chen, non si discute. Ieri sera ho parlato con i compagni dirigenti del suo contributo all'indagine. Hanno insistito affinché l'amministrazione cittadina le esprima la massima riconoscenza. Perciò non faccia tanti complimenti. Jin» aggiunse, rivolgendosi alla ragazza, «in ottemperanza alla nuova politica sul Covid, le persone che lavorano lontane da casa riceveranno trecento yuan al giorno. Le ho appena inviato il modulo alla sua casella di posta elettronica. Deve solo compilarlo. E faccia pure la stessa cosa per il direttore Chen.»

«È davvero premuroso da parte sua, vicecapo Hou» disse Jin.

«Ah, non dimentichi di indossare due mascherine chirurgiche mentre fa la spesa» si affrettò ad aggiungere Hou.

«Senz'altro, la ringrazio. Ora è meglio che vada» rispose Jin, prima di domandare in tono retorico: «Oggi quante fermate della metropolitana saranno chiuse?»

Mentre osservava la ragazza che si allontanava, Hou espresse il desiderio di fumare una sigaretta e si allontanò. Proprio in quell'istante, con evidente mancanza di tempismo, Pang inviò un altro messaggio a Chen.

«Ho appena caricato un testo su WeChat. Forse puoi ancora vederlo.»

«Stai facendo moltissimo. Vorrei tanto essere lì a Wuhan» replicò Chen.

«Non è nulla. Se solo potessi arrivare a più persone.»

«Perché non dovresti? Quello che hai visto, sentito e fatto in questo periodo. La tua prospettiva diretta. È esattamente questo che vuole la gente.»

«Sai bene che ho postato diversi pezzi, ma la maggior parte viene bloccata immediatamente. È successo anche stamattina. Ci ho riprovato, ma già nel pomeriggio non riuscirai più a trovarlo, e men che meno stasera.»

«Lo scarico e lo salvo in un altro file. Non ti preoccupare...»

Ora però Hou stava tornando verso di lui.

La mattinata di Jin iniziò in modo tranquillo.

In fila al bancone del Padiglione del Fiore di Albicocco, ammirava le grandi vaporiere di bambù piene di focaccine bianche e morbide, quando ricevette un sms da Molong.

«Gli dica che ho appena parlato con il suo amico di Wuhan. Non sarà troppo difficile trovare un modo per mettere online, in cinese, almeno qualche estratto del *Dossier*. Dovrebbero restare visibili in rete per tre o quattro giorni.»

«Molong, lei è davvero pieno di risorse, ma dovrebbe fare maggiore attenzione» ribatté Jin. «Diverse persone sono finite in carcere soltanto perché hanno usato una vpn o cose del genere. È un altro esempio di cosiddetto psicoreato, quelli molto in voga e redditizi tra i cyberpoliziotti. Si dice che ricevano delle gratifiche per ogni criminale che riescono a sbattere in galera.»

«Jin, per me non è un problema. Forse Chen non le ha parlato della mia esperienza nel settore. Però il problema rimane, perché un libro del genere non potrebbe mai essere pubblicato in Cina. Nessun editore cinese lo prenderebbe in considerazione. A meno che non venga stampato fuori dal paese, e in un'altra lingua. Ma non credo che il traduttore automatico di Google possa servire a molto.»

«Il direttore Chen sta provvedendo, anche se non ho capito bene come. Lo scoprirò.»

Doveva proprio parlargli, doveva sapere fin dove voleva spingersi. Una folata di vento carico di neve le scompigliò i capelli.

Molong le parlò anche di quello che aveva scoperto dopo aver navigato segretamente in alcuni siti al di fuori della Cina. Esistevano diverse teorie che sollevavano dubbi sull'origine del Covid. A tale scopo, l'Organizzazione mondiale della sanità aveva inviato una squadra speciale a Wuhan, ma le era stato impedito di accedere a parecchie informazioni essenziali. Se Chen era interessato, avrebbe potuto preparargli un file a parte sulla vicenda.

Mentre avanzava in fila scambiando sms con Molong, a un certo punto Jin si ritrovò alla cassa. Non ebbe più tempo per rispondere e si dedicò alle compere in tutta fretta, consultando le due liste della spesa ricevute quella mattina, quella di Chen e quella di Hou.

Chen rientrò nella stanza dell'hotel e si mise a studiare i nuovi referti autoptici dettagliati, che come promessogli da Hou erano stati recapitati direttamente nelle sue mani. Diede anche un'occhiata a una serie di immagini in alta definizione allegate.

Dopo aver bevuto due tazze di caffè e aver fatto una breve telefonata al suo vecchio collega del dipartimento di polizia, l'ispettore Yu, Chen stava ancora studiando le foto, strofinandosi gli occhi. Era proprio il caso di comprarsi un paio di occhiali nuovi, pensò.

All'apparenza, tutte e tre le vittime erano morte in seguito ad alcuni colpi alla testa sferrati con un pesante oggetto contundente. Tuttavia, a un esame più attento, in particolare delle immagini, Chen notò alcune piccole differenze.

La prima vittima era stata uccisa con due colpi, uno vicino al collo e l'altro alla nuca; la seconda con un unico colpo mortale; mentre la terza ne aveva subiti almeno quattro o cinque. L'arma del delitto, in quest'ultimo caso, sembrava dunque più leggera delle prime due, probabilmente non si era trattato di un martello. Cosa poteva significare?

Una possibile crepa nella teoria degli omicidi seriali, rifletté Chen sospirando.

Avrebbe tanto voluto che in quel momento Jin fosse lì con lui, a discutere della questione dal suo punto di vista. Nonostante la mancanza di un addestramento investigativo specifico, per l'ex ispettore capo la ragazza si era comunque rivelata un'assistente in gamba, scaltra e lucida, capace di prendere iniziative e di segnalare possibilità a cui Chen non aveva pensato. Per non parlare del suo evidente attaccamento a lui in circostanze così difficili.

Gli tornò alla mente una poesia della dinastia T'ang intitolata *Data per l'addio (1)*.

Aggraziata, flessuosa,
tredici anni appena,
boccio di noce moscata
ai primi di febbraio.
Al vento di primavera
per diecimila *li* nella via di Yang-chou
sollevano le tende di perle.
Nessuna come te.

Du Mu scrisse questi versi in occasione del commiato da una giovane e bellissima fanciulla, che il poeta non sapeva se avrebbe mai più rivisto. Jin si era allontanata da lui proprio quella mattina. Assurdo che Chen fosse così sentimentale.

Si alzò per andare a prepararsi un'altra tazza di caffè, ma nonostante questo non riuscì a schiarirsi le idee.

Soggiornare lì al Wu Palace Hotel portava a un eccessivo numero di distrazioni, per non parlare dei rumori provenienti da via Fuzhou: un'improvvisa raffica di colpi di clacson, i furgoni che rifornivano l'albergo, le provviste consegnate dai fornitori al ristorante, e poi c'erano ambulanze in continua e rapida successione che ululavano sotto le finestre. Chen posò i referti e ancora una volta si domandò quale fosse il suo ruolo nell'inchiesta.

Quelle tre persone erano state assassinate in tempi in cui i medici e il personale infermieristico venivano ritratti come i protagonisti più eroici e amati da tutti i cittadini. Da un punto di vista politico, le autorità di Shanghai dovevano assolutamente risolvere il caso rapidamente: era importante per le apparenze della "stabilità sociale", che a sua volta costituiva la priorità politica numero uno. Senza contare, naturalmente, l'intollerabile orrore suscitato da un omicida seriale a piede libero, le cui azioni incombevano sulle teste delle persone come una spada pronta a calare da un momento all'altro.

Per tutti questi motivi la cooptazione dell'ex ispettore capo era stata per i vertici politici una scelta obbligata. Chen avrebbe potuto contribuire a una rapida soluzione del caso, la sua presenza avrebbe anche dimostrato alla gente che le autorità cittadine stavano facendo tutti gli sforzi possibili, perfino invocare l'aiuto di uno come Chen. E, allo stesso tempo, il fatto che il leggendario ex ispettore capo stesse ancora svolgendo il proprio lavoro sotto l'egida del sistema monopartitico poteva rappresentare per la popolazione una sorta di tranquillante.

Da qui il dilemma, perché Chen proprio non se la sentiva di essere ancora un poliziotto al servizio del regime del partito. Tuttavia, con l'assassino che si aggirava per la città devastata dal Covid, non poteva fare a meno di considerare un dovere il compito di risolvere il caso e fermare gli omicidi.

Chen, allora, frustrato, andò a mettere il cartello NON DISTURBARE sulla maniglia della porta, tirò fuori *Il dossier Wuhan* e cominciò a tradurne un episodio. Non sarebbe certo riuscito a concludere finché fosse rimasto lì all'hotel, ma qualche pagina esemplificativa avrebbe potuto aiutarlo a sentirsi un po' meglio.

Dopo aver consegnato le vivande alla madre di Chen, Jin pensò di chiamare il signor Gu per parlargli di persona. Le continue interruzioni avevano lasciato parecchie cose in sospeso con Chen. E lo stesso poteva dirsi del signor Gu.

D'impulso scese in metropolitana per prendere il treno per Madang.

Un generale che combatte lontano, ai confini, non è obbligato ad ascoltare l'imperatore.

Insomma, Jin doveva prendere l'iniziativa.

Compose il numero del signor Gu non appena arrivò a destinazione.

«Buongiorno, signor Gu, come sta?»

L'amico di Chen riconobbe subito la sua voce.

«Jin, dove si trova?»

«Sto uscendo dalla stazione di Madang in questo momento.»

«Ah, ma allora è qui vicino» disse l'uomo, senza nascondere l'entusiasmo. «Che ne dice se ci prendiamo una tazza di caffè da Starbucks? È vicino all'ingresso meridionale del New World. Faccio riservare un tavolo all'aperto.»

«Benissimo. Un po' d'aria fresca mi farà bene, ma non vorrei prendere troppo freddo.»

«No, non si preoccupi. Ci sarà la lampada, e anche le coperte.»

Quella mattina il locale era piuttosto vuoto. Perlomeno, all'esterno non c'era nessuno. I radi fiocchi di neve danzavano tristemente, sospinti dai refoli di vento. Due o tre uccelli grigi svolazzavano intorno a un albero spoglio, indecisi su quale ramo posarsi.

Il signor Gu, avvolto in un cappotto di lana grigia, raggiunse con passo svelto i tavolini all'aperto. «Jin, il mio ufficio si trova in quel palazzo alto laggiù, proprio a due passi da qui.»

«Caspita, la sede del New World Group, la sua società. Splendido.»

«Che ci sarà poi di così splendido? Nel nostro "mondo nuovo", il Grande Fratello ti osserva con un sistema di controllo e di sorveglianza onnipresente, onnipotente, onnisciente.»

Un cameriere portò subito al loro tavolino un'alta lampada riscaldante, come quelle che Jin aveva visto in un film francese. Le porse anche una morbida coperta rossa. Sia Gu che Jin rimasero in silenzio fino a quando il cameriere non si allontanò.

«La prudenza non è mai troppa. Come recita un antico detto cinese, "anche i muri hanno le orecchie". Potrà non crederci, ma succede perfino nella sede della mia società.»

«Eh, ma cosa potremo mai dire?» osservò Jin, credendo che quella fosse la ragione per la quale il signor Gu aveva voluto incontrarla lì. «Mi fa venire in mente un film cinese che ho visto di recente alla televisione. In una scena, due giovani amanti erano seduti all'aperto in un piccolo giardino del loro rione, tutti intenti a tubare. Davvero molto romantico, non crede? A un certo punto stanno per baciarsi, quando il ragazzo salta in piedi, trascina via la ragazza e la fa salire sulla sua auto posteggiata nelle vicinanze, e poi indica sopra le loro teste una telecamera di sorveglianza, nascosta tra le fronde di un albero. E i due scoppiano a ridere beati.»

«Sono costretti a vivere nella Cina di oggi. Il messaggio del film è inequivocabile: l'intimità della sfera privata non è nulla, e i bravi cittadini rispettosi della legge possono comunque godersi la vita pur sotto il sistema di sorveglianza.»

«A proposito, come vanno le comunicazioni con la sua famiglia negli Stati Uniti?»

«Perché questa domanda, Jin?»

«Le vostre email e i vostri messaggi sono sotto controllo?»

«Questo non glielo so dire, ma per il momento non credo

di essere un pesce così grande. Naturalmente non si può mai sapere, visto come vanno le cose. In questi tempi di Covid, i cyberpoliziotti zampettano come formiche nervose sopra un wok rovente, cercando di far fronte ai *netizens* infuriati. I post di protesta su WeChat contro la sistematica politicizzazione della pandemia messa in atto dal partito a spese della popolazione vengono tutti cancellati nel giro di neanche un'ora a suon di "Errore 404 – pagina non trovata".»

«Ebbene, lei conosce Molong, un altro amico di cui Chen si fida ciecamente. Sua madre è morta proprio per questo. Che tragedia orribile!»

«Sì, l'ho saputo. Forse gliel'ho già detto, ma una volta io e Molong abbiamo collaborato per aiutare l'ispettore capo Chen a risolvere un sinistro caso di omicidio politico.»

«Molong potrebbe contattarla per una certa questione. I dettagli li discuterà direttamente con lui.»

«Potrebbe essere un po' più precisa?»

«Credo si tratti di un piano per inviare un certo documento alla sua famiglia negli Stati Uniti» disse Jin a bassa voce. «Farà in modo di codificare e proteggere il documento, ma una volta arrivato a destinazione avremo bisogno dell'aiuto della sua famiglia.»

«Ho capito, una cosa strettamente confidenziale. Non dovrebbe essere un problema. Anche mia moglie ha conosciuto di persona l'ispettore capo Chen, l'ha visto un paio di volte. Indovini un po' cosa mi ha detto? Che al giorno d'oggi, in Cina, i poliziotti onesti sono una specie in via d'estinzione, e che è molto felice della mia amicizia con una persona che ha l'integrità dell'ispettore capo Chen. Le farò sapere non appena mia moglie riceverà quel documento.»

«Alla luce di questo, potremmo anche discutere subito le possibili mosse successive. La sua famiglia si trova a New York, giusto?»

«Esatto, mia figlia studia alla New York University. Se

c'è qualcosa che possono fare da laggiù, non esiti a farmelo sapere.»

Il cameriere si avvicinò al tavolino con un bricco di caffè bollente appena preparato, e diversi piattini che contenevano biscotti e fette di torta dall'aria squisita.

Attesero pazientemente che si allontanasse.

Per distrarsi un po', Chen cominciò a leggere i nuovi capitoli del *Dossier Wuhan* inviatigli da Pang. Scorrendo quelle righe inquietanti, ebbe proprio l'impressione di ritrovarsi tra i gemiti, gli ansiti, i lamenti, le proteste e le privazioni della gente di Wuhan.

Pang riferiva che ormai il numero delle vittime del Covid era stato di gran lunga superato da quelle imputabili ai danni collaterali. E questo era accaduto a causa delle regole che imponevano test ripetuti, spietate misure di lockdown, il divieto d'ingresso negli ospedali e di uscire di casa in mancanza di un codice verde...

Era la grande battaglia cinese contro il Covid, e nel frattempo il partito usava la crisi provocata dalla pandemia come necessaria giustificazione per sorvegliare e reprimere qualunque sfida, vera o presunta, al suo traballante regime.

Un giorno la pandemia sarebbe stata debellata, ma tutto questo sarebbe proseguito all'infinito, come in *1984*?

La gente era arrabbiata, depressa, terrorizzata e indifesa, lottava invano sotto lo sguardo vigile delle telecamere del partito, come rane che nuotano in un'acqua sempre più calda dentro un gigantesco calderone di vetro. Tutto ciò non accadeva soltanto a Wuhan, ma anche a Shanghai e in altre città. Oppure capitavano cose come quelle di un paio di giorni prima, quando Molong si era inginocchiato e aveva pianto lacrime irrefrenabili accanto alla dura panchina all'esterno del pronto soccorso.

Poteva essere quello il vero movente del serial killer? Chen non lo sapeva. Quantomeno non lo era stato per

Molong: sua madre era una donna anziana e fragile, sopravvissuta a un cancro. E la sua morte non era imputabile unicamente all'ospedale.

Se la squadra speciale dell'hotel avesse adottato un approccio razionale, si sarebbe concentrata sui familiari in lutto, ma, per ragioni che non erano del tutto chiare neppure a lui, Chen era ancora incerto se dare o meno un suggerimento in tal senso. Senza contare che, se lo scopo fosse stato quello di impedire un altro omicidio, la missione sarebbe stata quasi impossibile, perché le persone colpite dal virus erano moltissime.

I pensieri di Chen vagarono di nuovo e finirono con l'appuntarsi sul dottor Wu, perciò rilesse attentamente le nuove informazioni recuperate da Molong all'ospedale. Quel medico era un cardiochirurgo esperto, considerato il bisturi numero uno del Renji. Si sussurrava che la maggior parte dei pazienti dovesse allungargli una busta rossa ben rigonfia, per avere la fortuna di essere operata da lui. Tuttavia, malgrado l'impennata di ricoveri, Wu non era mai stato richiamato in pronto soccorso. Quand'anche ci fossero state delle controversie mediche, non riguardavano comunque il dottor Wu e il Covid.

Bisognava considerare poi il luogo in cui era avvenuto l'omicidio. Visto che la pandemia era ormai fuori controllo, il traffico in quella zona era, se possibile, anche peggiorato, e trovare un parcheggio era diventato estremamente difficile. I medici non potevano permettersi di perdere troppo tempo a fare il giro dell'isolato per tentare di trovare un buco in cui lasciare l'auto. Perciò l'ospedale aveva provveduto a realizzare un posteggio improvvisato a uso esclusivo del personale.

Chen notò che il dottor Wu abitava in un vicolo all'angolo tra via Jinling e via Fujian. L'ex ispettore capo ebbe la netta sensazione che avrebbe potuto ricavare qualcosa di interessante dai comitati di quartiere di quella zona.

Il flusso dei suoi pensieri, però, venne interrotto da qualcuno che bussò alla porta della sua camera. Chissà perché gli parve un picchio che becchettava ostinatamente un tronco vuoto. Chen aprì la porta e si trovò dinanzi Hou, che sorridendo gli chiese di scendere a mangiare nella sala ristorante dell'hotel.

Jin rientrò al Wu Palace nel pomeriggio.

Si lavò il viso e lo asciugò con una salvietta, poi uscì dalla stanza e si diresse verso quella di Chen. Vide Hou che percorreva a grandi falcate il corridoio con aria pensierosa. Stava fumando, nonostante fosse vietato, ma evidentemente la squadra speciale godeva di qualche privilegio particolare. Dopotutto avevano prenotato l'intero piano a nome dell'amministrazione municipale.

Hou non poté fare a meno di lanciarle un'occhiata. Jin indossava un pullover fucsia e dei pantaloni bianchi, ai piedi, nudi, calzava le pantofole messe a disposizione dall'hotel, e sulle spalle era drappeggiato un asciugamano: aveva l'aria di una studentessa universitaria che esce dal bagno in comune della camerata. Teneva in mano due buste di plastica per la spesa e sembrava a suo agio, come se si trovasse a casa propria.

«Ah, Jin, è tornata. Ha delle novità da discutere con il suo direttore?»

«Nessuna novità. Dopo aver consegnato le focaccine a sua madre ho pulito un po' in casa. Vive da sola, è una donna molto fragile, ma la mente è ancora lucida. Le ho promesso che sarei tornata a trovarla presto. Al ritorno, ho fatto qualche compera per il direttore Chen. Una caffettiera francese a stantuffo, perché, vede, il caffè istantaneo dell'hotel non è abbastanza forte per lui. E poi un kit per tagliargli i capelli, glieli devo aggiustare un po'. È meglio che non esca, che eviti il contatto con il barbiere e con gli altri clienti. Ho una certa esperienza, sono anni che a casa mia taglio i capelli di mio padre.»

«Il direttore Chen non potrebbe avere una segretaria più in gamba e premurosa di lei.»

«Anche se domani mattina potrebbe esserci la fine del mondo, bisogna comunque pensare all'oggi.»

«Già, siamo tutti molto stressati» concordò Hou. «Vengo con lei, mi serve un minuto.»

«Ah, Jin... Hou» disse Chen aprendo la porta. Doveva averli sentiti parlare in corridoio.

«Ho consegnato le provviste a sua madre. È davvero in gamba per la sua età, ha una mente sorprendentemente lucida.»

«Jin, la ringrazio moltissimo.»

«Mi ha chiesto di porgerle i suoi saluti, vicecapo Hou, e di augurarle il successo per il suo importante incarico. E voleva anche che mi prendessi cura di lei, direttore Chen. Si è lamentata perché dice che si dimentica spesso di tenere in ordine i capelli. Perciò ho seguito alla lettera le sue istruzioni. Il virus si sta diffondendo rapidamente in città ed è meglio che non metta piede fuori, a meno che non sia strettamente necessario. Oggi pomeriggio ci penso io a tagliarle i capelli. Guardi che ho parecchia esperienza, non deve preoccuparsi.»

«Jin ha ragione» intervenne subito Hou. «Le ha anche comprato una caffettiera francese. Si sta occupando di lei meravigliosamente. Proprio dalla testa ai piedi.»

«Sarà per la sindrome di Sansone» disse Chen.

«Che intende, direttore Chen?»

«Fa niente, vicecapo Hou» disse Jin. La risatina formò due fossette sulle sue guance. «Il nostro poeta-direttore non può proprio fare a meno di citare la letteratura cinese e occidentale a ogni piè sospinto.»

«Già, è fatto così. Ah, Jin, mi dia la ricevuta» disse Hou, ridacchiando anche lui. «Le faccio avere il rimborso per la caffettiera e il kit per la rasatura. È una spesa indispensabile per la nostra indagine speciale.»

Un istante prima che tutti e tre entrassero nella stanza, Chen impallidì.

«Scusate, ma non mi sento tanto bene» disse.

«Che cos'ha, direttore Chen?» gli domandò Jin. «La devo portare all'ospedale?»

«No, niente di grave. Stanotte ho dormito poco, e prima del suo ritorno ho bevuto troppo caffè. Temo che mi abbia fatto veramente male.»

«Allora le lascio le cose che ho comprato nella sua stanza. Il mio lavoro per Sansone lo rimandiamo.»

«Sì, il direttore Chen sta lavorando troppo» disse Hou. «Andiamocene.»

Chen credette di sentire qualche altro frammento della conversazione tra Hou e Jin fuori in corridoio.

Decise di coricarsi per un po', per riflettere a occhi chiusi, perché si sentiva ancora in balia di quell'ondata di nausea provocata dal sovraccarico di caffeina.

Devo essere nato sotto la cattiva stella,
ché io non posso muovermi senza picchiare la testa.

Gli vennero in mente due versi di Lu Xun, uno dei pochi scrittori moderni cinesi che ammirava. Non ricordava con esattezza gli ultimi due versi della poesia, forse suonavano più o meno così:

Entrato nel mio rifugio divento il mio padrone,
che conta per me inverno estate autunno o primavera?

La questione, tuttavia, era: quale poteva essere il rifugio dell'ex ispettore capo, se era perennemente sotto gli occhi di un sistema di sorveglianza onnipotente e onnipresente, tecnologicamente avanzatissimo?

Nonostante si sentisse le gambe ancora un po' deboli,

Chen riuscì ad alzarsi e a comportarsi come un poliziotto coscienzioso, che comunque, malgrado la licenza di convalescenza, cercava di impegnarsi al massimo.

Forse Jin aveva lasciato quei sacchetti nella sua camera per una ragione ben precisa. Chen si avvicinò alla scrivania e spostò il kit per i capelli sul ripiano inferiore di uno scaffale in legno, in una posizione che non poteva essere ripresa da una telecamera nascosta. In realtà aveva ispezionato la stanza con un rilevatore di apparecchiature elettroniche, senza però trovare niente, ma un ulteriore livello di cautela non poteva certo guastare.

Come previsto, le sue dita tastarono una minuscola chiavetta usb nascosta nel kit. Chen allora tornò alla scrivania e la inserì nel suo portatile. Conteneva una conversazione tra il signor Gu e Jin. All'inizio della registrazione, Jin spiegava il contesto in un paio di frasi.

«Il signor Gu è parso molto entusiasta dell'idea, era impaziente di fare qualcosa per lei ancor prima che gliene spiegassi i dettagli. Immagino di capire il motivo per cui mi ha raccontato la propria storia. Potrà ascoltare tutto con calma.»

Chen, invece, si mise in ascolto del racconto del signor Gu senza perdere tempo.

«Come recita l'antico adagio cinese, "un maiale morto non ha paura dell'acqua bollente". Jin, le faccio un esempio, una cosa capitata non molto tempo fa. A causa del panico innescato dalla pandemia, la gente si è precipitata nei supermercati e nei negozi per fare incetta di tutto quello che trovava. Nel caso di un lockdown esteso a un'intera città, come a Wuhan, le persone non possono uscire neanche per acquistare i generi di prima necessità. E le autorità non hanno mantenuto la promessa di consegnare almeno i prodotti alimentari in tutte le zone in quarantena. Si sono limitati a mettere in piedi uno spettacolo organizzato dai funzionari del partito e dai giornalisti, che scattavano foto agli scaffali pieni di merce semplicemente come mezzo di propaganda politica. In realtà, tutte le provviste venivano poi ritirate alla fine dello spettacolo, e le rimanenze avevano dei prezzi incredibili.

«Perciò i cittadini rinchiusi in casa o i *netizens* si sono lamentati e hanno protestato online. Tra l'altro, hanno segnalato che gli Hippo, una catena nazionale di supermercati di mia proprietà con punti vendita anche a Wuhan, avevano comunque fornito un buon assortimento di generi alimentari senza alcun aumento dei prezzi.

«Le posso mostrare le fotografie postate su WeChat. Una sorta di lista comparativa di articoli e di studio sui prezzi, con tanto di commenti sarcastici dei *netizens*.»

«Signor Gu, è davvero incredibile.»

«E invece, le pratiche commerciali dei miei Hippo hanno fatto arrabbiare moltissimo il governo. Per loro è stato come uno schiaffo in pieno viso, ma da parte mia non voleva assolutamente essere una critica al partito. Ho semplicemente ritenuto che fosse il minimo che potessi fare per i cittadini di Wuhan in tempi così difficili. Io non sono in grado di aiutarli direttamente, ma ho pensato che valesse la pena di provare a fornire quei generi di prima necessità di cui hanno bisogno a un prezzo equo.

«Indovini un po' in che modo il governo mi ha punito? Hanno mandato degli ispettori dell'ufficio di igiene che hanno tirato fuori delle accuse incredibili. Non ci crederà, ma secondo loro i gusci delle uova sugli scaffali non erano stati puliti... Perciò i supermercati sono stati pesantemente multati e costretti a chiudere.»

«Ma è assurdo, signor Gu. Lo sanno tutti che le uova non possono essere lavate, altrimenti deperiscono in fretta.»

«Cara Jin, quello che dicono loro è legge, e tutto ciò che puoi dire tu è contro la legge. Hanno perfino pubblicato sui giornali la notizia delle sanzioni agli Hippo, sostenendo che sono state comminate in conformità alle leggi e alle norme governative. La cosa, però, ha suscitato in rete un grosso putiferio. I *netizens* hanno scritto che è uno scandalo, perché in un momento in cui la gente muore di fame, in caso di mancate forniture i supermercati di stato non vengono puniti, mentre altri punti vendita come gli Hippo, dove la merce non manca, vengono sanzionati. E questo ha reso ancor più furioso il governo. Se solo penso a quello che potrebbero fare adesso, mi vengono i brividi...»

Più tardi, Chen chiamò Jin dal telefono in camera. «Sto molto meglio, era solo un po' di nausea per la troppa caffeina. Adesso può venire qui a fare la Dalila. Le va ancora?»

«Non dica così, direttore Chen. Sa benissimo che non potrò mai essere la sua infedele Dalila.»

Quello scambio di battute al telefono poteva essere intercettato. Sembrava un funzionario del partito che scherzava con la sua bella "piccola segretaria". Era una cosa abbastanza comune.

E comunque... perché no?

Pensassero pure che Chen era come gli altri funzionari, abituati a concedersi la compagnia delle "piccole segretarie" sexy – le *sexycretarie*, come venivano chiamate – in qualche lussuosa stanza d'albergo. Potevano anche sbizzarrirsi in chissà quali fantasie sull'ex ispettore capo in compagnia di Jin... Anche se in realtà quella camera non era poi così lussuosa.

Bussarono alla porta. Jin entrò. Indossava ancora il pullover fucsia e i pantaloni bianchi. Calzava le ciabattine dell'hotel, ma i piedi erano nudi. Andò a prendere la busta di plastica che conteneva le forbici e il tagliacapelli.

«Direttore Chen, la gente fatica parecchio a farsi tagliare i capelli, la maggior parte dei barbieri della città ha chiuso. Per non parlare delle gravi conseguenze di un potenziale contatto ravvicinato. Ho appena letto una storiella che circola su internet. A quanto pare, in un campo di quarantena per i potenziali positivi c'è uno talmente bravo a tagliare i capelli che ha fatto una piccola fortuna. E non ha voluto andarsene, neanche dopo che il suo test è risultato negativo!»

Jin si allacciò il grembiule di plastica al collo con destrezza, poi accese il tagliacapelli, che cominciò a ronzare.

La ragazza si accorse che Chen aveva fatto scivolare la mano nella tasca dei pantaloni, sotto il grembiule di plastica, e che poi l'aveva spostata per tirare fuori qualcosa.

«Stia fermo...» disse lei, come una "piccola segretaria" birichina che sgridava il suo capo. Poi si chinò e il suo seno bianco balenò attraverso il maglione fucsia. Si spostò per studiare dal basso la curva del taglio di capelli, come una vera professionista.

La mano di Jin si infilò sotto il grembiule di plastica e incrociò quella di Chen.

Si ritrovò fra le dita una chiavetta usb. Gli afferrò la mano per un secondo, come avrebbe fatto una sensuale "piccola segretaria" – nel caso in cui fosse stata ripresa dalla telecamera nascosta –, poi la ritrasse.

Jin era sicura che il sistema di sorveglianza non avrebbe rilevato qualcosa di sospetto in quel taglio di capelli, con il grembiule di plastica che copriva i loro movimenti furtivi.

Dopo il taglio di capelli, Chen si fece accompagnare da Jin nella stanza di Hou, perché intendeva fargli una proposta.

«Mi sono riposato un poco e mi sento molto meglio» esordì. «Vorrei fare quattro passi fuori insieme alla mia segretaria. Ho avuto una specie di intuizione riguardo al terzo delitto. Basandomi sulle fotografie e sulle descrizioni contenute nel nuovo referto autoptico, sono propenso a sposare un'altra teoria, e cioè che il dottor Wu non sia vittima dello stesso assassino. Vorrei esaminare da vicino il parcheggio dell'ospedale. Inutile dire che si tratta di una possibilità remota. E già che ci sono, potrei anche fare un salto alla Libreria internazionale, che si trova sull'altro lato della strada. Naturalmente può sempre raggiungermi, perché non ci allontaneremo più di tanto.»

«Mi sembra un'idea eccellente, direttore Chen, ma quella Libreria internazionale...»

«Ah, non gliene ho parlato! Ho per le mani un progetto per una traduzione di poesie.»

«Ma lei lavora troppo!»

«Forse avrà sentito che tre o quattro mesi fa sono stato a Wuhan, a un convegno di letteratura. Un certo editore, d'accordo con l'Ufficio del turismo della città, mi ha chiesto di tradurre una serie di poesie cinesi classiche sulle loro attrazioni turistiche. Sa, la Torre della Gru Gialla, la Collina della Tartaruga e quella del Serpente, il fiume Yangtze e così via. In questo momento io non posso fare niente per la popolazione di Wuhan, ma quando la pandemia sarà passata saranno molti i turisti stranieri che ci torneranno. E visiteranno meravigliati le bellezze della città, pensando alle poesie cinesi classiche a esse collegate.»

«Ah, ma è un progetto davvero fantastico» disse Jin. «Il nostro direttore-poeta.»

«È vero che sono un amante dei libri, però non sono del tutto sprovvisto di un certo spirito pratico. Noi stiamo lavorando su un caso critico, e so quali sono le nostre priorità. Ma così come è capitato anche in altre indagini, ci sono momenti in cui la mia mente resta come impantanata, conficcata in un secchio di pasta di riso collosa. Forse succede perché dormo male e riesco a chiudere gli occhi solo dopo mezzanotte. Magari qualcosa di diverso e di meno stressante, come la traduzione di qualche breve poesia, potrebbe aiutarmi a schiarirmi le idee.»

«Ma certo» si affrettò ad aggiungere Hou, «anche secondo me quella nausea da caffè è provocata dall'eccessiva tensione. Mi dispiace di averla trascinata in quest'indagine nonostante la sua licenza di convalescenza, direttore Chen. Capisco che per una persona nelle sue condizioni possa essere troppo.»

«Direttore Chen, l'accompagno io sulla scena del crimine» disse Jin, che si inserì subito nel discorso. «Si sta facendo buio.»

«A posto così, allora. Jin, lascio il direttore Chen in buone mani. Potrà anche non crederci, ma se camminate l'uno accanto all'altra sembrerete più naturali agli occhi dei passanti» disse Hou con un sorrisino ambiguo, anche se, a modo suo, cercava solo di essere accomodante. «Un dirigente del partito in licenza di convalescenza passeggia per la città in compagnia della sua graziosa "piccola segretaria".»

Quel "graziosa piccola segretaria" poteva suonare come una stoccata ironica, seppur dettata dalle migliori intenzioni. Jin era rimasta un po' sorpresa, ma decise di non fare commenti. E lo stesso fece Chen.

Uscendo dall'hotel, videro un passero solitario che beccava qualcosa tra la neve sporca che si stava sciogliendo. All'improvviso l'uccellino prese il volo spaventato, le sue ali nere baluginarono nella luce del tardo pomeriggio. Le dita morbide di Jin strofinarono il palmo della mano di Chen.

«Adesso dovremmo essere fuori dalla portata di Hou e dei suoi uomini» disse lei. Guardandosi alle spalle, intravide Hou che furtivamente sporgeva la testa fuori dalla porta dell'hotel.

A est del Padiglione del Fiore di Albicocco videro un prugno in fiore, i cui petali rosa risaltavano sulla neve bianca scesa sul terreno. Un'altra ambulanza si stava precipitando nella loro direzione con la sirena che urlava impazzita, ma poi si fermò facendo stridere le gomme dopo aver svoltato l'angolo di via Fuzhou.

Per mezzo isolato, Jin camminò accanto a Chen restando in silenzio, poi alzò di nuovo gli occhi verso di lui.

«Hou ci stava prendendo in giro» disse la ragazza. Le fossette del suo sorriso, messe in risalto dai fiocchi argentei, si imporporarono.

«Già, sembra una persona diversa da quella che mi aspettavo. Fa di tutto per non perderci mai di vista, però non più di tanto, per paura di essere scoperto a spiarci. Tuttavia faccio fatica a inquadrarlo. Se vogliono sopravvivere nel mondo della politica, quasi tutti i funzionari cinesi devono essere abili sia con la neolingua che con il bipensiero.»

«Neolingua? Bipensiero? Cosa intende dire?»

«Anche questi sono termini usati da Orwell in *1984*. Hou sa fin troppo bene come stanno realmente le cose. Tuttavia, un uomo che si trova nella sua posizione è costretto a usare la lingua ufficiale, che contraddice il linguaggio personale delle occasioni non ufficiali. Lo stesso vale per il bipensiero. Hou non è uno stupido, ma lascia che la sua mente sia dominata dalle idee ortodosse del partito. Nella Cina di oggi è un istinto connaturato in chi vuole sopravvivere.»

«Ho cominciato a leggere il libro, ma chi usa la neolingua o il bipensiero non è poi tanto diverso da quelle Piccole Guardie Rosse che hanno subito il lavaggio del cervello...»

«Piccole Guardie Rosse?» domandò Chen.

«Quelle che dapprincipio venivano chiamate i "Piccoli Rosa"» spiegò Jin, «ma considerando che si sono rivelati ancora più pazzi delle Guardie Rosse della Rivoluzione culturale, non si può certo dire che siano "piccoli". Sommergono le persone con valanghe di post su internet, le definiscono traditori. Senza contare che adesso sono anche spalleggiati dai loro nuovi commilitoni, i "Grandi Bianchi".»

«Credo di aver sentito parlare anche di loro. Dunque questi "Grandi Bianchi" sarebbero i medici e gli infermieri?»

«Direttore Chen, mi sa che lei si è smarrito un po' nella sua poesia cinese classica... I cosiddetti "Grandi Bianchi" sono quegli addetti anti-Covid presenti a ogni angolo della città. Quando un certo quartiere o un certo distretto finiscono in quarantena, i Grandi Bianchi rappresentano il partito e impartiscono ordini per far rispettare le regole. Possono sbarrarti la porta di casa inchiodandoci sopra delle assi, oppure portarti via per spedirti in un campo di concentramento. Con loro non è possibile discutere o litigare, altrimenti finisci immediatamente in prigione.» Jin sospirò e cambiò argomento. «Ma adesso basta con questo disastro del Covid. Mi deprimo soltanto a parlarne.»

«Allora torniamo al nostro Hou e alla sua neolingua. Mi ricorda una poesia del *Romanzo dei Tre Regni*.»

«Ah, direttore Chen, qui finisce con un'altra bella lezione di letteratura...»

«Si ricorda il passaggio in cui Liu finge di essere un timido che lascia cadere la coppa di vino spaventato da un fulmine improvviso, e in cui dice che sogna di potersi occupare del suo orticello?»

«Nonostante la mia laurea in Storia, non posso dire di ricordare quest'episodio in particolare» rispose Jin.

«Lei provi a immaginare: come mai Liu si sente obbligato a interpretare un ruolo simile in compagnia di Cao Cao?» Chen proseguì senza attendere una risposta. «Perché cerca di convincerlo che lui è un uomo privo di ambizioni politiche, e in tal modo riesce a fargli abbassare la guardia.»

«Perciò vuole dire che... che le dicerie piccanti su un dirigente del partito in licenza di convalescenza, in compagnia della sua "piccola segretaria" – situazione che si incontra di frequente nelle indagini per corruzione –, possono essere d'aiuto per far credere che lei sia uno di loro? In ogni caso, i pettegolezzi su un poliziotto depresso che si concede un po' di svago con la poesia classica e qualche storiella romantica sarebbero la riprova che le alte sfere non devono preoccuparsi di lui, e della possibilità che sia un piantagrane, dico bene?»

«Non so dirle se potrà funzionare o meno. Certo è che,

se quelli arrivano a pensare determinate cose, alla fine è solo un bene. Anche se però mi dispiace, Jin.»

«Perché deve dispiacersi? Indipendentemente da tutto è comunque un ruolo che sono ben disposta a impersonare. E non solo nelle congetture di Hou o di chissà chi altri.»

Da qualche giorno, via Fuzhou era perennemente intasata dalle ambulanze. Chen e Jin ebbero difficoltà a parlare, sommersi com'erano dal rumore incessante di tutte quelle sirene.

«Andiamo a dare un'altra occhiata alla scena del crimine» disse Chen. «Il parcheggio dell'ospedale.»

«*Allora andiamo, tu e io.*»

«Jin, anche lei sta diventando eliotiana.»

«Non posso farci niente, sono la sua "piccola segretaria"» ribatté la ragazza, prendendogli di nuovo la mano.

Lungo il Bund, il grande orologio sulla sommità del Palazzo della dogana rintoccò sonoramente. Erano le cinque o le sei, Chen non riuscì a sentire bene.

Stupito, vide sul ciglio della strada lo scheletro mezzo bruciato di una lanterna a forma di coniglio. Un orecchio di carta lacerato tremolava ancora nell'aria.

Di solito, dopo la Festa delle lanterne la gente le bruciava. Magari qualche bambino ne aveva tenuta una e poi ne aveva gettato lì lo scheletro.

Molto probabilmente durante la pandemia il mondo era stato capovolto. E alla gente non importava più di nulla.

«Chen, a cosa sta pensando?»

«A una poesia di un autore della dinastia Song che si chiamava Ouyang Xiu. Si intitola *La Festa delle lanterne*, ed è ancora attuale. Parla di quello che un tempo esisteva, e che oggi non c'è più:

Alla Festa delle lanterne dell'anno passato,
la sagra era illuminata come una giornata radiosa.

Di sera lui mi incontrò qui,
la luna in cima al salice.

Alla Festa delle lanterne di quest'anno,
le stesse lanterne, la stessa luna,
dov'è l'uomo che ho conosciuto l'anno scorso?
Le maniche del mio abito sono intrise di lacrime.

«Davvero, Chen, come sarà il mondo l'anno prossimo?»

«Ogni cosa è immaginabile, ma non perdonabile... nella sorveglianza con la sua "Amicizia nello spazio e nel tempo".»

Come un misterioso contrappunto ai suoi pensieri vaganti, un *ding* annunciò l'arrivo di un sms. Veniva da Wuhan.

«Oh, un messaggio di Pang» disse Chen. «Lo legga pure anche lei.»

Secondo gli ultimi notiziari ufficiali, la grave situazione di Wuhan stava migliorando. Il *Quotidiano del popolo* sosteneva che era tutto merito della politica zero-Covid del partito, a dimostrazione della superiorità del socialismo cinese sul capitalismo occidentale. Wuhan aveva in programma un'imponente cerimonia per festeggiare.

«Il Partito comunista cinese è come sempre bravissimo a politicizzare tutto» disse Chen.

Il tragitto non era lungo, ma di tanto in tanto furono costretti a fermarsi per chiarire i loro punti di vista, e questo in qualche modo allungò la distanza.

Un angolo del cielo stava diventando di un pallido spettrale, come il volto di un paziente disteso su un tavolo operatorio. Sembrava che lo smog brunastro strofinasse la schiena sulle finestre chiuse, e che poi infilasse la lingua in una minuscola pozza di neve disciolta.

«Pensavo...» cominciò Chen.

«Che cosa?»

«In questo punto, all'ingresso del parcheggio, dovrebbero esserci parecchie telecamere. E un criminale esperto dovrebbe saperlo. Quella notte, dalle dodici all'una, la telecamera di sorveglianza ha ripreso l'ingresso del dottor Wu, e poi di nessun altro.»

«Proprio così.»

I fiocchi di neve ricominciarono a volteggiare, sospinti dal vento. Jin prese Chen sottobraccio, e agli occhi degli altri sembravano due amanti che passeggiavano protetti dal medesimo ombrello, incuranti della neve scivolosa che ricopriva la strada. Lei estrasse il cellulare, toccò con la punta del dito l'applicazione Mappe e s'incamminò. «Siamo quasi arrivati» aggiunse poi.

«Bisogna ammettere che la direzione dell'ospedale ha fatto un bel lavoro» disse Chen. «Quel parcheggio temporaneo si trova in una posizione strategica, ed era necessario per il personale del Renji.

«Credo che, durante la costruzione, il parcheggio sia stato recintato con delle pareti provvisorie di plastica. Perciò la sua esistenza è rimasta sconosciuta alla maggior parte delle persone che abita nel circondario. Dopodiché è stato aperto, già dotato di telecamere di sorveglianza. Nessuna auto poteva entrare sprovvista di un tesserino speciale, consegnato esclusivamente al personale dell'ospedale. Dunque, com'è possibile che...»

«A meno che l'assassino non abbia deciso di non entrarci in auto» disse Jin incerta.

«Jin, lei è in gamba. E adesso, iniziamo l'indagine sul campo.»

Come prevedibile, il parcheggio non era stato realizzato con materiali di prima qualità, anche se non mancavano certe tecnologie modernissime.

In una città come Shanghai, un posto del genere poteva valere una fortuna. Ecco perché la costruzione era temporanea, limitata al periodo del Covid.

«Chiunque sarebbe potuto arrivare qui a piedi, col favore del buio» disse Chen.

«Sì, ma chi mai sarebbe venuto in un posto del genere per farsi una passeggiata, in una serata fredda e nevosa?»

«Ha ragione. Nessuno, soltanto l'assassino che ha seguito il dottor Wu fin nel parcheggio...»

«E l'assassino poteva essere a conoscenza degli spostamenti del medico.»

«Ha di nuovo ragione, Jin. Potrebbe aver seguito Wu per giorni.»

Il grande orologio sulla Torre della Dogana rintoccò in lontananza. La melodia di *L'Oriente è rosso* riverberò nell'aria del Bund.

Rabbrividirono entrambi, sopraffatti da un'imprevista folata di aria fredda.

Prima di andare a letto, Chen credette di aver sentito qualcuno che suonava un flauto di bambù. Una melodia lontana, solitaria e malinconica, che attraversava il buio circostante. Venne colto dall'improvvisa voglia di tradurre una poesia *ci* che aveva letto diverso tempo prima per l'antologia. La seconda strofa sembrava racchiudere quel momento, e quel momento sembrava racchiudesse lui.

Il flauto singhiozza,
e la risveglia dal suo sogno,
lei vede la luna che brilla
sopra la sua torre.
La luna sopra la sua torre,
i salici diventano verdi, anno
dopo anno, al ponte di Baling,
dove gli amanti si accomiatano col cuore spezzato.

Nella poesia cinese classica era usanza comune che i poeti descrivessero personaggi femminili che soffrivano per amore: in realtà erano i poeti stessi che esprimevano le frustrazioni e le delusioni delle loro vite.

Chen venne colto da un imperscrutabile impulso di uscire e di andare a bussare alla porta di Jin. Era quella di fianco alla sua, ed era vicina, ma si fermò. Rifletté che non era il momento di fare i romantici sotto lo sguardo truce delle telecamere di sorveglianza. E tuttavia quella considerazione gli lasciò un gusto amaro nella bocca riarsa.

Intanto, arrivò una telefonata da Wuhan.

«Pang, novità?» gli domandò Chen.

«Finalmente ieri sera sono entrato in azione. O meglio, si potrebbe dire questa notte.»

«Che cos'hai fatto?»

«Sono riuscito a strisciare fuori di casa e a raggiungere l'ospedale dove stava morendo il dottor Wen...»

«Come? Sta morendo?»

«Si è sparsa la voce che era ricoverato in condizioni gravissime nello stesso ospedale in cui ha lavorato così duramente, e in cui ha curato tantissimi pazienti. Ma non aveva speranze, e purtroppo il respiratore non ha portato gli effetti sperati. Siccome la sua morte avrebbe potuto far infuriare molte persone, che già avevano dimostrato la loro solidarietà nei confronti di un medico ingiustamente punito, l'ospedale ha organizzato una messinscena per mostrare che stavano provando in tutti i modi a salvargli la vita.

«Poiché l'addetto alla sicurezza non mi faceva entrare, ho tirato fuori un fischietto e gli ho spiegato cosa avrei fatto davanti al reparto del dottore. Wen è stato il primo a divulgare l'insabbiamento governativo sull'esplosione del Covid a Wuhan. Perciò suonare il fischietto poteva simboleggiare un ultimo e sincero tributo per lui. In quel momento, la guardia ha ricevuto una telefonata e lì, davanti ai miei occhi, con mia grande sorpresa è scoppiato a piangere. Poi mi ha chiesto se avessi con me un altro fischietto.

Gli ho risposto di sì, e lui mi ha detto che sarebbe venuto con me.

«"Il dottor Wen ci ha lasciati" mi ha detto poi tra un singhiozzo e l'altro. "Là dentro lo hanno sottoposto a un'inutile, inumana tortura, gli hanno spezzato le costole per far vedere che avevano tentato inutilmente di resuscitarlo. Alle undici e cinquantacinque l'ospedale è stato costretto ad annunciare il suo decesso."

«Con l'aiuto della guardia abbiamo raggiunto un pronto soccorso distaccato. L'ingresso era sbarrato da grosse catene di ferro, come se temessero di subire un assedio violento. C'erano persone che deponevano candele e corone di fiori sui gradini di pietra. Abbiamo posato i nostri cellulari sul gradino più in alto e messo in funzione la telecamera, poi, a notte fonda, abbiamo cominciato a soffiare nei fischietti. Era l'ultimo omaggio che potevamo tributare a un uomo che è stato così coraggioso da svelare la situazione. Si dice che il suono di migliaia di fischietti si sia riverberato nell'oscurità della notte. Poi abbiamo postato il video online. Se non altro, ancora non l'hanno rimosso.

«L'ospedale non ha potuto evitare di riconoscere che il dottor Wen si era comportato da eroe. La sezione propaganda ha cambiato musica, adesso il dottor Wen non era più una spregevole gola profonda, ma un leale membro del partito. Perciò il mio post in cui lamentavo la sua dipartita e sottolineavo la sua volontà di far conoscere i fatti verrà cancellato nel giro di due o tre giorni...»

Giorno 4

Le catene montuose si estendono,
si allungano lontane,
l'acqua del fiume serpeggia
e mormora, ero preoccupato
per un improvviso vicolo cieco
della strada, quando all'improvviso apparve
un villaggio, i salici sbiadivano
e i fiori si illuminavano.

LU YU

Nessuno è più odiato di colui che dice la verità.

PLATONE

La vita [...] è una storia
raccontata da un idiota, piena di rumore e furore,
che non significa nulla.

WILLIAM SHAKESPEARE

Quando tu non guardi il fiore,
sia il fiore che la tua mente cadono nell'oblio.
Quando vai a guardare il fiore,
i suoi colori si ravvivano immediatamente.
Perciò tu sai che il fiore
cresce soltanto nel tuo cuore.

HUANG YANGMING

Un altro post diventato virale. Anche se la dirigenza del partito e i cyberpoliziotti invariabilmente liquidano alla stregua di pettegolezzi qualunque notizia possa in qualche modo rivelare il lato tenebroso della società cinese, questo post contiene la registrazione delle voci reali di due persone che parlano al telefono. Anche la Regione autonoma uigura dello Xinjiang è stata sottoposta a lockdown, con una politica zero-Covid ancora più rigorosa e severa. Per quale motivo? Le vostre ipotesi sono valide quanto le mie. Per parecchio tempo la parola "Xinjiang", che significa "Nuova frontiera", è stata politicamente sensibile nelle ricerche su Baidu, e il più delle volte le pagine a essa dedicate sono risultate "non esistenti". Perciò la gente ha sempre avuto enormi difficoltà a spostarsi dentro e fuori dallo Xinjiang. Ad ogni modo, nella registrazione un uomo di mezza età dice a una giovane donna: «Ho sentito che sei impaziente di andare a Wuhan perché sei in pensiero per i tuoi vecchi genitori. Per farlo devi avere un visto di uscita rilasciato dal governo. Qui nello Xinjiang il partito sta portando alle estreme conseguenze la sorveglianza di stato e la repressione, perciò il visto è molto richiesto, tanto più in questi tempi di pandemia. Da noi il lockdown potrebbe durare per un tempo indefinito, la gente è angosciata.

«Si dà il caso che io abbia un amico che può procurare il visto per uscire dallo Xinjiang a tutte quelle persone che non vedono l'ora di fuggire e che non badano a spese. Il prezzo corrente sul mercato nero è di ottomila yuan, ma grazie alle sue conoscenze io posso fartene avere uno per tremila. A una condizione, però. Non appena l'avrò in mano, tu mi dovrai consegnare i soldi e poi dormire con me per quattro volte.»

La donna ha risposto che ci avrebbe pensato, ma aveva registrato la telefonata e l'ha poi diffusa su internet.

È stato un incredibile schiaffo alle autorità governative. Per impedirle di fare altre rivelazioni, le autorità le hanno concesso il visto e hanno arrestato l'uomo che gliel'aveva offerto.

Il dossier Wuhan

Chen si svegliò proprio nel momento in cui la giungla delle immagini di un sogno si stava dissolvendo, immersa nella luce del mattino. Di quel sogno ricordava unicamente la parola *Jinling*. La lingua cinese è molto legata al contesto, nel senso che una parola è formata da un certo carattere in combinazione con un altro. *Jinling* potrebbe essere il nome di una città, l'odierna Nanjing, Nanchino, ma di per sé il carattere *Jin* potrebbe essere il cognome di una persona, come quello di Jin, la segretaria di Chen, oppure significare "oro", il metallo prezioso. I significati sono diversi a seconda delle combinazioni dei diversi caratteri.

Come già in precedenza, invece di concentrarsi sul primo e sul secondo delitto, Chen decise di focalizzarsi sul terzo, visto che la scena del parcheggio dell'ospedale risaltava ancora vivida nella sua memoria.

Lesse il fascicolo sul dottor Wu per la terza volta. Ormai avrebbe potuto recitarlo a memoria. C'era scritto che per molto tempo il medico aveva vissuto in un vicolo della ex Concessione francese, e che stava litigando con il fratello a proposito di un risarcimento, perché il vicolo sarebbe stato demolito...

Folgorato da un'intuizione improvvisa, Chen saltò in piedi, afferrò il suo portatile e iniziò una ricerca su internet.

Le tre parole chiave inserite – "ex Concessione francese", "vicolo", "demolizione" – produssero una sola risposta: Vicolo della Polvere Rossa, il quale si trovava in via Jinling, anche se negli anni precedenti il 1949 era nella Concessione francese, e stava per essere demolito.

Era proprio il vicolo in cui Chen era stato tre giorni prima, anche se non avrebbe mai immaginato che potesse essere collegato al caso di omicidio.

Chen, però, era un poliziotto e non credeva alle coincidenze, ma dovette ammettere di non sapersi spiegare in che modo l'inconscio o il sovrannaturale avessero qualcosa a che fare con quanto stava accadendo. Per esempio, la parola *Jinling* del sogno misterioso. *L'interpretazione dei sogni* di Freud era già da parecchio tempo nella sua lista dei libri da leggere. Doveva assolutamente trovare il tempo di farlo.

Chen e Jin si sedettero allo stesso tavolo nella sala ristorante dell'hotel, come già era accaduto in precedenza.

«Jin, lei è proprio il mio angelo custode.»

«Direttore Chen, continua a prendersi gioco di me.»

«Stamattina mi sono risvegliato da un sogno di cui ricordavo soltanto due caratteri, *Jinling*. Essendo il primo carattere *Jin*, e avendola sempre in cima ai miei pensieri, naturalmente ho pensato subito a lei, dopodiché tutta una serie di capriole inconsce mi ha avvicinato a una possibile svolta nella nostra inchiesta.»

«La prego, direttore Chen, la smetta con tutti questi complimenti. Mi confonde.»

«Però sono riuscito a ricordarmi diversi altri frammenti del sogno. Credo siano collegati a una poesia di Wei Chuang che si intitola *Uno schizzo di Jinling*:

La pioggia qui sul fiume, fitta come il nevischio,
inonda tutta l'erba;
e le Sei Dinastie son trascorse in un sogno:
vani canti d'uccelli.

Si raccolgono i salici, lì, nell'indifferenza di mura e terrazze; antica brina adorna, per decine di *li*, la banchina in un manto.

«Oh, mio poeta, sono sempre più confusa...»

«Be', è una lunga storia...»

Hou arrivò al loro tavolo per la colazione, puntuale come sempre.

«Di cosa state parlando?»

«Dell'interpretazione dei sogni. Il direttore Chen si è smarrito in un sogno dove c'erano delle poesie.»

Quella mattina la colazione era di tipo orientale, e a ognuno venne servita una ciotola di ravioli in brodo ripieni di gamberetti e maiale cosparsi di fettine di cipollotto e di uova. Inoltre, una porzione di focaccine al vapore con il maiale alla griglia fatte arrivare appositamente dal Padiglione del Fiore di Albicocco, e un tortino di riso fritto preso a una bancarella non molto distante dall'hotel.

«Ieri sera mi sono bevuto una tazza di caffè supplementare e sono riuscito a riflettere con lucidità» disse Chen. «Come diceva Eliot, stavo letteralmente dosando la mia energia con il cucchiaino del caffè, senza però avere una direzione precisa.

«Finché, questa mattina, dopo aver sognato due caratteri cinesi e aver bevuto un'altra tazza di caffè, ho fatto un salto sulla sedia quando mi sono accorto di un piccolo dettaglio nel fascicolo del dottor Wu.»

«E di cosa si tratta?»

«Wu abitava in un vicoletto di via Jinling che sta per essere demolito, e che un tempo faceva parte della Concessione francese. Ho verificato, e sono abbastanza sicuro che si tratti di Vicolo della Polvere Rossa. Lì ho svolto la prima vera indagine della mia carriera di poliziotto, perciò quel quartiere lo conosco decisamente bene. Ed è anche probabile che qualcuno si ricordi ancora di me. È il caso che vada a farmi un giro laggiù per parlare un po' con i funzionari del comitato di quartiere.»

«Mi sembra un piano fantastico» convenne Hou, infilandosi in bocca l'ultimo raviolo.

«Oggi è una bella giornata» disse Chen. «Jin, che ne dice di venire con me in Vicolo della Polvere Rossa?»

«Perché no?» rispose lei, seppure un po' esitante. «Oggi però fa un po' freddo. La neve si sta sciogliendo e le strade sono scivolose. Stamattina presto, mentre andavo a correre, ho rischiato di cadere.»

«Jin, il vicolo è qui vicino. Una breve passeggiata può solo farmi bene, come dice sempre lei.»

«Non potrei essere più d'accordo. Jin, vada con il direttore Chen. Dalla guida del nostro leggendario ispettore capo dipendono tantissime cose... e lui fa affidamento su di lei.» Poi Hou aggiunse, con un sorrisetto scaltro: «Lo lascio nelle sue mani esperte.»

«Lo so che è un'ipotesi un po' azzardata» commentò Chen, «ma non possiamo permetterci di lasciare nulla di intentato.»

«Ah, direttore Chen, quasi dimenticavo» disse Hou, che estrasse dalla tasca una scatoletta d'argento. «Questi sono i suoi nuovi biglietti da visita approvati dalle autorità del partito. Potrebbero esserle d'aiuto, visto che, appunto, non dobbiamo lasciare nulla d'intentato.»

Oltrepassarono la libreria, che era ancora chiusa, il Padiglione del Fiore di Albicocco, al cui ingresso un cartello notificava che d'ora in avanti avrebbero venduto soltanto cibo da asporto; poi superarono l'ospedale, avvolto dal sudario di fosco smog emesso dalle ambulanze, e un'anziana donna che si trascinava per la strada tenendo in mano un lungo bastoncino di incenso e salmodiando preghiere. Infine fu la volta di un albero avvizzito, circondato da una schiera di corvi neri all'angolo di via Guangdong...

Chen alzò lo sguardo e disse, avvilito: «Ah, chiedo scusa, avrei dovuto prendere via Fujian. Non possiamo attraversare via Yan'an perché qui c'è la stazione della metropolitana. Me n'ero completamente scordato.»

«Forse inconsciamente voleva dare ancora un'occhiata all'ospedale» osservò Jin, il cui lieve sorriso fece spuntare due fossette sul suo viso. Svoltarono a destra in via Guangdong e lei riprese il discorso: «E poi forse quei corvi vagabondi che gracchiavano intorno all'albero vizzo le saranno apparsi come un segnale troppo infausto.»

«No, non è una questione di segnali. Semmai mi sono ricordato di una certa poesia:

Ahimè, Sua Maestà avrebbe dovuto interessarsi del benessere del popolo,
e non di come diventare un immortale.

«Cosa intende, direttore Chen?»

«Eh, mi scusi, è un distico di Li Shang-yin. Si riferisce a Wen, l'imperatore della dinastia Han. Sua maestà continuava a domandare a un saggio in che modo potesse vivere e regnare per sempre, ma non voleva sapere niente su come alleviare le sofferenze del suo popolo. Nell'antica Cina, i corvi che accerchiavano un albero morto potevano presagire sventure, per una dinastia in declino.»

«Capisco... La stessa cosa vale per il presente» disse Jin, pestando il piede sul selciato bagnato e sporco. «Ad ogni modo, la costituzione cinese è stata cambiata. Adesso il capo supremo del partito può esercitare il suo potere all'infinito. Testa di Maiale non deve più preoccuparsi della durata della sua carica.»

«Sa, Li Shang-yin era il mio poeta preferito della dinastia T'ang» spiegò Chen, cambiando argomento. «E si dà il caso che Vicolo della Polvere Rossa sia uno dei miei vicoli preferiti.»

«Ricordo che me ne aveva parlato.»

«Sì, in quel posto ho svolto delle indagini. E molto tempo prima, quando ero uno studente delle scuole medie, spesso ci andavo per le "conversazioni serali" che si svolgevano all'ingresso del vicolo. Le persone si radunavano là durante le serate estive per raccontare e ascoltare storie.»

«Le "conversazioni serali in Vicolo della Polvere Rossa"... suona affascinante. Sono contenta di andarci. Perché "polvere sei e polvere ritornerai", dico bene?»

«Nella nostra lingua l'espressione "polvere rossa" si riferisce al mondo quotidiano della gente comune, con le sue aspirazioni, le passioni, la vanità, anche, e tutto quello che vi è collegato. Ma ne potremo parlare diffusamente più tardi. Per il momento le basti sapere che quelle conversazioni serali della mia giovinezza sono diventate una parte fondamentale della mia istruzione.»

«Che mi dice del comitato di quartiere?» chiese Jin. «Fino a tre o quattro anni fa quasi non sapevo neppure della sua esistenza.»

«A una giovane studentessa universitaria idealista come lei non deve sembrare così strano. A proposito, ha sentito parlare delle "Ziette del distretto di Chaoyang", a Pechino?»

«Sì, certo. L'anno scorso parecchi intellettuali dissidenti sono stati denunciati da quelle Ziette per aver usufruito illecitamente a casa propria di servizi sessuali. Uno di essi, un noto storico, è poi stato costretto a dichiarare la propria colpevolezza in televisione. Nessuno ha saputo dire se le accuse fossero vere o meno. In ogni caso, la reputazione di quegli intellettuali ne è uscita distrutta. Nella Cina di oggi i comitati di quartiere sono potentissimi. Me ne sono resa conto proprio in quell'occasione.»

«Be', per un breve periodo hanno avuto meno potere, un po' perché le tessere annonarie, distribuite dai comitati di quartiere, sono cadute in disuso, un po' perché la teoria maoista della lotta di classe è passata in secondo piano rispetto allo sviluppo economico voluto da Deng. Tuttavia, non molto tempo dopo sono tornati prepotentemente alla ribalta. Il capo supremo del Partito comunista ha capito che per mantenere il controllo e l'apparenza di una stabilità sociale e politica avrebbe avuto bisogno più che mai dell'aiuto dei comitati di quartiere.»

«Già, all'interno dell'amministrazione municipale esiste un vero e proprio organismo apposito, l'ufficio per il Mantenimento della stabilità. A quanto mi risulta ha un budget gigantesco.»

«Naturalmente si può dire che i sistemi di sorveglianza sono diffusi in tutto il mondo, ma di certo non come in Cina, e non parlo semplicemente delle telecamere, ma anche dei comitati di quartiere, appunto, che possono essere considerati sistemi di sorveglianza umana che agiscono di propria iniziativa.»

Imboccarono la scalinata scivolosa e infida della sopraelevata di acciaio che attraversava via Yan'an e Jin lo prese sottobraccio. Vennero investiti dalle frustate ghiacciate del vento gelido. I guanti di Jin rimasero quasi attaccati al parapetto di acciaio, ma doveva sorreggere Chen.

Impiegarono più di dieci minuti per arrivare in vista del vicolo.

L'ufficio del comitato di quartiere era situato nei pressi dell'uscita posteriore di Vicolo della Polvere Rossa.

Jin bussò alla porta dipinta di rosso. Venne ad aprire una donna di mezza età con un neo all'angolo sinistro della bocca. Dopo aver dato un'occhiata al biglietto da visita di Chen accolse i due ospiti nell'ufficio, che era dotato di una coppia di condizionatori d'aria portatili. La sua assistente posò sulla scrivania un vezzoso servizio da tè e le domandò: «Serve altro, segretaria del partito Yan?»

«Appendi alla porta il cartello NON DISTURBARE. Questi due compagni arrivano dall'amministrazione municipale.»

Chen non ebbe dubbi sull'identità della segretaria: era lei che, la mattina di qualche giorno prima, si trovava davanti all'ufficio a fumare e a spargere cenere per terra, e che l'aveva scrutato mentre usciva facendosi largo tra i detriti di Vicolo della Polvere Rossa.

Sul biglietto di Chen c'era scritto:

CHEN CAO
EMISSARIO SPECIALE DEL PARTITO COMUNISTA CINESE
DIRETTORE DELL'UFFICIO PER LA RIFORMA DEL SISTEMA
GIUDIZIARIO DI SHANGHAI
EX LEGGENDARIO ISPETTORE CAPO CHEN
SIMBOLO DORATO DELLA "SPADA DELL'IMPERATORE"

Quel nuovo titolo di "emissario speciale" era stata una sorpresa, ma non gli piaceva. E lo stesso valeva per il simbolo della "Spada dell'imperatore".

Certamente aveva colto di sorpresa anche la segretaria del partito Yan.

«Caspita, ho letto e sentito parlare di lei!» esclamò la donna, che scattò subito in piedi. «Il leggendario ispettore capo Chen! Credo di averla già conosciuta, molto probabilmente nel corso di una sua precedente indagine qui. Direttore Chen, lei non è cambiato affatto.»

L'ufficio, invece, sembrava cambiato, e anche parecchio. La stanzetta sul retro, che in passato era stata usata per tenere sotto custodia i cosiddetti nemici di classe, adesso era una sala computer da dove si gestiva la sorveglianza del quartiere. Il comitato era diventato una macchina più efficace e potente che mai.

«No, io non sono più un poliziotto, lavoro per un altro ufficio dell'amministrazione di Shanghai» spiegò Chen. «Questo è un momento delicato per la nostra città. Qualunque sia la carica che ricopriamo, noi tutti siamo obbligati a fare del nostro meglio.»

«Su questo ha assolutamente ragione, emissario Chen. Lei ha tra le sue mani la Spada dell'imperatore, nel vero senso della parola.»

Dunque, notò Jin, quel biglietto da visita aveva rappresentato una differenza sostanziale per una dirigente del comitato di quartiere come Yan. Del resto, Chen era uno che ci sapeva fare anche con la neolingua, se l'occasione lo rendeva indispensabile.

«Io lavoro per il direttore Chen, sono la sua segretaria personale» intervenne Jin, presentandosi. «L'amministrazione municipale l'ha gravato di un fardello veramente pesante.»

«Compagna Jin, lei è davvero fortunata a lavorare con il direttore Chen.»

«Può ben dirlo.»

«Ora però apriamo la porta rossa sui monti verdeggianti che si stagliano all'orizzonte» disse Chen. «Oggi siamo qui per parlare del defunto dottor Wu.»

«Il defunto dottor Wu? Sì, ha abitato qui nel vicolo per una quarantina d'anni, suppergiù.»

Yan si lanciò in un dettagliatissimo resoconto sul cardiochirurgo. All'inizio degli anni Sessanta i suoi genitori si erano trasferiti nel vicolo insieme ai tre figli e abitavano tutti in una minuscola stanzetta nell'ala occidentale di una *shikumen* tradizionale. Suo fratello, che era una Guardia Rossa, aveva ottenuto una stanza fuori da Vicolo della Polvere Rossa grazie alle assegnazioni statali. Sua sorella sposò un uomo che possedeva un alloggio intestato a proprio nome, in un'altra parte della città. Il dottor Wu, che all'epoca era un giovane specializzando dell'Ospedale Renji, era rimasto nel vicolo con i suoi genitori.

«Il padre morì verso la fine della Rivoluzione culturale, mentre sua madre, dopo essere stata colpita da un infarto, rimase paralizzata. Diventò così un'invalida a carico dei figli, ma siccome nessuno voleva accollarsene il peso, i familiari raggiunsero un accordo. Il dottor Wu si sarebbe preso cura della donna e gli altri figli avrebbero rinunciato a ereditare la stanza della *shikumen*, che all'epoca era quasi priva di valore. Wu accettò perché non sopportava l'idea di lasciare sola sua madre, e perché quella stanzetta nella *shikumen* gli poteva tornare comoda. Nel frattempo si era laureato e lavorava all'Ospedale Renji. Il vicolo era chiuso, ma ci poteva tornare per delle brevi pause.

Grazie alla riforma economica, però, negli ultimi vent'anni in Cina erano accadute parecchie cose. Il mercato immobiliare era cambiato drasticamente, e come germogli di bambù che sbocciano a primavera spuntò dal nulla un incredibile numero di edifici residenziali. Quelli che se lo potevano permettere se ne andarono dal vecchio e trascurato vicoletto. Nonostante la posizione centrale, le condizioni di vita in quelle stanzette anguste erano diventate troppo disagevoli. Intanto i prezzi degli immobili continuavano a crescere in modo folle. Alcuni dei vecchi abitanti del vicolo, pur avendo acquistato appartamenti nuovi, mantennero comunque le loro stanzette grandi come pezzetti di tofu, soltanto perché avrebbero ottenuto dei ragguardevoli risarcimenti nel caso in cui il vicolo fosse stato raso al suolo.

«Accaddero parecchie cose anche al dottor Wu. Essendo diventato un rinomato cardiochirurgo, le sue tasche si riempirono di buste rosse rigonfie di denaro. Nella Cina socialista era una prassi abituale. Intanto, tramite le assegnazioni statali, aveva ricevuto un appartamento più grande, in cui si trasferì insieme alla moglie e alla figlia, ottenendo un certificato di residenza in città. In seguito Wu acquistò anche un piccolo appartamento per la figlia, ma conservò la proprietà della stanzetta nel vicolo.

«Per quanto attiene al litigio del defunto dottor Wu con i suoi parenti» proseguì Yan, scuotendo energicamente la testa, «proprio ieri si sono presentati qui rivendicando la parte del risarcimento di loro spettanza.»

«Potrebbe fornirci maggiori dettagli su questo litigio?»

«La storia è lunga e complicata. Ne conosco solo alcuni frammenti grazie a mia madre, anche lei ha lavorato al comitato di quartiere. Mi ha detto che il dottor Wu e la madre inferma erano rimasti in Vicolo della Polvere Rossa anche dopo la morte del padre, e che in tutti quegli anni il fratello e la sorella avevano evitato la stanzetta nel vicolo come se fosse stata la peste. Il fardello era insostenibile, e l'anziana donna non aveva alcun tipo di reddito...»

«È comprensibile, Yan. Questo però la dice lunga sulla premura filiale del dottor Wu.»

«Si può anche parlare di karma, ispettore capo Chen. Il dottore e sua madre sono rimasti ad abitare nel vicolo per anni, anche se non con continuità. Poi la moglie e la figlia sono emigrate negli Stati Uniti, e allora lui ha fatto trasferire sua madre nel loro vecchio appartamento e ha utilizzato la stanzetta qui come deposito per i suoi libri e la mobilia vecchia.

«I problemi sono sorti dopo. Nel mese in cui morì la madre del dottor Wu venne emessa l'ordinanza di sfratto da Vicolo della Polvere Rossa, che sarebbe stato demolito per far posto a un'opera di riqualificazione. Quando si sono precipitati qui il fratello e la sorella per esigere la loro parte dell'indennizzo, non ci siamo stupiti più di tanto.»

«A cadavere ancora caldo hanno cominciato a litigarsi le spoglie. Questo è davvero troppo» osservò Chen, scuotendo la testa.

«Può dirlo forte, direttore Chen. Il nostro comitato di quartiere è intervenuto e ha fatto presente a tutti che non era proprio il momento di mettersi a litigare. L'indennizzo ammonta a una cifra davvero esigua per il governo, che però per i residenti interessati è considerevole. Ecco perché ci sono state persone, come il dottor Wu, che a suo tempo avevano scelto di tenersi gli immobili, pur essendo quasi inagibili.

«La politica dei risarcimenti per i ricollocamenti è cambiata quest'anno. Con il vecchio regolamento l'indennizzo spettava a *tutti* i familiari. Per una famiglia di cinque persone, per esempio, i genitori e i tre figli ricevevano ognuno un quinto della somma dovuta. Adesso, invece, l'indennizzo spetta soltanto a chi è in possesso di un certificato di residenza nominativo. Tutte le eventuali dispute devono essere risolte tra i vari membri della famiglia, spetta a loro parlarsi e dirimere le questioni, con cui il governo e la politica statale non vogliono aver niente a che fare.»

Inevitabilmente i contrasti diventarono all'ordine del giorno, spiegò Yan. Le persone provviste di certificato di residenza si affrettarono a firmare i contratti, quelle che invece non l'avevano furono costrette a liti furibonde per ottenere i risarcimenti. Fu un cambiamento di natura pratica introdotto dal governo. In una società sempre più carente di valori etici e morali tradizionali, ormai le persone volevano solo arraffare quanto più possibile, ma tutto ciò non era cosa che riguardasse il governo.

I familiari del dottor Wu ritenevano che il suo diritto esclusivo all'indennità fosse iniquo. Era una stanza lasciata in eredità dai loro genitori, perciò il risarcimento avrebbe dovuto essere suddiviso equamente in tre parti. Considerando la carriera e la ricchezza del dottor Wu, gli altri immobili di sua proprietà e la famiglia ormai residente negli Stati Uniti, il fratello e la sorella pensavano che avrebbe dovuto fare qualcosa di più, almeno concedere un'equa ripartizione.

Invece il dottor Wu ritenne ridicola quella pretesa, visto che per tutti quegli anni il fratello e la sorella si erano tenuti ben alla larga da Vicolo della Polvere Rossa, e lui solo aveva affrontato la responsabilità di prendersi cura della madre inferma.

«Sì, non credo che un giudice sia nella posizione di poter dirimere una lite familiare» disse Chen, dopo che Yan ebbe terminato di raccontare la storia. «Segretaria Yan, le andrebbe di farci vedere l'alloggio del dottore?»

Accompagnati dalla donna, Chen e Jin entrarono nella stanzetta: era minuscola, sedici o diciassette metri quadrati, priva di bagno e di riscaldamento. Certo non era minimamente paragonabile ai nuovi appartamenti dotati di tutti i più moderni comfort, tuttavia l'ubicazione nel centro della città avrebbe consentito un indennizzo di più di cinque milioni di yuan.

«Eh, questi libri sono ricoperti di polvere» osservò Chen, «devono essere anni che nessuno li tocca più.»

«Guardi quel vaso da notte crepato, sotto il letto» disse Jin. «Sembra un oggetto d'antiquariato.»

«Io ho cercato di convincerlo a concedere loro una cifra simbolica» proseguì Yan. «Paragonati a lui, fratello e sorella sono tutt'altro che benestanti. Però non si è mosso di un millimetro dalle sue posizioni perché, ha obiettato, adesso che la moglie si trovava con la figlia negli Stati Uniti, dove si voleva laureare, le spese per la retta dell'università e l'alto costo della vita in una città come New York erano pesanti.

«Perciò i due fratelli sono quasi venuti alle mani» proseguì Yan, «mentre la sorella piangeva e imprecava come una megera. Testone Wu giurava che lo avrebbe ammazzato, perché era un uomo senza cuore... Capita che in una lite furiosa volino parole grosse. Che del resto nessuno ha preso seriamente.»

Solo che il dottor Wu era stato ucciso nel parcheggio temporaneo dell'ospedale.

«Adesso che Wu è morto, chi avrà diritto all'indennizzo?» domandò Chen.

«Legalmente la moglie e la figlia. Visti i nuovi regolamenti governativi sulle restrizioni per i viaggi, per tornare a riscuoterlo dovranno richiedere un visto speciale. Anche se riuscissero a ottenere il permesso, non esiste un volo diretto per Shanghai, e poi dovranno esibire un tampone negativo. Inoltre, a Shanghai dovranno trascorrere almeno tre settimane di quarantena in un campo o in un hotel. Nel caso di un nuovo test positivo, il periodo di quarantena verrebbe incrementato di altre tre settimane.

«Non riusciranno mai ad arrivare in tempo per il funerale del dottor Wu. E la successiva disputa legale si trascinerà molto a lungo. Queste cose le so perché ne ho discusso con loro. Sono ancora incerte sul da farsi e stanno cercando di smuovere tutte le loro conoscenze...»

«La ringrazio per tutto il lavoro svolto per gli abitanti del vicolo, segretaria Yan. Adesso però vorrei farle un altro tipo di domanda. Nel caso in cui la moglie e la figlia del dottore non riuscissero a tornare in tempo per riscuotere l'indennizzo, i soldi a chi andrebbero?»

«Questo non lo so, ma il regolamento dice che il contratto firmato dev'essere concluso nel giro di due mesi. Altrimenti la somma viene confiscata oppure consegnata agli altri familiari aventi diritto. Vale a dire, il fratello e la sorella del dottore.»

«Mi sa dire qualcos'altro su di loro?»

«Se ne sono andati dal vicolo parecchi anni fa. Li conosco poco, e quel poco che so è molto frammentario, ricavato dai pettegolezzi del quartiere. Si dice che Testone Wu sia un buono a nulla. Dopo la Rivoluzione culturale non è mai riuscito a tenersi un lavoro decente, ma finalmente l'anno scorso è riuscito a trovarsene uno, vale a dire bloccare o cancellare i post politicamente sensibili su internet. Quanto alla sorella, so ancora meno. A quanto pare è una massaia come tante altre.»

«Che ne pensa, direttore Chen?» domandò Jin mentre uscivano dall'ufficio del comitato di quartiere.

«Testone Wu è il sospettato numero uno perché ha un movente inequivocabile, questo è poco ma sicuro. Adesso però è indispensabile trovare le prove. Ma lei, piuttosto, che ne pensa?»

«Io sono soltanto la sua "piccola segretaria", tuttavia quello che ci ha riferito Yan a proposito delle parole del dottor Wu mi è sembrato decisamente credibile. Cioè, la parte sulla retta universitaria e le altre spese a New York» commentò Jin. «Ho controllato i costi di iscrizione a un biennio specialistico in un'università americana. Esorbitanti. Io non potrei mai permettermeli. Per questo ho abbandonato il sogno di approfondire gli studi all'estero.»

«Lei è giovane, Jin. In futuro avrà la sua occasione.»

«Io sono qui, al suo fianco. Perché dovrei ancora sognare di andare all'estero? Però ci sono tantissimi giovani che cercano disperatamente di fuggire dalla Cina. Ci sono parecchi gruppi di WeChat dedicati alle discussioni sulle varie strategie di fuga, le tecniche per scappare, le esperienze personali, le spese da sostenere, i trucchi, piccoli ma molto utili, da adottare e così via.»

«Sì, tutto questo è troppo per i giovani. La scusa della crisi causata dal Covid non può giustificare un giro di vite così repressivo. La storia può essere davvero crudele. Quello che viene descritto in *1984* si sta letteralmente ripetendo in Cina, ma in modo ancora più spietato e inumano. E la propaganda del partito se ne sta approfittando in modo vergognoso. Quello che mi preoccupa, Jin, è che sembra stia funzionando, tanto più che adesso i paesi occidentali stanno commettendo errori nella loro battaglia contro la pandemia.»

Rientrarono all'hotel, ma Hou non c'era. Jin riprese a fare telefonate dalla sua stanza. Chen si appisolò a letto.

Quando si svegliò, la luce del pomeriggio filtrava attraverso le persiane formando geometrie cangianti sul soffitto. Una scena surreale lo fece trasalire, risvegliandolo completamente dalla sonnolenza che ancora trascinava con sé i residui di un sogno: un corvo nero librato sulla finestra screziata di neve, mentre il becco e la gola picchiettavano freneticamente contro il vetro.

Sfilò il cellulare da sotto il cuscino e guardò l'ora, poi diede un'altra occhiata alla finestra. Vide una linea sottile lasciata dalle impronte dell'uccello sulle mattonelle ricoperte di neve. Ben presto sarebbero scomparse, e con esse la neve. Un tempo, un poeta della dinastia Song descrisse la medesima scena, lamentando intristito la transitorietà delle cose nel mondo umano...

La fantasticheria di Chen venne interrotta da un sms di Hou, preannunciato da un *ding* attutito. Subito dopo, Chen ricevette una telefonata di Jin.

«Si stava riposando un po', direttore Chen? Non volevo svegliarla. Ho chiamato sua madre, sta benissimo. Ha detto che oggi qualcuno è andato ad aiutarla a sistemare la sua connessione internet e che è arrivato anche un uomo d'affari, uno di quelli veramente ricchi, che le ha portato pacchetti e pacchettini e un sacco di cibo fresco, chiamandola rispettosamente "Zietta"...»

Jin gli stava parlando con grande circospezione, senza fare i nomi delle due persone che erano andate a trovare la madre di Chen, il quale immaginò benissimo di chi si potesse trattare. E non era un caso che entrambi si fossero trovati là nel medesimo momento.

«Jin, la ringrazio per tutte le cose che sta facendo per me. Ah, ho appena ricevuto un sms da Hou.»

«Qualche nuova pista?» chiese Jin.

«No. Qualcosa di irrilevante, probabilmente. La seconda vittima, l'infermiera Huang, era stata assegnata provvisoriamente al pronto soccorso per carenza di personale. Ma solo per una notte.»

«Ah, sì?»

«Però ho come la sensazione...»

Sentì bussare alla porta. I colpi erano smorzati.

Chen andò ad aprire e si trovò davanti Hou, incorniciato dalla luce che si rifletteva sulla neve.

Rientrato all'hotel poco dopo il loro ritorno, era andato subito dall'ex ispettore capo, trasportando con sé un turbinio di neve che sparpagliò in giro pestando energicamente i piedi sulla soglia della camera, dopo aver lasciato una scia di impronte bagnate sulla moquette.

Hou gli disse di essere appena uscito da una riunione con il sindaco e con una serie di alti funzionari dell'amministrazione municipale. Erano molto preoccupati perché i moventi dei delitti venivano ormai attribuiti alla politica zero-Covid.

«Alcuni *netizens* arrivano al punto di considerare gli omicidi una forma di disperata protesta, e puntano il dito contro la disastrosa politica del partito.» Hou proseguì dopo una breve pausa: «Noi dobbiamo sostenere la superiorità del socialismo con caratteristiche cinesi.»

Chen rimase seduto ad ascoltarlo senza interromperlo. *Ma i numeri diffusi sulla stampa cinese non sono credibili.* Hou parlava come un robot nella cui memoria avessero preinstallato una serie di discorsi politicamente corretti.

Ma era anche vero che, se non fossero riusciti a concludere l'inchiesta in modo convincente, la gente avrebbe continuato a diffondere congetture sempre più fantasiose e incontrollate. Inoltre, l'assassino avrebbe potuto proseguire nella sua follia omicida peggiorando le cose, come se qualcuno volesse aggiungere del ghiaccio alla neve che già stava ricoprendo quell'intollerabile inverno funestato dal Covid.

«Avrebbe una sigaretta?» domandò Hou all'improvviso.

Chen andò a prendere un pacchetto di Cina dal cassetto della scrivania senza dir nulla.

«Potrà anche non credermi» proseguì Hou, «ma nell'estate del 1989, quando ero uno studente del primo anno all'Università di Pechino, anch'io sono sceso in piazza

Tian'anmen a protestare con gli altri. Fortunatamente il commissario dell'università si è addossato la responsabilità al posto nostro. Alla fine, ci disse, quello che sta succedendo qui verrà giudicato dalla storia. Il popolo protesta, e io lo capisco. Ma, detto questo, dobbiamo comunque prendere in considerazione il quadro d'insieme.»

Chen rimase ben più che sorpreso da quelle inaspettate parole di Hou, che tuttavia avrebbero anche potuto essere una subdola trappola. Qualunque reazione da parte dell'ex ispettore capo sarebbe stata facilmente considerata la prova di un suo psicoreato, e usata contro di lui una volta conclusa l'indagine.

«Be', l'altro ieri ho detto anch'io la stessa cosa a Jin. Dobbiamo tener presente il quadro d'insieme. Il popolo sta soffrendo terribilmente. Se l'inchiesta continua a trascinarsi, potrebbe anche essere la goccia che fa traboccare il vaso.»

«Dunque, cosa possiamo fare?»

«Ecco perché volevo discuterne con lei, Hou.»

Proprio in quell'istante, forse per coincidenza, Jin bussò alla porta.

«Entri pure, Jin. Hou e io stavamo parlando di quello che abbiamo visto e sentito al comitato di quartiere di Vicolo della Polvere Rossa e al parcheggio dell'ospedale.»

Quando la ragazza entrò nella stanza, Hou scattò in piedi e di punto in bianco disse: «Adesso dovrei andare. Direttore Chen, ha qualche istruzione specifica per me?»

«Ma no, resti pure, vicecapo Hou» replicò Jin. «Volevo solo informare il direttore Chen che dovrei fare delle telefonate e che dopo vorrei tornare a casa.»

«Faccia pure con comodo, Jin.»

«Per qualsiasi cosa, ci chiami» disse Hou, mentre Jin usciva dalla camera.

«Sì, io e Jin abbiamo riflettuto un po' sul materiale che

lei ha raccolto» spiegò Chen, «come pure sul sopralluogo effettuato nel parcheggio. Siamo più propensi a credere che il terzo omicidio sia stato commesso da un'altra persona. Dobbiamo fare pressione sul capo del partito all'ospedale per ottenere tutto il materiale possibile» proseguì Chen serio. «Negli ultimi anni la figura di un capo del partito è arrivata a detenere un vero potere, sia negli ospedali che nelle università. L'autorità del partito è ovviamente incontestabile, in questo non c'è niente di sbagliato, ma forse, alla luce della pandemia in corso, ed essendo lui un dirigente politico, può anche aver deciso di insabbiare certe cose proprio per ragioni di natura politica. O perlomeno di non dirle tutto. È una possibilità che dobbiamo prendere in considerazione.»

«Lo terrò presente.»

«Se l'indagine si trascina in questo modo, la teoria del capro espiatorio potrebbe trasformarsi in un vero incubo. Glielo deve far presente. E se proprio devo essere sincero con lei, visto che l'inchiesta effettivamente va per le lunghe, anche la nostra squadra speciale potrebbe diventare un capro espiatorio.»

«Ha ragione, direttore Chen. In questo momento circolano le ipotesi più disparate, come mosche prive di testa. Ieri notte c'è stato un tentato omicidio vicino all'Ospedale Xinhua, nel distretto di Yangpu. Considerata la distanza che lo separa dal Renji, non riesco a capire in che modo la vicenda possa essere collegata al caso su cui stiamo indagando, ma quegli irresponsabili dei *netizens* si stanno inventando gli scenari più irragionevoli, sostengono che l'assassino colpirà tre volte in ciascuno degli ospedali di Shanghai...»

«Sì, l'ho letto anch'io. Ma qualunque cosa le persone decidano di dire o ipotizzare, questo significa solo e soltanto pressioni e responsabilità ancora maggiori per la nostra squadra. Come forse saprà, nelle alte sfere c'è qualcuno che da tempo è scontento del mio lavoro, e il fallimento di questa indagine potrebbe rappresentare un'altra occasione per spingermi ancor di più nel fango.»

«Direttore Chen, questo non deve neppure dirlo. Formalmente sono io a capo dell'indagine, e me ne assumo in pieno la responsabilità. Anzi, sono io che l'ho coinvolta. Se lei dovesse finire nei guai, non riuscirei più a guardarmi allo specchio.»

Un'altra affermazione sorprendente di Hou, ma per la prima volta Chen colse nella sua voce un accenno di sincerità.

«Allora concentriamoci sull'indagine che stiamo affrontando» concluse Chen.

Chen stava per scendere a cenare quando arrivò una chiamata da Jin. Sembrava agitata.

«Mi scusi, ma sto tornando a casa in taxi perché all'improvviso mio padre ha avuto un forte attacco d'asma. Di solito si riprende dopo che gli viene somministrato l'ossigeno all'ospedale. Solo che non possiamo mandarlo se non ha un tampone negativo eseguito nelle ultime ventiquattr'ore. Ho chiamato parecchi ospedali, ma ho ricevuto sempre la medesima risposta: "Niente codice verde, niente ricovero."»

«Jin, non si preoccupi. Troveremo una soluzione. Aspetti una mia telefonata.»

La soluzione, però, Chen non poteva trovarla camminando su e giù per la sua stanza. Diversi anni prima era riuscito a far ricoverare la madre di Molong all'East China Hospital tramite la "porta di servizio". Il direttore dell'ospedale, che si chiamava Wei, gli doveva un grosso favore, solo che adesso dirigeva un altro ospedale a Pechino. E, soprattutto, Chen non era più un ispettore capo considerato affidabile dai vertici del partito.

Senza interrompere l'andirivieni nella camera, Chen prese il telefono per chiamare di nuovo Jin.

«A casa di mia madre c'è una piccola borsa di gomma con dell'ossigeno. Certo non è una bombola vera e propria, ma potrebbe essere d'aiuto per suo padre...»

«Una cosa simile ce l'abbiamo anche noi, ma non è sufficiente. Ha provato anche quella.»

«Oh...» Chen stava riflettendo freneticamente. Forse poteva comunque provare a contattare quel Wei? Pensò che non fosse il caso, perché difficilmente avrebbe avuto la possibilità di fare qualcosa lì a Shanghai. E poi non aveva neppure il suo numero di telefono. Tuttavia, ricordava che l'East China Hospital era una clinica riservata agli alti funzionari del partito. Di solito avevano qualche stanza destinata alle emergenze, gliel'aveva detto Wei a suo tempo.

«Aspetti un momento, Jin. Mi mandi l'indirizzo e il numero di telefono di casa sua, insieme a quello del suo cellulare... ma non quello speciale.»

Poi chiamò Hou, gli spiegò la situazione di Jin e disse: «A quanto mi risulta l'East China Hospital è riservato agli alti funzionari, e di solito ci sono delle camere apposite per i dirigenti dell'amministrazione municipale. Hou, sono costretto a chiederle un favore personale. Sicuramente lei conoscerà qualcuno, non potrebbe provare a far ricoverare il padre di Jin? Ha avuto un attacco d'asma e per ristabilirsi ha bisogno di respirare qualche boccata d'ossigeno. Potrebbe essere sufficiente anche una sola giornata di degenza.»

«Direttore Chen, il suo problema è il mio problema. Senza contare che Jin fa parte della nostra squadra speciale. Li chiamo immediatamente. Manderanno subito un'ambulanza. Mi dia il suo indirizzo.»

«La ringrazio moltissimo. Le giro quello che mi ha appena inviato Jin. So di doverle un grosso favore, Hou.»

«Non deve neppure dirlo. Mi fa piacere che abbia pensato a me in questa situazione difficile.»

Poco dopo, Chen ricevette un messaggio da Jin.

«Chen, la ringrazio molto. Sono già sull'ambulanza per l'East China Hospital. Sua Jin.»

Forse Hou non le aveva detto che quello da ringraziare avrebbe dovuto essere lui, ma d'altra parte era stato Chen a chiedergli aiuto.

Invece di usare la caffettiera francese, che avrebbe impiegato del tempo a preparare, Chen aprì in rapida successione due bustine di caffè istantaneo: voleva prepararsi una tazza bella forte. Soffiando sul liquido nero, prese a fissarlo. Non c'era nulla, solo quel nero che a sua volta gli restituiva lo sguardo.

Ingollò il caffè in due sorsate, prese il telefono, toccò il numero del cellulare di Yan, la segretaria del partito al comitato di quartiere di Vicolo della Polvere Rossa, e la chiamò. Tuttavia, Chen aveva ancora in bocca un sapore amaro.

«Mi scusi, segretaria Yan, ma avrei un favore da chiederle.»

«A sua disposizione, direttore Chen. È un onore che lei abbia pensato a me in occasione della sua importante indagine.»

«Riguarda il fratello del dottor Wu. Abita ancora nel distretto di Yangpu?»

«Intende Testone Wu?»

«Esatto, lui.»

«Sì, abita lì, ma non so a quale indirizzo.»

«Forse lei conosce qualcuno del suo comitato di quartiere?»

«Posso fare un tentativo con i miei contatti.»

«Bene. Provi a rintracciare qualcuno e gli dica che io, a nome dell'amministrazione municipale, voglio che siano messi a disposizione tutti i dati della sorveglianza riguardanti Testone Wu. Non solo quelli relativi alla notte in cui è stato assassinato il dottor Wu, ma anche quelli della settimana precedente e di quella successiva.»

«Ho capito. Me ne occupo io.»

Per ironia della sorte, Chen aveva impartito quell'ordine a nome dell'amministrazione municipale, che a sua volta, proprio in quello stesso istante, lo stava sorvegliando.

Senza contare che – circostanza ancora più ironica – su una leale funzionaria del partito come Yan quella carica di "emissario speciale", con tanto di spada-simbolo dell'imperatore stampigliata sul suo nuovo biglietto da visita, aveva funzionato magicamente.

Un'ora e mezza dopo, Hou bussò alla porta di Chen.

«Ho appena ricevuto una telefonata dall'ospedale» disse Hou. «Il padre di Jin è fuori pericolo. Anzi, potrebbe tornare a casa già stasera. Il dottore mi ha detto che penseranno loro a farlo trasportare da un automezzo dell'East China, fornito anche di una bombola di ossigeno a pieno carico. Non c'è più motivo di stare in pensiero per lui.»

«Hou, non potrò mai ringraziarla abbastanza!»

«È una brava ragazza, e parecchio graziosa. Vedo inoltre che ha un'immensa lealtà nei suoi confronti.»

«Adesso però vorrei raccontarle del lavoro svolto oggi» disse Chen, impaziente di cambiare argomento, «con l'aiuto di Jin, naturalmente. In questi giorni sono accadute parecchie cose, e finora non abbiamo avuto l'occasione di parlarne.

«Abbiamo fatto una lunga chiacchierata con Yan, il capo del comitato di quartiere di Vicolo della Polvere Rossa, a proposito della lite tra il dottore e suo fratello, Testone Wu. Il suo nome completo è Wu Zheng, un uomo sulla sessantina particolarmente testardo. Nel vicolo l'hanno sentito giurare che avrebbe ammazzato il dottor Wu, e la circostanza risale ad appena quattro o cinque giorni prima della morte del medico. Alla luce delle nostre precedenti indagini nel parcheggio dell'ospedale, e delle informazioni fornite dal comitato di quartiere del vicolo, ritengo che Testone Wu avesse un ottimo movente, e che potrebbe aver commesso il delitto. Diversi anni fa si è trasferito nel distretto di Yangpu, perciò dobbiamo ottenere al più presto informazioni aggiornate su di lui. Ho appena chiamato Yan per avere aiuto, ma potrebbe volerci del tempo. Mi chiedevo se lei non potesse coinvolgere l'amministrazione municipale per ottenere l'ausilio dei loro *big data*. In questo modo si potrebbero accelerare le cose, e di parecchio. Sa, io non sono più un poliziotto...»

«Naturalmente, sarà la prima cosa che farò domani mattina. Noi lavoriamo nella stessa squadra.»

«Penso anche che sia il caso di fare pressioni sull'ospedale per ottenere il materiale del loro sistema di sorveglianza. È urgente visionare tutti i filmati in cui compaiono le tre vittime. E non soltanto quelli relativi alle notti degli omicidi.»

«Non c'è problema. Domani torno alla carica.»

Chen rimase nella sua camera dell'hotel. Si preparò distrattamente una tazza di caffè forte con la caffettiera francese, poi inserì nel portatile una chiavetta usb ricevuta da Molong, che conteneva *Il dossier Wuhan* di Pang.

Copiò parte dei contenuti scritti in cinese su un file di Word, dopodiché iniziò a tradurli direttamente in inglese, riga dopo riga. In quel modo lavorò molto più velocemente, perché riuscì a controllare il risultato avendo sotto gli occhi entrambe le versioni.

Poi aprì una pagina dimostrativa che gli aveva inviato il direttore editoriale della collana di poesia classica di Wuhan. Su un lato figurava un paesaggio con il fiume Yangtze, sulla cui riva camminava una minuscola figura, mentre sull'altro c'era una poesia della dinastia T'ang seguita dalla traduzione in inglese. Gli piacque molto, quel formato, perché riecheggiava l'antica consuetudine letteraria cinese della «poesia che contiene un paesaggio, e del paesaggio che contiene una poesia», come in una sorta di dialogo creativo.

Ma, data la situazione, in quel momento la poesia T'ang serviva soltanto da copertura per *Il dossier Wuhan*, i cui dettagli realistici lo rendevano una lettura a dir poco affascinante. Chen non era affatto certo di riuscire a farlo pubblicare fuori dalla Cina, ma sarebbe valsa comunque la pena di provarci. Alcuni di quei dettagli gli sfuggivano, dunque pensò che sarebbe stato necessario controllarli.

In un caso si faceva riferimento ai danni collaterali patiti dalla popolazione a causa della politica zero-Covid. A un numero incredibile di cittadini cinesi era stato negato il ricovero in ospedale, quando non addirittura il trasporto in ambulanza. Nel corso di una sola notte venne impedito l'accesso a una decina di persone che non avevano potuto esibire l'esito negativo del tampone effettuato nelle ventiquattr'ore precedenti. Alcune di esse morirono in modo orribile, e almeno un paio di donne incinte subirono un aborto a causa di quelle dissennate restrizioni.

Chen aveva da poco iniziato a svolgere i controlli quando all'improvviso la sua attenzione venne attirata proprio dalla storia di una donna incinta a cui era stato negato il ricovero perché sprovvista di un codice verde. In seguito, la donna era morta davanti all'ospedale in un lago di sangue, provocato da un disastroso aborto spontaneo.

Quella vicenda lo disorientò, perché quanto era avvenuto a Wuhan si sarebbe potuto verificare a Shanghai così come in altre città della Cina. Nel file su Shanghai, Molong aveva accennato a qualcosa di simile, e l'ex ispettore capo si sentì investito da una terribile sensazione di *déjà-vu*.

Tutte quelle informazioni, tutto quel continuo alternarsi tra una città e l'altra, lo stavano confondendo?

Quando alla fine salvò e poi chiuse le pagine tradotte del *Dossier Wuhan*, Chen si sentì completamente esausto.

Il suo sguardo cadde involontariamente sul documento che conteneva la traduzione della poesia classica. Era un componimento di Tu Fu, *Vagando a notte, scrivo i miei sentimenti*:

Il mio nome crebbe forse ai miei scritti?
Vecchio, infermo, privato d'ogni ufficio,
solo e sbattuto dal vento, a chi somiglio?
Tra cielo e terra a un gabbiano solo, sopra una spiaggia.

Paradossalmente, quella strofa poteva essere letta proprio come un ritratto dell'ex ispettore capo. Ormai Chen non deteneva più un incarico reale, lo avevano obbligato a quella licenza di convalescenza, e anche se lui cercava comunque di scrollarsi di dosso il disorientamento, ancora non sapeva quale direzione prendere. E, cosa ben peggiore, di lì a mille anni nessuno avrebbe mai letto nemmeno una delle sue poesie, come invece accadeva ancora a quelle di Tu Fu, il "sacro vate" della poesia T'ang.

Quantomeno poteva cercare di includere quel componimento nella raccolta di traduzioni, magari con l'immagine del fiume Yangtze che scorreva all'orizzonte, probabilmente da qualche parte nelle vicinanze di Wuhan. Prese una copia commentata della raccolta di poesie in cinese e l'aprì cercando proprio la pagina in cui si trovava il componimento di Tu Fu.

«Si prenda tutto il tempo che le serve» gli aveva detto e ridetto Hou. «Non si metta fretta per la traduzione delle poesie.»

In realtà, non si trattava della traduzione. In quel momento, per Chen non esisteva abbastanza mondo, né tempo. Da un momento all'altro avrebbero potuto rinchiuderlo in quarantena a causa di un contatto con una persona positiva, oppure sottoporlo a *shuanggui* per via delle sue posizioni politiche. Fino a che era ancora in grado di lavorare, doveva assolutamente terminare la traduzione dell'estratto del *Dossier Wuhan*. Doveva farlo per la gente di Wuhan.

Chiamò Jin. La ragazza gli disse che stava per tornare all'hotel.

«Chen, è molto tardi, adesso dovrebbe andare a letto. Anche lei ha avuto una giornata pesante.»

Quando chiuse la comunicazione, Chen si rese conto di desiderare intensamente che in quel momento Jin fosse lì nella sua camera, seduta accanto a lui a parlare tranquillamente e a tenergli la mano.

Dalle insondabili profondità della sua mente affiorarono alcuni versi di una poesia inglese, forse la lirica d'amore più triste del mondo:

> ... Ché il mondo aperto al nostro sguardo
> come un paese dei sogni,
> ricco, meraviglioso e nuovo,
> non offre gioia, amore, né luce,
> né certezze, né pace, né conforto al dolore;
> noi stiamo qui su questa piana scura,
> straziati da confusi allarmi di battaglie e ritirate,
> dove eserciti ignari si scontrano di notte.

Giorno 5

Eppure gli uomini vanno ad ammirare le vette dei monti, le onde enormi del mare, le correnti amplissime dei fiumi, la circonferenza dell'oceano, le orbite degli astri, mentre trascurano se stessi.

SANT'AGOSTINO

Due cose riempiono l'animo di ammirazione e venerazione sempre nuova e crescente, quanto più spesso e più a lungo la riflessione si occupa di esse: il cielo stellato sopra di me, e la legge morale in me.

IMMANUEL KANT

È accaduto in un rione non lontano dal nostro. Uno degli abitanti ha pubblicato un post in cui lamentava il rischio di infezioni incrociate sotto il tendone in cui venivano eseguiti i test Covid, gremito come una scatola di sardine. Assistite da due infermiere, le persone erano sedute l'una accanto all'altra nei banchi della scuola elementare, correndo continuamente il rischio di venire in contatto tra loro. L'uomo ha protestato anche per l'abuso di potere di un Grande Bianco, che ha fatto saltare la lunga fila ai suoi parenti, permettendo loro di eseguire il test prima degli altri.
Il giorno successivo le autorità locali hanno pubblicato

un avviso con il quale ringraziavano l'uomo per la segnalazione del pericolo delle infezioni incrociate, ma allo stesso tempo lo redarguivano per le critiche al Grande Bianco, ritenute prive di fondamento. Un paio di giorni dopo ha ricevuto sul proprio cellulare l'avviso di un codice rosso, segno che il suo tampone era risultato positivo. Un vero scandalo, perché proprio il giorno prima gli avevano già comunicato l'esito negativo del test. Evidentemente, hanno manipolato l'esito per ragioni politiche. L'uomo è stato considerato dal partito un potenziale provocatore, una minaccia ai danni della stabilità politica. Il codice rosso era il modo più efficace per controllarlo, perché l'avrebbe costretto a rinchiudersi in casa, o magari al trasferimento in un campo di quarantena. Che ironia macabra e crudele. Abitualmente, nella lingua cinese il "rosso" e il "positivo" hanno una connotazione politicamente corretta, ma non in questi tempi di pandemia.

Il dossier Wuhan

Chen stava facendo colazione in hotel e addentava un piccolo tortino appena cotto nel forno in terra cruda. Intanto, Jin stava scendendo al piano di sotto: le sue profonde occhiaie testimoniavano che la notte precedente era rientrata tardi dall'ospedale. Hou, invece, prese una tazza di latte di soia fumante e ci soffiò sopra, aggiungendoci una bustina di zucchero.

«Vicecapo Hou, la ringrazio moltissimo per il suo aiuto» esordì la ragazza. «Lei ha salvato la vita di mio padre. Non potrò mai esprimerle tutta la mia gratitudine.»

«Dovrebbe ringraziare il direttore Chen» disse Hou, sedendosi a tavola. «Era molto preoccupato e mi ha ordinato di aiutarlo. Come avrei potuto disobbedirgli? Naturalmente, sono lieto di aver avuto l'occasione di fare qualcosa per lui. E anche per lei, visto che fa parte della nostra squadra speciale.»

«Jin, non dia retta a certe esagerazioni» replicò Chen, sventolando la mano.

In quel momento squillò il cellulare di Hou, anche se era ancora mattino presto.

«Mi dispiace, direttore Chen, ho un'altra riunione alla giunta municipale, ma non penso di metterci molto.»

Mentre Hou si affrettava a uscire dalla sala da pranzo, Jin disse con un sorriso flebile: «Devo proprio ringraziarla,

Chen. Indovini cos'ha detto mio padre mentre tornavamo a casa in auto? "Il tuo capo ha smosso mari e monti per aiutarci."»

«Mi fa piacere che si sia ristabilito così in fretta.»

«Gli attacchi acuti di asma sono così. Dopo l'assunzione di ossigeno la crisi passa e le condizioni si stabilizzano. Però i dottori hanno detto che, se fosse arrivato mezz'ora più tardi, non ci sarebbe stato più niente da fare.»

«Oggi sarebbe dovuta rimanere a casa.»

«Chen, che ne dice se stamattina facciamo un salto alla Libreria internazionale?»

«Buona idea.»

«Allora andiamo a metterci qualcosa di pesante, ci vediamo all'ingresso tra dieci minuti.»

Quando Chen e Jin uscirono dall'hotel, gli altri componenti della squadra lanciarono al loro indirizzo occhiate ambigue. Lei indossava un soprabito rosso, e camminava immersa nella calda luce del sole che faceva scintillare la neve. Gli prese il braccio e si diressero verso la libreria sull'altro lato della strada.

Chen era conosciuto come un poeta modernista che vantava la pubblicazione a suo nome di diverse raccolte. Quanto a Jin, era una giovane segretaria che non faceva nulla per nascondere la propria adorazione nei suoi confronti. Agli occhi della gente, quei due che insieme se ne andavano in una libreria erano uno spettacolo più che comprensibile.

Dopo aver attraversato la strada, Chen sussurrò: «Ho appena terminato una parte della traduzione del *Dossier Wuhan*. La dia al signor Gu. Molong ha installato alcune nuove applicazioni sul suo computer, giusto?»

«Esatto. Sia sul computer che sul cellulare, perciò nessuno potrà introdursi nel suo sistema.»

«Bene, non si è mai troppo prudenti. Per comprendere

davvero quei paragrafi del *Dossier* di Pang bisognerebbe vivere a Wuhan.»

«Ieri sera ho finalmente capito almeno quella parte in cui, se dopo il test per il Covid non ottieni il codice verde, non puoi essere ricoverato in ospedale. E sono caduta in un abisso di disperazione.» Jin afferrò la mano di Chen e la strinse.

«Pang è sulla lista nera come me, penso che ormai abbiamo superato una linea di non ritorno.»

«Ma io sono tanto preoccupata per lei, Chen.»

«La pubblicazione di un libro come *Il dossier Wuhan* potrebbe avere un impatto devastante sul partito, e so benissimo che questo sarebbe per me fonte di ulteriori guai. Cinque o sei anni fa non avrei mai pensato alla necessità di considerare il Partito comunista e la Cina come due entità distinte. Ancora ricordo una "canzone rossa" della Rivoluzione culturale, *Non esiste la Cina senza il Partito comunista*... Non le so dire quante volte l'ho cantata con entusiasmo, quand'ero bambino. Anche a me, come a tutti gli altri, hanno fatto il lavaggio del cervello.»

Jin ebbe proprio l'impressione che volesse mettersi sulla difensiva.

«Confucio dice: "Una volta che al mattino ho appreso la Via, la sera sarò felice di morire"» aggiunse Chen. «Ma lasciamo perdere le massime di Confucio. Diamo un'occhiata alla libreria...»

Come già era accaduto tante altre volte, in quel momento il cellulare di Chen emise un *ding*. Era un sms della segretaria del partito Yan: «Una possibile svolta. Venga al nostro ufficio il più presto possibile.» Allegato al messaggio c'era un file che conteneva un altro sms inviato a Yan dall'agente di polizia Xiong: «Individuato il filmato della sorveglianza sugli spostamenti di Testone Wu. È rientrato a casa solo dopo mezzanotte. Adesso si trova in stato di detenzione presso la stazione di polizia del comitato di quartiere di Yangpu, lo trasferiremo nel suo ufficio immediatamente. Xiong.»

Chen digitò rapidamente una breve risposta per Yan: «Stiamo arrivando!»

A cui aggiunse ancora un paio di righe: «Dica a Xiong di preparare tutto, compresi i filmati della notte in cui Testone Wu è rientrato a casa di soppiatto. E anche quelli del mattino successivo.»

Si voltò verso Jin e le disse: «Riferisca a Hou di questo nuovo sviluppo e gli dica di tornare immediatamente. Non dovrebbe essere molto lontano, o almeno non ancora. Adesso andiamo insieme al comitato di quartiere di Vicolo della Polvere Rossa. È veramente importante, che lasci perdere la riunione con l'amministrazione di questa mattina. Lo attendiamo all'ingresso dell'hotel.»

Meno di dieci minuti dopo, Hou arrivava di gran carriera a bordo di un taxi. Tutti e tre, Chen, Hou e Jin, uscirono di fretta dall'albergo e si diressero al vicolo.

«Hou, è riuscito a recuperare dall'ospedale il materiale video sul parcheggio?»

«No, non ancora» rispose lui, all'oscuro di tutto.

«Com'è ironica la vita.»

«L'ironia quale sarebbe?»

«Il primo caso di cui mi sono occupato nella mia carriera di poliziotto riguardava proprio Vicolo della Polvere Rossa. Adesso non sono più un poliziotto, ma questa indagine, che probabilmente sarà anche l'ultima per me, è ancora collegata a Vicolo della Polvere Rossa. È proprio vero... *Nel mio principio è la mia fine*.»

«Un'altra citazione da Eliot?» intervenne Jin.

«Jin, ormai lei capisce al volo la musica» commentò Hou.

«Vicecapo Hou, se voglio essere la qualificata "piccola segretaria" del nostro poetico direttore non ho scelta, devo leggere le sue poesie e le sue traduzioni.»

«*Voi siete la musica finché la musica dura*» mormorò Chen, riecheggiando ricordi lontani.

«Ah, un'altra magnifica strofa» esclamò Hou, adocchiando Jin. Poi si azzittì. Intanto, non lontano era spuntato il comitato di quartiere di Vicolo della Polvere Rossa.

La segretaria del partito Yan diede loro il benvenuto e disse, tutta emozionata: «Ispettore Chen, ho seguito le sue istruzioni e ci siamo subito messi in contatto con il comitato del distretto di Yangpu, dove Testone Wu abita da più di vent'anni. Quando Xiong, il poliziotto di quartiere, ha sentito il suo nome, ha avuto un gran sobbalzo e ha detto che per lui sarebbe stato un grandissimo onore poter fare qualcosa per l'ispettore capo Chen... ma questa per me non è stata certo una sorpresa. Si è personalmente messo alla guida di una piccola squadra che si è recata a casa di Testone Wu nel cuore della notte. In questo momento sta scortando il sospettato qui nel nostro ufficio.»

«La reazione di Xiong non mi sorprende» si intromise Hou, che le allungò il proprio biglietto da visita. «Anche per me è un vero onore lavorare agli ordini del nostro leggendario ispettore capo Chen.»

«Caspita, il vicecapo Hou» disse Yan. «Ho visto la sua fotografia sul *Quotidiano della liberazione*. Se lei e l'ispettore capo Chen guidate l'inchiesta, sicuramente sarà coronata da un grande successo...»

Bussarono alla porta rossa dell'ufficio. Entrò Xiong insieme a un uomo dai capelli grigi, ammanettato: Testone Wu. Ad accompagnarli c'era il capo del comitato di quartiere di Yangpu, una donna sulla cinquantina di nome Qiao, che portava gli occhiali.

L'agente Xiong aveva ripescato tutti i filmati e le immagini della sorveglianza del rione relativi alla notte in cui il dottor Wu era stato ucciso, che confermavano che suo fratello era rientrato dopo le undici e tre quarti. Nelle due sere precedenti le telecamere l'avevano ripreso mentre rientrava intorno a mezzanotte.

Dopo aver visto quelle immagini, Testone Wu non avrebbe potuto mantenere la propria posizione ancora a lungo.

«Adesso andiamo al palazzo della giunta» disse Hou. «Non possiamo permetterci di sprecare altro tempo.»

«Hou, aspetti» intervenne Chen, rivolgendosi poi al poliziotto di quartiere: «Ben fatto, Xiong. Che mi dice del mattino successivo?»

«Era la giornata riservata agli acquisti dei generi alimentari collettivi da parte degli abitanti del rione. Palazzo per palazzo uscivano a gruppi, ed erano in tanti. Abbiamo esaminato attentamente i filmati, ma per quel che riguarda Testone Wu non abbiamo rilevato niente di sospetto.»

«Mentre i giorni e le notti successive?»

«Non abbiamo fatto in tempo a controllare tutto il materiale, non ancora.»

«Capisco. Torniamo al filmato della sera in cui il dottor Wu è stato ucciso.»

Testone Wu ricomparve sul monitor, tutto solo, mentre rientrava aggirandosi furtivo per il vicolo.

«Xiong, ingrandisca le immagini. Allarghi il più possibile sulla giacca.»

«Così?»

Indossava un giubbotto imbottito di cotone beige, logoro, un po' troppo largo per la sua corporatura.

«Le vede le macchie marroncine?»

«Oh, sì! Che mi venga un accidente. Lo indossava quando ha ucciso il fratello... Ci sono gli schizzi di sangue.»

«Ovvio, Xiong. L'assassino ha dovuto sbarazzarsi del giubbotto. Troppo pericoloso tenerselo in casa.»

«Ho capito, ispettore capo. Mi faccia controllare ancora una volta la sera successiva a quella dell'omicidio.»

Come prevedibile, Xiong fece un altro salto sulla sedia

ed esclamò: «Eccolo! Testone Wu che butta un grosso sacchetto di plastica dentro il bidone della spazzatura. E proprio quella notte.»

Chen condusse Xiong nell'ufficio sul retro senza dare spiegazioni agli altri, riesaminò le immagini su un monitor più grande e domandò, sussurrando: «Riesce a recuperare la spazzatura che è stata gettata nel bidone quella notte?»

«Da quanti giorni... Ah, forse non sono stati svuotati per via delle nuove disposizioni. Chissà che puzza, perché i camion non possono entrare nei rioni. Ispettore capo Chen, lei è un vero maestro!»

Quando uscirono dall'ufficietto, Chen disse subito a Testone Wu: «Inutile che neghi ancora! L'agente Xiong ha recuperato il giubbotto macchiato di sangue che indossavi la notte prima di venire qui. Come recita l'antico adagio, "il vecchio cielo ha mille occhi". A causa del lockdown, i bidoni del quartiere non sono stati svuotati. Stiamo aspettando il risultato delle analisi del sangue, e sappiamo già che coincide con quello di tuo fratello. Meglio che ti liberi subito la coscienza, e io chiederò al vicecapo Hou di essere indulgente.»

Testone Wu era stupefatto, barcollava malgrado i tentativi di rimanere in equilibrio, si teneva la testa con le mani ammanettate. Con voce impercettibile mormorava frasi sconnesse.

Tutti rimasero a dir poco sconcertati. L'agente Xiong esclamò: «Ma, ispettore capo Chen...»

Chen disse, sorridendo: «Xiong, lei ha svolto un lavoro davvero egregio! Nel nostro rapporto faremo senz'altro il suo nome.»

A quel punto, Testone Wu ammise di aver ucciso il fratello, anche se insistette di aver agito per legittima difesa. Disse che, dopo averne sorvegliato gli spostamenti quotidiani, era entrato nel parcheggio dell'ospedale col favore delle tenebre per parlare faccia a faccia con lui. Il fratello però si era rifiutato di starlo ad ascoltare, e anzi aveva tirato fuori una specie di arma. Allora Testone Wu aveva raccolto dal parcheggio ingombro di materiale da costruzione un pezzo di cemento armato da cui spuntava una spessa sbarra di acciaio, l'aveva impugnata e poi l'aveva colpito alla testa, più volte. Dopo era scappato.

Quanto al resto della sua confessione, fu solo una penosa riproposizione delle argomentazioni già espresse al comitato di quartiere di Vicolo della Polvere Rossa: gli sproloqui sull'ingiustizia dell'indennizzo per il trasferimento, i lamenti sui soprusi subiti dalla classe lavoratrice, che nella Cina di oggi veniva considerata alla stregua di spazzatura...

Testone Wu ammise che quella «specie di arma» nelle mani del fratello in realtà era una bomboletta di spray al peperoncino. Evidentemente il dottor Wu aveva preso le sue minacce molto seriamente. Dichiarò che il buio gli aveva impedito di vedere chiaramente l'oggetto nelle mani del fratello.

Anche il comitato di quartiere di Vicolo della Polvere Rossa era stato d'aiuto. Yan era riuscita a recuperare tutti i dati della telecamera di sorveglianza, comprese le immagini e le riprese di Testone Wu che minacciava a gran voce di uccidere il fratello.

Alla fine, tutto questo dimostrò che il terzo omicidio nulla aveva a che fare con gli altri due.

Dopo che vennero a prelevare Testone Wu per portarlo in carcere, l'agente Xiong, raggiante di ammirazione, avvicinò Chen e gli disse: «Ispettore capo Chen, oggi è il mio giorno fortunato, perché ho avuto la possibilità di lavorare con lei. Adesso però vorrei farle una domanda da profano: come ha potuto constatare che il suo giubbotto era stato ripescato nel bidone della spazzatura e che le macchie di sangue appartenevano al fratello?»

«È una questione di logica. Naturalmente ho bluffato, ma non si tratta poi di un'affermazione infondata. Non dimentichiamoci però che ci sono altri due omicidi non risolti, e che l'assassino è ancora a piede libero. Xiong, questa è una corsa contro il tempo!»

Rientrato in hotel, Hou venne raggiunto da un'altra telefonata dall'ospedale. Si trattava dei dati sulla sorveglianza. Insistevano nel dire che nel sistema del Renji non c'era nulla di sospetto. Avevano trovato un'immagine del dottor Wu che posteggiava l'auto, ma non di quando usciva dal parcheggio. E intorno non era stato visto nessuno.

«Hou, non so cosa dire» disse Chen. «O in quel parcheggio hanno fatto un pessimo lavoro di sorveglianza oppure cercano di insabbiare qualcosa, più o meno intenzionalmente. Temo che dovremo tornare all'ospedale.»

«Direttore Chen, lei ha assolutamente ragione.»

«Una visita a sorpresa nella sala della sorveglianza potrebbe esserci utile.»

«Lasci che ci pensi io» propose Hou, prima di mandare giù una tazza di tè nero. «Direttore Chen, lei si merita una pausa. Come prima cosa voglio andare all'amministrazione municipale per riferire al sindaco e ai suoi colleghi della svolta nell'indagine.»

«Sì, Hou, è giusto che lei lo faccia.»

«Però mi domando se sia opportuno annunciarla adesso. Lei cosa pensa della tempistica?»

«Eh, bella domanda, Hou. Naturalmente spetta all'amministrazione decidere cosa dire e cosa no. Adesso che Testone Wu è stato arrestato, possiamo riesaminare il caso da una diversa prospettiva. E ho la sensazione che l'indagine potrebbe concludersi nel giro di un paio di giorni.»

«Direttore Chen, lei ha ragione.» Hou scrutò Jin e poi aggiunse: «Jin, anche lei ha bisogno di una bella pausa. Immagino che stanotte avrà dormito pochissimo. Adesso vado in giunta a riferire gli ultimi sviluppi e a discutere delle nostre future mosse.»

Quando, dopo la riunione, Hou rientrò in hotel di gran fretta, le lancette nere dell'orologio appeso sopra il banco della reception indicavano le cinque e dieci, ticchettando silenziosamente. Hou sembrava entusiasta per la conclusione dell'indagine, e anche l'amministrazione municipale doveva essere molto contenta di quel passo in avanti. Finalmente si intravedeva uno spiraglio di luce in fondo al tunnel.

Per festeggiare, Hou si fece recapitare nella sua suite una serie di vivande provenienti direttamente dalla cucina del ristorante Xinya in via Nanjing, un altro rinomato locale di specialità cantonesi. Tutti e tre si accomodarono al tavolo, su cui era stato sistemato un piccolo vassoio girevole improvvisato.

«Con questa cena festeggiamo il buon esito dell'inchiesta. Il merito è tutto suo, direttore Chen. E anche dell'assistenza creativa di Jin. I costi sono ovviamente coperti dalla dotazione in carico alla squadra speciale.»

Gran parte delle portate era stata disposta sul vassoio: il pollo cotto nell'olio aromatizzato allo scalogno risplendeva come un sogno dello chef fanciullo, i gamberetti sbucciati e fritti nelle foglie di tè varietà Pozzo del Drago avevano un aspetto tenerissimo, quasi trasparente, sotto le luci; pur mancando il manzo in salsa di ostriche, avevano però servito una grossa pignatta di ceramica che conteneva il "Buddha che scavalca le mura del Tempio". Secondo la tradizione popolare, il Buddha trascorreva tutto il suo tempo a meditare nel tempio e si nutriva consumando tre pasti vegetariani al giorno. Una leggenda culinaria racconta che però un giorno non riuscì a sottrarsi alla succulenta tentazione di uno stufato sopraffino e scavalcò le mura del tempio per mangiarselo. Nel mondo terreno quella ricetta speciale poteva essere oscenamente costosa, perché fra i suoi ingredienti figuravano cetrioli di mare, abaloni, capesante, pinne di pescecane e così via, il tutto ribollito per ore nella stessa pentola.

Evidentemente, viste le circostanze, per quella cena Hou aveva voluto il meglio. Se l'inchiesta fosse rimasta impantanata sarebbe stato necessario trovare un capro espiatorio, e allora né Hou né Chen avrebbero potuto evitare l'inevitabile. Senza contare che anche l'amministrazione municipale avrebbe dovuto condividere la responsabilità del mancato successo.

Dopo tre brindisi, Hou pareva un po' alticcio, o perlomeno la sua parlantina era decisamente più sciolta.

«Ispettore capo Chen, lei doveva proprio rimanere al dipartimento di polizia... Intendo dire, pur mantenendo il suo attuale incarico. L'ho fatto presente nel mio rapporto presentato alla giunta.»

«Sembra quasi una conclusione a sorpresa» disse Jin, sorseggiando un calice di vino rosso australiano. «Alla fine l'omicidio del dottor Wu si è rivelato completamente estraneo ai primi due. E non si tratta neanche di un emulatore. Senza contare che è stato risolto veramente in fretta, e pure facilmente. Sono bastati un sopralluogo in Vicolo della Polvere Rossa e un paio di telefonate.»

«Adesso però ci sono delle buone notizie anche sul fronte dell'amministrazione municipale» aggiunse Hou, «perché ci hanno affidato pieni poteri per controllare il sistema di sorveglianza dell'ospedale... Quindi i responsabili del Renji sono obbligati a cooperare al massimo con noi. Quanto all'annuncio ufficiale sul buon esito dell'indagine, concordano che è meglio attendere un paio di giorni. Come ha detto il direttore Chen, per quella data dovremmo essere riusciti a concludere.

«Il sindaco mi ha detto anche che, date le circostanze, possiamo fare tutto quello che è necessario senza doverci preoccupare delle procedure previste.»

«Qualunque cosa?»

«Sì. Nel caso di Testone Wu, per esempio, forse è stato aiutato da qualche altro familiare, e i suoi complici devono ancora confessare i fatti. Possiamo servirci di qualsiasi procedura si ritenga adatta, perché la deposizione deve risultare dettagliata e convincente.»

«Ho capito.»

«Direttore Chen, ci troviamo sulla stessa barca. Ricordo una delle sue citazioni preferite: "Ci sono cose che un uomo fa, e cose che un uomo non fa."»

«Esatto, è quello che dice Confucio.»

«Lo so, e ci sono cose che lavorando con lei non farò mai.»

Chen credeva di sapere a cosa si stesse riferendo Hou. I suoi superiori volevano che non soltanto lavorasse con l'ex ispettore, ma anche che lo sorvegliasse, che riferisse sui suoi movimenti, su tutte le sue mosse.

«Dunque, quale sarà il nostro prossimo passo?»

Dalle bacchette di Jin stava scivolando un pezzo di cetriolo di mare, correndo il rischio di cadere dentro la terrina dorata con il "Buddha che scavalca le mura del Tempio" e di farne schizzare la deliziosa zuppa.

«Nessuna notizia dall'ospedale?» domandò Chen.

«No, niente.»

«Allora domani mattina presto ci andrà da solo, Hou?»

Hou alzò gli occhi dal piatto e lo scrutò battendo le palpebre, come se si stesse chiedendo dove voleva andare a parare Chen.

«A quanto pare mancano ancora alcune tessere del puzzle che non necessariamente riguardano il defunto dottor Wu» disse Chen, parlando lentamente. «Perciò innanzitutto vorrei lavorare su una certa cosa stando in hotel.»

«Jin, allora lei resti qui ad aiutare il direttore Chen. Potrete raggiungermi quando vorrete.»

Giorno 6

I limiti del mio linguaggio sono i limiti del mio mondo.

LUDWIG WITTGENSTEIN

Dell'uva il fulgido vino
a notte nelle coppe lucenti
vorremmo bere, ma la chitarra scocca dall'alto cavallo,
ci sprona ad andare.
Se nell'ebbrezza restiamo distesi sul campo di sabbia,
non ridetene voi!
Dall'antico, di quelli usciti a battaglia,
quanti sono tornati?

WANG HAN

A un certo punto è comparso in rete un post anonimo, con il quale si richiedeva un'indagine indipendente sulle possibili origini del coronavirus a Wuhan. Il post ha lasciato di stucco i cyberpoliziotti e i loro superiori, che abitualmente sarebbero riusciti a rintracciare in un batter d'occhio l'indirizzo Ip da cui era stato inviato. Stavolta hanno invece scoperto che era partito da un internet café appena prima dell'ora di chiusura, e che il sospettato aveva usato una carta di identità segnalata come "smarrita". In base ai regolamenti dell'internet café, tutti i clienti, così come il personale, devono indossare la

mascherina, e oltre a questa il sospettato portava anche un paio di occhiali color ambra. Perciò dalle telecamere di sorveglianza non è stato possibile ricavare un'immagine chiara. Il *netizen* dichiarava: «Io non sono un medico, né tantomeno un virologo. La pandemia è scoppiata nel mercato di Wuhan. Ma trovandosi il laboratorio di virologia a poca distanza, la gente comune come me non può che farsi delle domande dettate dal buonsenso. Per esempio, può essere che delle fuoriuscite dal laboratorio abbiano causato l'insorgere del Covid proprio al mercato? A che scopo venivano condotti esperimenti sui virus in quel laboratorio? In particolare, gli esperimenti sui pipistrelli, che sono comunemente ritenuti la fonte del virus Sars. E perché il governo di Pechino non ha permesso agli scienziati internazionali di svolgere un'indagine indipendente a Wuhan? Gli scienziati cinesi coinvolti hanno fermamente respinto la possibilità di una qualsivoglia responsabilità riguardo al virus, ma avrebbero dovuto essere consapevoli delle possibili conseguenze disastrose nell'eventualità in cui il virus fosse realmente fuoriuscito dal laboratorio.
Il governo non ha dato risposte soddisfacenti a queste domande. Il portavoce del Partito comunista cinese ha immancabilmente fornito una serie di dichiarazioni preconfezionate, per esempio che le domande non hanno alcun fondamento scientifico, ma sono soltanto frutto di secondi fini e di pregiudizi politici da parte dell'Occidente.
Insomma, invece di consentire agli scienziati di svolgere un'indagine indipendente e accurata sulle origini del Covid a Wuhan, la dirigenza del Partito comunista cinese si è limitata a ripetere vuoti luoghi comuni politici. Chiunque abbia osato dire qualcosa di diverso è stato schiacciato come una formica.»

Il dossier Wuhan

Hou saltò la colazione in hotel.

Lo stesso fece Chen.

Jin era impegnata a telefonare a casa.

Seppellito da un'improvvisa valanga di informazioni, Chen si stava spremendo le meningi. Si accese una sigaretta nella sua stanza. Per qualche mese aveva cercato di smettere, ma stavolta c'era una ragione plausibile per farlo, ormai si trattava di una questione di vita o di morte.

L'hotel si stava riempiendo di squadre speciali inviate dall'amministrazione cittadina, e ognuna sembrava impegnata in una propria missione segreta. Si sentiva un andirivieni di passi nel corridoio. Qualcuno stava imprecando con voce smorzata.

All'improvviso, la porta della sua stanza si aprì e Jin si intrufolò dentro senza bussare. Si rese conto che Chen doveva essere assorto nei suoi pensieri, e cominciò a sistemare i suoi abiti e ad appenderli nell'armadio.

Quando vide il fumo che si levava dalle sue dita, Jin si accigliò. Lì per lì si astenne dal fare commenti, ma poi gli strappò via la sigaretta dalla mano.

Per loro era una sorta di tacita intesa. Lei era la sua "piccola segretaria". Per gli altri componenti della squadra speciale il significato della loro intimità non era difficile da spiegare, sapevano bene che tutto era possibile.

«Ecco il materiale che mi ha inviato Molong per lei. Sono alcune riprese delle telecamere di sorveglianza. Ci ho appena dato un'occhiata.»

«Si può certamente dire che è un altro vantaggio concesso dal socialismo con caratteristiche cinesi» commentò Chen con una punta di sarcasmo. «Nessun essere umano – e nessun virus – può sfuggire all'invisibile Rete del Cielo e della Terra.»

«Come da sua richiesta, Molong mi ha passato le immagini del primo paziente dell'ospedale sospettato di essere stato infettato dal Covid. In seguito si è scoperto che si trattava di un falso allarme dovuto all'imprecisione del tampone. È un uomo sulla trentina che di nome fa Zhou Guoqiang. Finché era ritenuto positivo, è stato vittima di una "caccia di carne umana", un'esperienza terribile. I suoi movimenti delle due settimane precedenti sono stati minuziosamente passati al setaccio dai Grandi Bianchi, che si sono avvalsi del sistema di sorveglianza statale. Hanno compilato una lunga lista di luoghi e di persone, di circostanze in cui avrebbe potuto verificarsi un contatto, per quanto fugace. Dopodiché la lista è stata pubblicata sui giornali ufficiali.»

«E poi, cosa è successo a questo Zhou?»

«Nel momento in cui tutto è finito sui giornali, la gente inevitabilmente ha cominciato a fare congetture e a puntare il dito. Per esempio, sulle sue visite a un salone massaggi. È vero che questi saloni sono provvisti di regolari licenze rilasciate dal governo, ma è anche risaputo che nelle cosiddette salette private a volte le ragazze non si limitano a massaggiare i piedi.

«Dopo la divulgazione, che ha suscitato ondate di riprovazione nel suo quartiere, Zhou ha pubblicato una serie di post nei quali argomentava che quelle liste ufficiali rappresentavano una grave violazione della privacy. Questo ha naturalmente mandato su tutte le furie i funzionari dell'amministrazione municipale, che hanno ritoccato le immagini e, aiutati dall'atmosfera indistinta e scarsamente illuminata del salone massaggi, le hanno rese più allusive. Dopodiché le hanno diffuse in rete in forma anonima, cosa che ha ovviamente rappresentato una crudele umiliazione per Zhou e per la sua famiglia.»

«L'ospedale avrebbe dovuto riferirlo subito a Hou.»

«Insabbiamento, punto.» Poi Jin si affrettò ad aggiungere: «Ancora una cosa. Molong dice che un paio di settimane dopo è successo qualcosa alla moglie di Zhou, An, che era incinta. Le si sono rotte le acque prima del previsto, ma le è stato impedito il ricovero all'Ospedale Renji. Non perché Zhou si trovasse su qualche lista nera, ma perché lei non aveva fatto un tampone nelle ventiquattr'ore precedenti. Ahimè, una situazione che assomiglia in modo inquietante a quella di mio padre.»

«Cosa?!»

Lo squillo del telefono interruppe il loro dialogo sul più bello.

Chen si sporse per prendere il cellulare e percepì distintamente l'alito caldo di Jin che gli sfiorava il viso. Era Hou, lo stava chiamando dall'ospedale.

«Novità?» chiese.

«In realtà no, direttore Chen. Tuttavia, il personale del pronto soccorso mi ha raccontato un po' di cose sull'infermiera Huang e su quel turno di notte. A quanto pare si è rivelata talmente priva di esperienza che gli ammalati e i loro familiari hanno proprio perso la pazienza e hanno cominciato a lamentarsi, a inveire, a spintonarsi, quasi sono venuti alle mani tra loro. Ecco perché ci ha lavorato soltanto per una notte.»

«Sì, però non bisogna dimenticare che non era un'infermiera specializzata in medicina d'urgenza» disse Chen. «Non le si possono addossare chissà quali colpe. Senza contare che l'ospedale era in preda al caos.»

«Bisogna dire che, con tutti i medici e gli infermieri esausti o in quarantena, non è facile trovare un'infermiera sostitutiva, e più o meno esperta, da destinare al pronto soccorso» convenne Hou.

«Un momento, Hou. Lei ha il video di quella notte, quello con l'infermiera Huang all'ingresso?»

«Sì, ma non l'ho ancora visionato.»

«Allora ci aspetti lì» disse Chen, con un tono di voce precipitoso. «Arriviamo subito.»

Jin stava tirando fuori dall'armadio il suo cappotto, quando Chen le disse: «Può far stampare qualche fotografia di Zhou dal materiale che ci ha fornito Molong? Ingrandire delle immagini, con la massima risoluzione possibile?»

«Sì, posso farmi aiutare alla reception» rispose Jin, visibilmente turbata.

«Magnifico. Non badi a spese. Jin, lei è proprio una segretaria in gamba.»

Jin seguì Chen tenendo in mano una grossa busta con dentro le stampe delle immagini. Si sentiva ancora spiazzata da quel suo saltabeccare improvviso tra un'idea e l'altra. Come in una delle sue poesie moderniste, forse.

La sala della sorveglianza dell'ospedale era dotata di un impressionante schieramento di monitor e di telecamere, in grado di controllare una scena da una prospettiva multipla. Alcune erano puntate su un'area in particolare, altre si spostavano da una zona all'altra, altre ancora ingrandivano qualunque tipo di immagine sospetta sul tetro sfondo dell'ospedale...

C'erano almeno cinquanta o sessanta schermi e altrettante immagini che sfarfallavano su un enorme monitor, simile a un gigantesco, surrealistico caleidoscopio degno di un film di fantascienza.

Quando li vide arrivare, Hou fece un cenno con la mano per segnalare di sedersi accanto a lui, di fronte al monitor. Un addetto alla sorveglianza stava seguendo le sue istruzioni, gesticolava e spostava su e giù i cursori, poi si grattava la testa.

«Fammi rivedere... Di fronte al pronto soccorso, quella sera» chiese Hou al tecnico, che di nome faceva Fan. Poi si girò verso Chen e Jin e disse: «Scusate, mentre vi aspettavo ho cominciato a esaminare una breve sezione, ma finora non ho trovato niente.»

Fan individuò il segmento richiesto e sullo schermo apparve lo spezzone che partiva alle 21.40, pochi minuti prima che la donna incinta comparisse sulla scena. Un viavai di persone che spingevano, gridavano e litigavano per farsi ricoverare.

Una giovane infermiera, ovvero Huang, era sopraffatta dalla marea di gente che si accalcava intorno a una minuscola scrivania davanti al pronto soccorso. La sua voce si sentiva appena, il viso era seminascosto dalle ondate di persone furibonde che l'accerchiavano.

Huang era impegnata a registrare i nomi dei pazienti, a misurare le temperature, a fare domande e ad ascoltare risposte, e a controllare quella che appariva come una minuscola scheda sui cellulari dei pazienti. Nel frattempo, continuava a lanciare occhiate verso un foglio posato sulla scrivania.

Chen fece mettere in pausa, poi domandò: «Che cos'è, una lista?»

Fan ingrandì l'immagine. Era un elenco di cose che il personale dell'ospedale doveva e non doveva fare, una serie di norme e di regolamenti da applicare in pandemia, elaborata dalle autorità. Long, un altro addetto alla sorveglianza, si avvicinò al monitor e confermò.

«La situazione Covid è in continua evoluzione. Lo stesso vale per le norme e i regolamenti. L'Ospedale Renji, come gli altri nosocomi della città, deve respingere qualunque paziente sprovvisto di un tampone eseguito nelle ventiquattr'ore precedenti. Naturalmente, non si può trascurare la possibilità dei contagi incrociati dentro l'ospedale.»

Chen si accigliò. Il pronto soccorso era intasato al massimo dai pazienti che si riversavano lì a ondate. Aveva letto di situazioni simili nel *Dossier Wuhan*, aveva sentito il racconto di Molong su quanto era avvenuto in quel pronto soccorso. Ma perché l'ospedale respingeva i pazienti in situazione di emergenza e sprovvisti del codice verde? Dal gigantesco monitor centrale si sentiva una donna che implorava di essere ricoverata, e che assomigliava in modo inquietante alla madre di Molong.

Chen chiese di mettere le immagini in pausa e indicò un uomo di mezza età che cercava di trasportare una donna incinta al pronto soccorso.

«Jin, prenda l'ingrandimento che abbiamo fatto stampare all'hotel. La prima persona a risultare un falso positivo» disse. Poi si voltò verso Fan: «Per favore, ingrandisca l'immagine dell'uomo sul monitor.»

Chen constatò che i due sembravano proprio la stessa persona, nonostante quello al pronto soccorso indossasse la mascherina e portasse gli occhiali, ma non si sorprese più di tanto.

L'immagine cominciò a muoversi in sequenza, cambiando angolazione, ma ritraendo sempre un uomo che si inginocchiava e si prostrava ai piedi dell'infermiera Huang. La donna incinta era sdraiata sulla panchina, le gambe si muovevano a scatti.

«Ecco, ci siamo. Il tassello mancante, e il più importante!» esclamò ad alta voce Chen, quasi involontariamente.

«Sì, il tassello mancante più importante...» riecheggiò meccanicamente Hou, che balzò in piedi come un robot colpito da un fulmine. «Oh, santo cielo...»

«Che mi prenda un colpo!» esclamò Jin, coprendosi la bocca con una mano.

«Fan, avrai certamente sentito parlare del nostro leggendario ispettore capo Chen» disse Hou all'operatore, con voce serissima. «Adesso il direttore Chen ricopre un incarico ancora più importante nella dirigenza del partito. Fa parte della squadra investigativa speciale ed è il potentissimo emissario speciale con la Spada dell'imperatore. Tu sai cosa significa, vero? Vai subito a spiegarlo al segretario del partito del tuo ospedale. Che non si sogni neanche di provare a insabbiare il materiale, altrimenti dovrà fare i conti con le conseguenze.»

«Oh, l'ispettore capo Chen! Certo che ho sentito parlare di lei. Qualunque cosa vuole che io faccia, lo dica senza esitare» disse Fan, che scattò in piedi e lo salutò impacciato e nervoso.

«Scovate tutto quello che esiste sull'infermiera Huang, e su quello che è accaduto all'ospedale quella notte. Veloci!» ordinò Chen. «È una questione di vita o di morte.»

«Tu sai cosa significa l'espressione "emissario speciale con la Spada dell'imperatore"?» Anche Jin, da abile segretaria qual era, fece pressione su Fan. «Vuol dire che lui detiene il potere di far imprigionare o giustiziare chiunque ostacoli il suo operato, e che per questo non deve attendere l'approvazione dei vertici della Città Proibita.»

Sulla sala della sorveglianza calarono la costernazione e il panico, ma tutti i filmati, le immagini e le informazioni relativi all'inchiesta vennero immediatamente reperiti.

Quelle scene mostrarono orrori impressionanti, furono una serie di colpi al cuore di un'intensità fino ad allora sconosciuta per tutti loro.

«La donna incinta assomiglia ad An» disse Chen. «No, sono *sicuro* che è An. Avviate il riconoscimento facciale e incrociatelo con i *big data*.»

«L'uomo in ginocchio è Zhou, suo marito, non c'è dubbio» aggiunse Jin, che intanto aveva tirato fuori un paio di ingrandimenti per compararli con l'individuo che sul monitor stava implorando l'infermiera in modo tanto umiliante.

Le telecamere ruotavano a destra e a sinistra e permettevano di cogliere l'immagine del viso della donna coperto dal sudore e dalla mascherina. Era di un pallore mortale, ma era comunque vagamente riconoscibile. I capelli erano scarmigliati e assomigliavano a un nido d'uccello capovolto, e sembrava che i pantaloni arrossati avessero cominciato a sgocciolare...

Proprio in quel momento arrivò Tang, il segretario del partito dell'ospedale, un uomo di mezza età con le tempie ingrigite, e si affrettò a condurre i tre in un'altra sala riunioni.

Tang aveva al suo fianco una giovane segretaria, che servì del tè degli Otto Tesori su un lungo tavolo in mogano ricoperto da una tovaglia bianca. Mentre la donna usciva dalla stanza, Tang affermò: «Mi ha appena chiamato il sindaco, che ci ha invitati a fornirvi qualsiasi tipo di informazione riservata. Dunque... Voi state parlando di Huang, l'infermiera che ha lavorato all'accettazione del pronto soccorso in un turno di notte, giusto? So che in tanti si lamentano perché il nostro ospedale si rifiuta di ricoverare pazienti in condizioni critiche. Tuttavia, noi ci dobbiamo attenere alle norme che provengono dall'alto, e possiamo solo seguirle alla lettera. I pazienti che non sono in grado di esibire un codice verde valido non possono essere ammessi. Questa è una fase critica della nostra eroica battaglia contro il Covid. Punto.»

«E tutto questo cosa significa, compagno Tang?» domandò Chen, pur conoscendo benissimo la risposta.

«Significa che le persone sono tenute a mostrare un codice verde, per provare di aver eseguito un test nelle ventiquattr'ore precedenti» spiegò Tang, «altrimenti non possono entrare. Questa norma non vale soltanto per il Renji, ma anche per tutti gli altri ospedali di Shanghai. E serve a prevenire i contagi incrociati. Senza dimenticare che tutti gli ospedali sono terribilmente sovraccarichi.»

«Ma è un'assurdità!» intervenne Jin, senza nascondere

l'indignazione. «Come può un paziente prevedere, per esempio, un travaglio anticipato o un problema al cuore, oppure un attacco d'asma acuta? Come potrebbe aver prenotato un test nelle ventiquattr'ore precedenti?»

«Siamo consapevoli del problema e ci siamo consultati con le autorità. Che sono irremovibili nel mantenere questa linea, perché sostengono che la lotta contro il Covid è per la Cina la priorità numero uno. Ciò che dimostra la superiorità del nostro sistema rispetto a quello del mondo occidentale. Insomma, si tratta di una priorità politica.»

«Dunque è la politicizzazione della pandemia» disse seccamente Chen.

Accanto a loro, Hou, ammutolito, appariva impacciato. Logicamente l'ospedale non era nelle condizioni di darsi regole proprie, pensò Chen. Quanto alle autorità, l'amministrazione municipale di Shanghai non poteva essere criticata, perché eseguiva gli ordini di quello stupido capo del partito di Pechino.

«E quindi, cos'è accaduto alla donna incinta?» insistette Chen.

«Ecco, si dice che sia stata portata in altri due o tre ospedali, ma senza esito. Perché anche per loro valevano le stesse regole. Dopodiché... In realtà non lo so. Noi non possiamo farci niente. Dobbiamo attuare la politica del partito. E questo vale per tutti gli ospedali di Shanghai, senza eccezioni.»

«Non credo che lei sappia cos'è accaduto a quella donna. Ma i *netizens* l'hanno già postato. Ecco qui» disse Jin, allungando verso Tang il cellulare che stringeva in mano. «La donna incinta è morta quella notte perché nessun ospedale ha voluto ricoverarla. È stata colpita da una grave emorragia, riversa su un triciclo arrugginito, mentre suo marito pedalava freneticamente alla ricerca di una quarta struttura. Ma era troppo tardi.»

«Nessuna controversia medica, dunque?» domandò Chen.

«In questo momento chiunque si ritrovi coinvolto in una

controversia medica può considerarsi destinato al suicidio» ribatté Jin. «Una cosa del genere viene condannata e punita come forma di sabotaggio.»

«Quei maledetti danni collaterali!» imprecò Hou, con voce sommessa. «Direttore Chen, com'è possibile che tutto questo sia collegato alla nostra indagine?»

Una giovane segretaria entrò nella stanza, porse una cartellina a Tang e gli sussurrò all'orecchio: «Ecco quello che aveva chiesto.»

Tang alzò gli occhi. «Confidenziale?»

«Naturalmente» disse Chen.

«Queste sono tutte le informazioni riservate in nostro possesso. Non so nulla della vostra indagine, e adesso mi attende un'altra riunione urgente» concluse Tang, che si alzò di scatto e indicò la sua segretaria. «Nel caso abbiate bisogno di qualcosa, rivolgetevi a lei. Attenderà fuori dalla sala.»

La donna si inchinò deferente, poi richiuse adagio la porta alle sue spalle.

Nella sala riunioni, che sembrava trattenere il fiato in silenzio, rimasero soltanto loro tre.

Hou riuscì a esibire un amaro sorriso forzato, poi tornò ad accigliarsi. Forse aveva finalmente visto la luce su alcuni aspetti di quell'indagine, pensò Chen, ma di tutto il resto rimaneva sempre all'oscuro.

Magari la stessa cosa valeva anche per Jin. La quale si astenne dal fare commenti e seguitò ad accavallare nervosamente le gambe aggraziate, per rimettersi poi seduta composta.

Chen parlò scandendo lentamente le parole, e sottolineando l'importanza del suo discorso con un gesto teatrale della mano: «Questo è un caso complesso. Ci troviamo di fronte a una serie di fattori che si sovrappongono, e cioè l'epidemia, la politica, le questioni sociali, i comportamenti e i pensieri distorti delle persone, schiacciate da una pressione che non ha precedenti. Inutile dire che l'elenco dei fattori concomitanti potrebbe proseguire a lungo, ma nel momento in cui convergono in modo così inatteso, complicandosi e dissimulandosi a vicenda...» Si interruppe bruscamente e tossì due o tre volte, premendosi la mano contro la bocca.

Jin gli riempì una tazza di acqua calda, colta da una sensazione di *déjà-vu*. Da quando era stata nominata segretaria dell'ufficio per la Riforma del sistema giudiziario si era documentata il più possibile sull'argomento, leggendo libri e guardando film per cercare di essere una qualificata assistente di Chen.

Pensò di aver visto scene simili alla fine dei film di Agatha Christie, quando in conclusione di un'indagine il celebre Poirot si rivolgeva agli altri protagonisti disorientati, ma non era certa che proprio sul più bello il leggendario ispettore del grande schermo venisse colto da un attacco di tosse.

«Grazie alla dettagliata descrizione presentata da Hou all'inizio dell'indagine, ho notato una serie di questioni davvero inquietanti, quasi imperscrutabili» disse Chen, riprendendo il filo del discorso. «Innanzitutto, nel primo e nel secondo caso le vittime non erano medici, ma rispettivamente un dirigente del partito e un'infermiera. Nessuno dei due avrebbe potuto fornire diagnosi sbagliate o prescrivere farmaci inadatti. Quindi era esclusa la possibilità di un omicidio causato da una controversia medica. Qual era allora il collegamento nascosto?

«Al tempo stesso, considerato che la sorveglianza nei pressi dell'ospedale era stata molto potenziata, l'assassino doveva avere un movente passionale e concreto, doveva essere un individuo posseduto dall'odio feroce di chi desidera eliminare fisicamente un altro essere umano, al punto da rischiare il tutto per tutto.

«Fin dall'inizio di questa vicenda ho avuto anche la sensazione che mancassero delle informazioni sulle vittime, che i tre si trovassero coinvolti nello stesso scenario loro malgrado. Le possibilità che le loro strade si fossero incrociate erano scarse. Un esperto cardiochirurgo, un funzionario della propaganda del partito e una giovane infermiera che lavorava da poco. Le cose non tornavano.

«Perciò la mia mente ha cominciato a sviluppare una teoria quantomeno provvisoria. Visto che l'omicidio del dottor Wu non aveva alcuna relazione con quelli delle altre due vittime, l'assassino poteva essere stato motivato da qualcosa avvenuto all'ospedale. Ovvero, proprio quel qualcosa che noi non sapevamo...»

All'improvviso, un provvidenziale squillo di telefono si sovrappose al discorso di Chen, come la sirena impazzita di un'ambulanza.

Chen diede un'occhiata al cellulare e si alzò di scatto rovesciando la tazza di acqua calda. Una cosa del genere non sarebbe certo capitata al grande detective Poirot, con il suo senso dell'umorismo e la sua compostezza.

Chen scrutò il messaggio per un minuto o due, poi si rivolse a Jin: «Dobbiamo muoverci subito. L'ultima tessera del puzzle è finita al suo posto. Sì, non c'è un minuto da perdere! Dobbiamo arrestare l'assassino...»

«Vengo con voi» insistette Hou, senza curarsi neppure di chiedere il come o il perché.

«No, Hou, lei avrà qualcos'altro da fare. Qualcosa di ancora più importante. Corra subito all'hotel per controllare l'indirizzo di Zhou, l'uomo che ha cercato in tutti i modi di far ricoverare la moglie An al pronto soccorso. Se torna all'hotel troverà altre informazioni in una cartellina contrassegnata come PRONTO SOCCORSO, si trova sulla mia scrivania. Non contiene solo informazioni su quella notte, ma anche sui primi casi di "falsi positivi" verificatisi all'ospedale e poi riportati dai media ufficiali. L'aver rivelato i movimenti di Zhou ha suscitato parecchio scalpore sui social media.»

«Direttore Chen, si tratta di Zhou Guoqiang?»

«Le spiegherò dopo, Hou, perché adesso non possiamo permetterci di sprecare neanche un minuto. A differenza di Testone Wu, l'assassino potrebbe colpire ancora da un momento all'altro.»

«Ho capito, Chen» disse Hou, che si alzò barcollando un poco, mentre sulla sua fronte gocciolava un rivoletto di sudore freddo.

«Si faccia mandare un'auto dall'hotel e mi chiami quando ha recuperato la cartellina.»

Più tardi, quel pomeriggio, Chen Cao interrogò Zhou Guoqiang nella suite di Hou al Wu Palace Hotel.

Venne tutto organizzato in gran fretta, ma finalmente si trovarono seduti su un divano di pelle verde, davanti a un tavolino di marmo, come se la loro fosse una conversazione informale. Nella stanza c'era uno schermo nero, dietro il quale Hou e Jin trattenevano il fiato con in mano i rispettivi cellulari per registrare l'incontro. Quello poteva essere l'interrogatorio cruciale per la conclusione dell'indagine.

Chen: Sono Chen Cao, ex ispettore capo del dipartimento di polizia di Shanghai. Dunque, Zhou, parliamo un po'.

Zhou: Quei due sono stati ammazzati perché meritavano di morire, ma io non firmerò nessuna cosiddetta confessione. Il Partito comunista cinese è completamente corrotto, screditato. Qualunque cosa sceglieranno di dire, il popolo ormai non gli crede più. E lo scalpore proseguirà a oltranza. Al diavolo la stabilità politica! Io non dirò una sola parola di quello che lei e i suoi colleghi volete sentire. Dovevo morire quella notte accanto a mia moglie, con le mani coperte del suo sangue.

Chen: Laozi dice: «Quando una persona non teme di morire, come puoi minacciarla con la pena di morte?» Comprendo il suo rifiuto di parlare, e comprendo la sua tragedia. Le porgo le mie più sentite condoglianze, lei ha tutta la mia solidarietà. Potremmo però comunque discutere con un minimo di raziocinio.

Zhou: Ho sentito parlare di lei, compagno ispettore capo Chen. La gente dice che è un uomo integerrimo, uno dei pochi poliziotti onesti rimasti in Cina. Ed è esattamente questa la ragione per cui è un *ex* poliziotto.

Chen: Sì, non sono un poliziotto, non come in passato.

Zhou: Questa è davvero una notizia. Mi pare di aver sentito che l'hanno licenziata proprio a causa della sua integrità. Però è anche uno scrittore che ha pubblicato dei libri, dico bene?

Chen: Esatto. E in quanto scrittore conosco le mie responsabilità, di questo può star certo.

Un silenzio prolungato cala nella stanza.

Zhou: Indipendentemente da quello che dirò, io sono morto. E un pezzo di porcellana rotta, anche se continui a scaraventarlo a terra, non fa nessuna differenza, perché non è più possibile ripararlo. Possiamo anche parlare, a condizione che prima lei mi faccia una promessa.

Chen: Che genere di promessa?

Zhou: Scriva di quello che è avvenuto a me e alla mia famiglia, e anche di ciò che sta accadendo al popolo cinese. In particolare di quella follia che è la politica zero-Covid portata avanti da questa società della sorveglianza di stato. Quanti orribili danni ha causato!

Chen: Io credo che, in un modo o nell'altro, il popolo arriverà a conoscere la tragedia che ha colpito la sua famiglia, è solo una questione di tempo. E la sua storia dovrebbe essere raccontata. Per quel che riguarda le sofferenze patite da lei e da sua moglie, mi prendo l'impegno di eseguire dei controlli, coscienziosamente, da ex poliziotto. E le prometto che scriverò un rapporto dettagliato e veritiero per le autorità. È quello che al momento credo di poterle promettere.

Zhou: Ma l'ascolteranno?

Chen: Onestamente non lo so, ma ci proverò. E, in quanto scrittore, farò tutto quanto è in mio potere usando la penna. Le do la mia parola.

Zhou: Bene, se lo dice lei io ci credo, compagno ispettore capo Chen. Allora, da dove vuole che cominci?

Chen: Dall'inizio.

Zhou: Come forse lei saprà, quando l'epidemia è scoppiata anche a Shanghai, io sono stato uno dei primi positivi... un falso positivo, però. Sono stato messo in quarantena all'Ospedale Renji e sottoposto a una serie di test. Naturalmente non sapevo che sulle pagine del *Quotidiano della liberazione* avrebbero rivelato tutti i miei spostamenti relativi alle due settimane precedenti, comprese le mie visite a un salone massaggi e a una sala da gioco. Sto parlando di due esercizi pubblici provvisti di licenza commerciale rilasciata dallo stato, che sono di grande aiuto per le persone che si trovano sotto stress!

Chen: Sì, è vero, ma ne esistono anche parecchi che di certo non rispettano le leggi. È risaputo anche questo.

Zhou: In ogni caso, per me ha rappresentato una grandissima differenza, quando questi dettagli sono stati pubblicati sui giornali ufficiali con il mio nome ben in vista. Se entri in uno di quei locali per un massaggio ai piedi, il contatto fisico non è qualcosa di impensabile, anche se la maggior parte dei clienti non accetta determinati servizi che hanno, diciamo così, un lieto fine. Però, nel momento in cui vieni descritto sui giornali come uno che frequenta spesso quei posti, agli occhi del pubblico ti ritrovi condannato senza possibilità di appello. Per An, la mia povera moglie che aspettava un bambino, è stato un brutto colpo. È rimasta sconvolta.

Chen: Sì, posso immaginarlo. A certa gente piace rimestare nel fango e calpestare la vita privata del prossimo. La prego, Zhou, prosegua.

Zhou: Allora ho pubblicato un post su Weibo per protestare contro i sistemi adottati dalla propaganda dell'ospedale, una violazione assoluta della vita privata altrui.

Chen: Vede, quando ero giovane un'espressione come "vita privata" veniva considerata portatrice della cosiddetta energia negativa. Alludeva a cose che le persone nascondevano al comitato di quartiere e alle autorità governative, anche se in quegli anni la sorveglianza non era onnipresente e onnisciente come adesso.

Zhou: Comunque in Cina è da parecchio tempo che il concetto di vita privata è stato gettato alle ortiche. Ormai l'individuo è semplicemente considerato un ratto nudo che zampetta in una gabbia di vetro sotto gli occhi delle telecamere di sorveglianza ultrapotenti del partito.

Chen: Forse volevano soltanto che la gente sapesse dove si trovava, per far sì che gli eventuali contatti avessero poi la possibilità di sottoporsi a un test.

Zhou: Le scusanti non hanno importanza, il Partito comunista cinese vuole rafforzare il suo dominio autoritario sfruttando la scusa di arginare il diffondersi del virus.

Chen: Però contrastare i contagi è importante, ed è comprensibile che sia così. Detto questo, io voglio dire che anche la sua protesta è comprensibile, e pure giustificabile.

Zhou: Cos'ha fatto l'amministrazione della città? Hanno aumentato la pressione producendo un mucchio di immagini compromettenti. Niente di particolarmente nitido, anzi, piuttosto sfocate, ma sufficienti a insinuare chissà cosa. Dopo che quelle fotografie ritoccate hanno cominciato a circolare, An e io abbiamo di nuovo litigato furiosamente. A suo dire, io l'avevo tradita facendomi coinvolgere in uno scandalo vergognoso proprio mentre stava per nascere il nostro primo figlio.

Chen: Ahimè, come recita un antico adagio cinese, «se il nido si è rovesciato a terra cadendo dall'albero, come si può sperare che almeno un uovo sia rimasto intatto?». Noi però dobbiamo prendere in considerazione il quadro d'insieme, specialmente in questi tempi di pandemia.

Zhou: Già, ma ormai qualunque cosa può essere giustificata, alla luce di questo "quadro d'insieme", non crede? An è stata respinta perché non aveva un codice verde. Ma chi mai si sarebbe sottoposto tutti i giorni al tampone prevedendo un'emergenza?

Chen: Nessuno. Su questo sono assolutamente d'accordo con lei. E mi dispiace moltissimo per quello che è successo a sua moglie.

Zhou: Mi sono inginocchiato davanti all'infermiera all'ingresso del pronto soccorso, l'ho implorata, mi sono prostrato, ho pianto, inutilmente. Niente codice verde, niente ricovero. Punto. Era la personificazione della politica zero-Covid. Ho perfino avuto il sospetto che l'ospedale volesse punirmi a causa dei miei post su internet. La lista che l'infermiera aveva in mano forse conteneva anche il nome di An.

Chen: No, non credo che le cose stiano così. Non potevano sapere in anticipo che lei avrebbe portato sua moglie all'ospedale.

Zhou: Per noi quello era l'ospedale più vicino. Alla fine l'ho caricata sul mio triciclo e l'ho portata via, ho vagato come una gallina senza testa, ho provato a bussare alle porte di tutti gli ospedali che ho trovato. Ma tutti ci hanno respinti, proprio sulla scorta di quel famoso "quadro d'insieme". Nel tragitto verso il quarto ospedale, An ha avuto una fortissima emorragia ed è morta prima che riuscissi a raggiungerlo.

Chen: Bisogna ammettere che la normativa è crudele, semplicemente folle. Nel mio rapporto alle autorità scriverò anche questo.

Zhou: An era arrabbiatissima con me, e la cosa può aver causato un travaglio prematuro. Prima di quella sera avevo sperato che, col passare del tempo, alla fine avrebbe capito che io avevo subito un torto. Perciò speravo di riuscire un giorno a riscattarmi agli occhi suoi e del nostro bambino. Ora non mi è rimasto più nulla in questo mondo vuoto.

Chen: Nel mio rapporto scriverò che è nostro assoluto dovere tentare di prevenire in futuro danni collaterali simili. Adesso però potrebbe raccontarmi qualche dettaglio su come si è vendicato?

Zhou: Dopo la morte di An non avevo più niente da perdere, così mi sono subito messo all'opera per portare a termine la mia vendetta. Il mio primo obiettivo è stato Ouyang, il segretario della sezione propaganda dell'ospedale. Era responsabile di aver rivelato al pubblico i miei spostamenti. È stato proprio questo che alla fine ha causato la morte di An. Lo conoscevo perché mi aveva parlato di persona al Renji, minacciando di farmi sbattere in galera se mi fossi rifiutato di collaborare. Mi ci sono voluti un paio di giorni, prima di avere l'occasione di colpirlo. Quanto al secondo obiettivo, ho impiegato un po' più di tempo per scoprire il suo nome e le sue abitudini lavorative. Huang non era neppure un'infermiera specializzata in medicina d'urgenza, ma ha buttato fuori mia moglie nonostante si trovasse in quelle condizioni.

Chen: Non bisogna incolpare soltanto l'infermiera Huang. È l'indirizzo politico imposto dalle autorità. Vorrei farle un altro tipo di domanda. Mi parli dell'arma del delitto. Credo si tratti di un tondino d'acciaio collegato a qualcosa di simile a una testa di martello.

Zhou: Ispettore capo Chen, lei è molto perspicace. È un oggetto che ho ereditato da mio padre, che venne ucciso durante la "lotta armata" nel periodo della Rivoluzione culturale.

Chen: Intende quando le diverse fazioni delle Guardie Rosse o dei Ribelli si combattevano tra loro per provare chi fosse la più fedele a Mao?

Zhou: Già... Che ironia. Mio padre era un operaio specializzato. Che nella sua folle passione per Mao si costruì un'arma, un'asta d'acciaio con la testa di un pesante martello, che nell'antica Cina veniva chiamata *jean*. Molto maneggevole, è stata una delle poche cose che mi ha lasciato.

Chen: Ma com'è riuscito a portarla con sé all'ospedale senza farsi scoprire?

Zhou: Un altro tragico karma. Mio padre mi ha lasciato anche un cappotto imbottito, un'imitazione di quelli militari, il suo preferito. Mia madre l'ha conservato per tutti questi anni. Ho infilato il *jean* sotto il cappotto lungo. Non sono riuscito a scoprire se ai tempi mio padre avesse ammazzato qualcuno con quell'arma, però lui stesso è rimasto ucciso nel corso di uno scontro armato. È il karma della Rivoluzione culturale, che arriva ovunque.

Chen: Purtroppo a quell'epoca cose del genere sono accadute in tutta la Cina.

Zhou: Perciò li ho seguiti e uccisi nelle vicinanze dell'ospedale. La scelta del luogo non è stata soltanto una protesta contro il Renji, ma anche contro la disumana politica zero-Covid. Mi trovavo in perlustrazione prima di colpire una terza vittima, ma lei e i suoi agenti mi avete bloccato. Ispettore Chen, glielo ripeto, io ho ucciso quei due non solo per una forma di vendetta personale. Voleva essere anche una sorta di campanello d'allarme per il partito. Il governo di Pechino ha già cominciato a parlare dei "grandi successi" ottenuti dalla sua politica. E l'olocausto del popolo cinese?

Chen: Penso che sia una domanda legittima, Zhou.

Zhou: Lasci che le racconti una cosa che ho letto appena prima che i suoi uomini mi fermassero. Ha sentito parlare di un nuovo termine, la "politica zero-Covid mobile"?

Chen: No, e non so proprio cosa significhi.

Zhou: Nessuno ancora lo sa con precisione. Ma poniamo che a Wuhan si debba svolgere un'importante conferenza del partito. Le autorità invierebbero i cittadini di Wuhan infetti, quelli probabilmente infetti, quelli che sono venuti a stretto contatto con gli infetti, o perfino quelli che sono venuti a stretto contatto con quelli a stretto contatto con gli infetti... insomma verrebbero tutti trasferiti in altre città o in altre contee, in modo che Wuhan possa essere dichiarata conforme allo standard dello "zero-Covid". In ogni caso, ieri notte verso le due e mezza, a Guiyang un "bus Covid" è finito in un burrone. Per colpa di questa folle idea di mantenere la stabilità a tutti i costi sono morte ventisette persone.

Chen: Che straziante assurdità.

Zhou: Questa è un'altra delle ragioni per cui ho lasciato i corpi vicino all'Ospedale Renji. A mo' di testimonianza contro questi catastrofici danni collaterali. Il Partito comunista cinese ha politicizzato la battaglia contro il Covid, e questo potrà solo portare a disastri ben peggiori.

Chen: Capisco. Si fidi di me, Zhou, farò tutto quanto è in mio potere per diffondere il suo messaggio.

Non appena Zhou venne scortato fuori dalla stanza, Hou e Jin accorsero da Chen.

«Congratulazioni, direttore Chen! Ottimo lavoro» disse Hou esultante, sollevando entrambi i pollici.

Quel gesto colse Chen di sorpresa. Non era preoccupato per Jin, ma di Hou non poteva fidarsi. Era stato tutto registrato, su questo non c'erano dubbi. E tutto quello che avevano detto sarebbe stato controllato e verificato. Qualunque dichiarazione politicamente scorretta di Chen avrebbe fornito ai suoi nemici un'altra scusa per affossarlo definitivamente. E lui aveva detto fin troppe cose.

«Complimenti» disse Jin.

«Ho dovuto farlo parlare» si affrettò a dire Chen.

«È più che comprensibile, direttore Chen. Era assolutamente necessario farlo parlare. È quello che ho appena detto a Jin, il direttore Chen doveva condurre l'interrogatorio in quel modo. Fargli raccontare tutta la verità era una questione di fondamentale importanza e urgenza. In particolare, la parte riguardante il "quadro d'insieme" è più che convincente. Non dobbiamo più preoccuparci.»

Hou non gli aveva detto niente a proposito del video che avrebbero sicuramente realizzato, ma Chen sapeva che l'avrebbero fatto. Con tutta probabilità il filmato sarebbe stato editato e trasmesso alla Cctv, per mostrare Zhou che firmava la confessione e far ascoltare un paio delle sue frasi estrapolate dal contesto.

Ma cos'altro avrebbe potuto fare l'ex ispettore capo?

«Meno male che è finita» intervenne Jin. «Che ne dice di una breve pausa, vicecapo Hou?»

«Direi che è una saggia idea.»

«Una buona idea» echeggiò prontamente Chen. «Vediamoci più tardi nel pomeriggio.» Sapeva benissimo il motivo per cui Jin voleva evitare ulteriori commenti sull'interrogatorio.

Dopo circa due ore si riunirono di nuovo nella suite di Hou. Il quale si dimostrò ancora una volta un anfitrione generoso, perché fece arrivare dalla cucina dell'hotel una serie di spuntini all'interno di un paio di contenitori termici e una teiera con del tè oolong che venne sistemata sul tavolo.

Fuori dalla finestra un passero cinguettava, becchettando qualcosa e saltellando qua e là. Poi si levò precipitosamente in volo, come colto da un misterioso panico, facendo balenare le ali grigie e stridendo. Un cane nero sbucò dal nulla cercando di avventarsi sull'uccello, mentre abbaiava furiosamente sui rimasugli di neve bianca.

«Dobbiamo festeggiare» esordì Hou con un largo sorriso, mentre versava il tè per Chen e Jin.

«Adesso che tutti i tasselli sono andati al loro posto» disse Chen, assaporando una cucchiaiata di ravioli ai gamberetti accompagnata da un sorso di tè, «possiamo ricostruire un quadro esauriente dei tre omicidi.»

«Ecco finalmente il drammatico finale dei film di Agatha Christie! Quello in cui il grande investigatore spiega l'inesplicabile» chiosò Jin. La ragazza osservava Chen seduto vicino alla finestra, mentre la luce del tardo pomeriggio filtrava nella stanza e gli accarezzava i capelli come le morbide dita di un'amante.

«Chi è Agatha Christie?» domandò Chen.

Il sorriso di Jin formò due fossette sulle sue guance. Conosceva quel suo voler sempre schermirsi, era un metodo che spesso usava per lenire il malumore.

«Grazie all'eccellente ed efficace lavoro del vicecapo Hou» disse poi Chen in tono volutamente enfatico, «la nostra indagine si è conclusa con un successo.»

«Non lo dica neppure» ribatté Hou, ma senza nessuna falsa modestia. «Mi sono limitato a eseguire i suoi ordini al buio.»

«No, Hou. Fin dall'inizio la sua idea sulla possibilità di

un'eventuale controversia medica è stata di grande aiuto. Lei ha fornito un certo numero di dettagli a supporto della tesi, e questo mi ha consentito di muovermi nella direzione tracciata, la qual cosa ci ha condotti alla risoluzione del caso. Non solo, la sua intuizione sui litigi che all'improvviso si sono trasformati in qualcosa di violento e brutale è stata davvero illuminante. Ricorda la sera in cui siamo andati all'ospedale per la prima volta? Abbiamo incontrato Molong, un figlio premuroso e sconvolto al capezzale della madre ormai cadavere su quella dura panchina fuori dal pronto soccorso. Il mattino successivo ho mandato Jin alla camera ardente al posto mio. Molong era sì ancora molto turbato, ma almeno un po' più calmo, così ha spiegato alla mia segretaria che la sua sventura era anche quella di tante altre persone qui a Shanghai. Persone sdegnate, straziate dal dolore. Probabilmente qualcuno aveva perso completamente la testa, e aveva voluto vendicarsi seguendo una sua logica imperscrutabile. È una caratteristica tipica dei casi di omicidio seriale.»

«Direttore Chen, lei si è dedicato anima e corpo a questa indagine fin dal primo giorno.»

«Devo anche dire che la corona di fiori per la madre di Molong a nome dell'amministrazione della città è stata di grande aiuto» disse Chen. «Un gesto che gli ha conferito un enorme prestigio, a lui ma ancor di più a me. Mi creda, lo so fin troppo bene.»

«Ci mancherebbe. Più che altro l'ho fatto perché mi sentivo a disagio per averla trascinata in questa storia mentre era ancora in licenza di convalescenza.»

«Ma tornando all'argomento ricorrente delle nostre discussioni con la squadra» proseguì Chen, «e cioè l'inconcepibile movente dell'assassino... Doveva essere in qualche modo legato all'ospedale, e l'omicida doveva avere dimestichezza con la zona circostante.

«Forse è stata un'altra coincidenza... Durante i suoi ultimi giorni, anche mio padre è rimasto nella sala di osservazione dell'Ospedale Renji. All'epoca c'erano solo delle panchine con un divisorio di plastica. Non fu ricoverato al pronto soccorso perché all'epoca, alla luce della teoria maoista della lotta di classe, venne classificato come "capitalista nero". Perciò fui costretto a tenergli compagnia nella sala di osservazione tutta affollata, appollaiato su uno sgabello accanto al suo letto. Ogni tanto uscivo per sbrigare qualche commissione, oppure gli leggevo qualcosa.»

«Mi dispiace che le sia capitata una cosa del genere, direttore Chen.»

«Ecco perché il fatto di ritrovarmi qui dopo tanti anni mi è parso una forma di karma. Ad ogni modo, l'assassino poteva anche non abitare in questa zona, ma essere qualcuno che accompagnava un paziente, oppure una persona che per qualche ragione a noi ignota era rimasta qui per un periodo di tempo limitato e che aveva acquisito dimestichezza con il circondario.

«Nel frattempo anch'io, come tanti, del resto, seguivo la situazione di Wuhan. La mia valente segretaria Jin mi segnalava i post su quello che accadeva. Mi è capitato di leggerne uno su un uomo che ha giurato di vendicare la morte di suo padre. Un anziano signore di novant'anni, forse positivo al Covid per via della tosse persistente, è stato obbligato a salire su un autobus gremito e a indossare una soffocante uniforme di plastica, ma ha avuto un infarto ed è morto durante il trasferimento in un campo di quarantena. Il figlio è stato considerato un sospetto dai cyberpoliziotti e dai Grandi Bianchi, che l'hanno pedinato ventiquattr'ore al giorno. Nella zona dell'ospedale di Wuhan stava per aggredire qualcuno con il coltello in mano, ma all'ultimo momento è stato bloccato dalla polizia. Senza contare che anche lei mi ha raccontato di un fatto simile avvenuto nei paraggi dell'Ospedale Xinhua di Shanghai, dico bene, Hou?

«In ogni caso, quando tutte le tessere sono state ricomposte, l'immagine del puzzle ha cominciato a farsi più chiara. Qui devo anche riconoscere il fondamentale lavoro svolto da Jin. Lei ha organizzato tutti i dettagli apparentemente irrilevanti in un insieme organico.»

«Direttore Chen, perché continua a lodarmi in questo modo?» disse Jin, intimidita. «Io non ho fatto niente.»

«No, invece. Anche lei ha fatto molto» ribatté Hou, sollevando la tazza di tè. «Un brindisi al direttore Chen e alla sua bella, abile e devota segretaria!»

«Ancora una domanda, direttore Chen» disse Jin. «Quando eravamo nella sala della sorveglianza dell'ospedale, lei ha ricevuto una telefonata e subito dopo è entrato in azione. Cos'è successo?»

«Nel momento in cui abbiamo cominciato a occuparci di Zhou, ho chiesto all'ispettore Yu, il mio vecchio collega del dipartimento di polizia di Shanghai, di raccogliere tutte le informazioni che riguardavano il sospettato. Yu mi ha riferito che, negli ultimi due giorni, Zhou era stato visto aggirarsi con aria sospetta nei pressi dell'ospedale, forse con l'intenzione di uccidere ancora qualcuno.»

Nel cuore della notte, malgrado la stanchezza, Chen ancora non riusciva a dormire, perché la sua mente si rigirava su se stessa come sommersa da una corrente di acqua fangosa e agitata.

All'improvviso affiorò sulla superficie dei suoi ricordi l'immagine quasi dimenticata di una ragazza che, tanti anni prima, studiava inglese al parco del Bund. Fu qualcosa di veramente inspiegabile, visto che a quei tempi, in piena Rivoluzione culturale, quasi non si erano rivolti la parola. Non ricordava neppure il suo nome. Tanti anni prima, anche Chen era stato idealista e pieno di passione, proprio come quella ragazza...

Anche Jin gliel'aveva fatto notare: perché si sentiva così

disperatamente nostalgico, e proprio nel bel mezzo di un'indagine durante la quale lui stesso si trovava segretamente sotto inchiesta?

Sto diventando vecchio... Sto diventando vecchio... Chen, tuttavia, provava a dirsi che non era poi così vecchio.

Confucio aveva ragione: *Il tempo scorre come acqua.*

Anche Liu Kezhuang, il poeta della dinastia Song, aveva ragione.

Ahimè, il tempo scorre accanto a me come acqua,
senza lasciar nulla dietro di sé
di cui parlare.
Soltanto quando un uomo di lettere invecchia,
finalmente riesce ad avere un'opportunità?

Nel fluire turbinoso dei suoi pensieri, Chen si rese conto che l'opportunità di cui parlava Liu Kezhuang nella sua poesia si riferiva alla propria carriera pubblica – qualcosa che l'ex ispettore capo non sognava più.

Tuttavia, quelle righe potevano riferirsi anche alla situazione di Chen, per la quale, però, non c'era più rimedio. Se non altro, Liu Kezhuang aveva lasciato quei versi memorabili, che erano ancora tanto popolari tra i lettori contemporanei cinesi.

E lui?

Lui non aveva scritto poesie che avrebbero potuto riscattarlo.

Lui, forse, non era affatto un poeta innamorato dei libri.

Pensò a Jin, che si trovava nella stanza accanto.

Nei suoi pensieri si sovrappose l'immagine della ragazza al parco del Bund.

Giorno 7

Dio resta morto! E noi lo abbiamo ucciso! Come ci consoleremo noi, gli assassini di tutti gli assassini? Quanto di più sacro e di possente il mondo possedeva fino a oggi si è dissanguato sotto i nostri coltelli – chi detergerà da noi questo sangue?

FRIEDRICH NIETZSCHE

Tutto ciò che ha forma è illusorio e irreale. Quando vedi che tutte le forme sono illusorie e irreali, allora comincerai a percepire la vera natura del Buddha che è in te.

Sutra del diamante

Es muss sein.

LUDWIG VAN BEETHOVEN

Nel nostro rione, una bambina è stata colpita da un attacco di gastroenterite, o di appendicite acuta. Gridava e urlava per il dolore, ma si trovava rinchiusa dentro l'appartamento, la cui porta era stata inchiodata dall'esterno. Le suppliche rivolte al comitato di quartiere e ai Grandi Bianchi non hanno sortito alcun effetto. Nessuno ha voluto fare un'eccezione ai regolamenti imposti dalla politica zero-Covid. Nemmeno quei dolori lancinanti hanno potuto convincere l'ospedale a inviare un'ambulanza, perché c'era la pandemia. Uscita ormai di senno, la madre ha preso una decisione disperata: avrebbero tentato di scappare dalla finestra posteriore e di scivolare giù in cortile, parzialmente coperto dal muro di cinta del rione, dopodiché sarebbero scappate. Perciò la donna si è legata la bambina sulla schiena e arrotolando due lenzuola ha formato una fune, con la quale si è calata giù dalla finestra. Purtroppo è accaduto l'impensabile, perché la fune si è spezzata a metà della discesa. Madre e figlia sono cadute dall'alto e si sono schiantate, le loro teste ridotte a una poltiglia sanguinolenta. Qualcuno ha sentito un vicino che al buio ha pronunciato queste parole ad alta voce: «Se io fossi stato il marito e il padre mi sarei vendicato ammazzando il capo del comitato di quartiere, e se non ci fossi riuscito non me lo sarei mai perdonato.»

Il dossier Wuhan

Chen si alzò e si stiracchiò sbadigliando. Poi guardò fuori dalla finestra strofinandosi gli occhi assonnati. Durante la notte la neve si era sciolta quasi del tutto.

Proprio mentre era pronto per scendere a fare colazione nella sala dell'hotel, Hou venne a bussare alla sua porta. Interrompendo un'usanza che ormai proseguiva da una settimana, gli domandò di seguirlo nella sua suite, da solo.

«Direttore Chen, prendiamoci insieme una tazza di caffè» disse Hou. «Mi scusi se sono venuto a disturbarla così presto.»

«Scusarsi di cosa? È già da un po' che sono alzato.»

«Come forse avrà immaginato, ieri sera ho comunicato la positiva conclusione dell'indagine alle autorità cittadine, e ho conversato a lungo con i compagni dirigenti. Questa è la bozza della dichiarazione ufficiale che verrà divulgata a nome dell'amministrazione. Direttore Chen, le dia un'occhiata.»

Hou gli porse due fogli di carta, e l'ex ispettore capo li prese in mano.

«Hou, è stato sollecito ed efficiente. Avrà lavorato fino a notte fonda.»

«Non è soltanto opera mia, ma anche del sindaco e dei colleghi. E devo dire che a redigere il comunicato sono stati loro, e non io.»

Grazie al duro ed efficace lavoro svolto dalla squadra investigativa speciale al comando del compagno Hou, dell'amministrazione municipale di Shanghai, e grazie anche all'eccellente assistenza strategica fornita dal direttore Chen Cao (il consulente numero uno della squadra, il nostro leggendario ex ispettore capo) e dalla sua abile assistente Jin, le indagini sugli omicidi perpetrati all'Ospedale Renji hanno avuto un esito positivo...

«Direttore Chen, qui la devo interrompere un momento. L'indagine è stata condotta dal primo all'ultimo momento sotto la *sua* guida, e ho fatto presente la cosa per due o tre volte, ma...» Hou esitò, in preda a un genuino imbarazzo.

«Hou, non c'è nulla di male. Se un'indagine così difficile si è conclusa con successo, in questi tempi di pandemia, lo si deve unicamente all'amministrazione municipale di Shanghai.»

Chen proseguì nella lettura del comunicato: il colpevole, di nome Zhou, responsabile del primo e del secondo delitto, aveva confessato di aver compiuto una serie di rapine approfittando della situazione caotica nella zona dell'ospedale. Il cui personale, di solito, lavorava fino a tarda ora, considerando poi che di notte circolavano pochissime persone. Non avrebbe mai pensato che quelle rapine avrebbero potuto concludersi in modo tanto tragico.

La prima vittima, che da lontano gli era parsa un illustre medico, aveva provato a reagire all'aggressione. Proprio in quel momento, due persone erano state viste uscire da un'automobile nera che aveva appena accostato nelle vicinanze dell'ingresso dell'ospedale. Perciò Zhou era stato costretto a ucciderlo usando una pesante sbarra d'acciaio nascosta sotto il suo lungo cappotto, sferrandogli una serie di colpi violenti sulla testa prima che le altre persone potessero accorrere sul posto.

Quanto alla seconda vittima, era una giovane infermiera

che si era trovata nel posto sbagliato al momento sbagliato. In attesa di una nuova occasione per rapinare un altro dipendente dell'ospedale a sera tarda, Zhou l'ha vista uscire e imboccare una stradina laterale. Quando però l'ha avvicinata, la donna ha cominciato a urlare. Di nuovo, Zhou ha dovuto ridurla al silenzio con la sbarra d'acciaio e scappare via.

Ancora a mani vuote dopo due tentativi falliti, Zhou stava pianificando un terzo colpo quando la polizia è riuscita a neutralizzarlo.

Nella parte successiva del comunicato ufficiale, Chen lesse che il terzo omicidio non era collegato ai primi due. Si era trattato di un emulatore estemporaneo che aveva ucciso in preda a un raptus improvviso. Per questo motivo, la polizia aveva inizialmente imboccato una strada sbagliata.

Alla luce degli innumerevoli litigi provocati dalle ricollocazioni e dai conseguenti indennizzi a seguito del riassetto urbano di Shanghai, lo scenario del terzo caso appariva decisamente credibile. Soprattutto perché sul *Quotidiano di Wenhui* era comparsa un'approfondita intervista rilasciata dal comitato di quartiere di Vicolo della Polvere Rossa, insieme a una fotografia dei suoi dirigenti e della polizia locale, oltre che di Chen, Hou e Jin in qualità di rappresentanti della squadra speciale, tutti sorridenti e orgogliosi di fronte alla sede del comitato e alla sua insegna. L'immagine aveva una didascalia: «Il caso dell'omicidio perpetrato da Testone Wu è chiuso.»

Dopo aver letto la dichiarazione ufficiale e il restante materiale, Chen non ebbe una reazione immediata.

Ingurgitò una sorsata di caffè ormai freddo e disse, con un sorriso sarcastico: «È vero che nel corso dell'indagine ho proposto un paio di suggerimenti, ma che si può dire dell'inchiesta così com'è stata descritta dal comunicato ufficiale? Francamente non avrebbero neppure dovuto fare il mio nome, come lei potrà immaginare.»

«Direttore Chen, il suo contributo al successo dell'inchiesta doveva essere non solo menzionato, ma sottolineato. Come ha fatto notare il nostro sindaco nel corso della riunione, il suo nome nel comunicato sarà molto utile per rassicurare la popolazione di Shanghai, a maggior ragione in un momento come questo. Nella nostra analisi conclusiva sul caso, dobbiamo tenere conto del quadro d'insieme. Quando ha interrogato Zhou, anche lei ha parlato dell'importanza del quadro d'insieme.»

«Sì, lo so... Anch'io avrò usato questa espressione chissà quante volte. Non trova che sia ironico?»

«Non credo che sia giusto nei suoi confronti... Intendo dire, lo scenario riportato nel comunicato ufficiale» disse Hou. «Io ne ho parlato, ma loro continuavano a sostenere che, alla luce del quadro d'insieme, la priorità fondamentale per la Cina di oggi è il mantenimento della stabilità politica, in un momento in cui stiamo combattendo una dura ed eroica battaglia contro questo virus mortale.»

Perciò tutto quel dolore e quei danni collaterali erano stati inflitti in nome del quadro d'insieme, la cui cornice era – ed è tuttora – costituita dagli interessi del Partito comunista cinese.

«Proprio questa è una delle ragioni per cui è stato necessario avvalersi fin da subito del suo aiuto. L'autorevole compagno Zhao, l'ex primo segretario del Comitato centrale di disciplina del partito, ha chiamato da Pechino e ha sottolineato con forza la questione.

«"Il compagno Chen Cao è un compagno leale e fidato, lui sa prendere in considerazione il quadro d'insieme. Lui è uno che capisce. Lo chiamerò tra un paio di giorni." Vede, il compagno Zhao ha sempre avuto un'ottima opinione di lei.»

Dunque si erano rivolti a Zhao per farsi aiutare. Un tempo era stato un presunto protettore politico di Chen all'interno della Città Proibita, ma era da parecchio che non si faceva sentire, forse per colpa del sempre mutevole panorama politico.

«Ma lei pensa che la gente comune potrà credere a un comunicato ufficiale del genere?» domandò Chen, pensieroso. «Per quel che riguarda il terzo omicidio potrebbe anche avere un fondo di verità, ma per gli altri due non vengono offerti dettagli minimamente credibili. Potrebbe rivelarsi controproducente.»

«Direttore Chen, lei non se ne dia pensiero. Proprio il suo nome in primo piano sarà la riprova della credibilità del comunicato agli occhi di tante persone. Inoltre, da come si sta evolvendo la crisi del Covid, gli shanghaiesi potrebbero anche dimenticarsi di questo o di quell'omicidio. Qualche congettura sulla conclusione delle indagini potrebbe in realtà distogliere l'attenzione della gente da quello che sta avvenendo sotto i loro occhi.»

«*L'orrore, l'orrore...*» mormorò Chen con voce quasi impercettibile, quasi a riecheggiare la giungla tenebrosa e selvaggia di un romanzo che aveva letto anni prima.

Hou si affrettò a prendere due buste rigonfie dalla cassetta di sicurezza contenuta nel guardaroba della suite. «Nel corso dell'indagine lei ha speso parecchi soldi di tasca sua, e ha fatto molti straordinari, lo sappiamo tutti. Non c'è nulla di cui discutere. Questo è il rimborso spese corrisposto dall'amministrazione. Il sindaco ha personalmente approvato l'importo. L'altra busta è per Jin. È una brava segretaria, giovane e in gamba. Sbriga tutte le sue commissioni, vede persone che non è opportuno che lei veda, si è dimostrata molto utile, e molto leale.»

«Questo è vero.»

«Naturalmente non è necessario che Jin conosca tutti i dettagli della conclusione dell'indagine. Qualunque cosa lei decida di dirle, penso che Jin capirà. Quella ragazza l'adora, no?»

«Non ne sono così sicuro, Hou.»

«Per tornare all'argomento della nostra discussione...» Hou tossicchiò, prima di proseguire in tono molto serio. «La stabilità politica e sociale della Cina è ora più importante che mai. Non è il momento di evidenziare troppo i danni collaterali causati in un periodo di crisi che non ha precedenti. Il coronavirus attacca le persone in qualsiasi momento e in qualsiasi luogo. E queste persone non meritano certo di vivere nel terrore provocato da un serial killer che si aggira per la città di Shanghai.»

L'argomentazione di Hou non era del tutto sbagliata.

Ma c'era forse qualcos'altro, nel suo ragionamento?

Chen uscì dalla suite di Hou, ma invece di scendere nella sala ristorante tornò nella sua stanza e si richiuse la porta alle spalle.

Come già in passato, il Partito comunista si era servito di lui, volente o nolente, per perseguire i propri interessi. Quella era l'amara realtà con cui doveva fare i conti. L'amministrazione municipale era impaziente di rassicurare la popolazione di Shanghai: adesso che l'assassino era stato catturato, il mondo sarebbe tornato a essere quello di prima. Nella didascalia sotto quel "quadro d'insieme" della stabilità sociale e politica doveva comparire anche il nome dell'ex ispettore capo Chen.

All'improvviso gli venne in mente una cifra che gli era capitato di leggere un po' di tempo prima. In Cina, la spesa annuale per il mantenimento della stabilità ammontava a ventun miliardi di yuan, una somma ancora maggiore di quella destinata alle spese militari. Forse non era il caso di meravigliarsi più di tanto. Per assicurare la propria continuità, il regime totalitario del Partito comunista cinese non poteva permettersi alcun tipo di disgregazione della stabilità politica. Chen non aveva più dubbi sull'incredibile ammontare di quelle spese, perché aveva visto le apparecchiature di sorveglianza capillare – non soltanto le telecamere e i computer, ma anche il sistema dei codici verdi, rossi e gialli per il Covid, le tecnologie di riconoscimento facciale e biometrico, come pure l'attivismo dei comitati di quartiere, dei campi di quarantena e delle nuove organizzazioni come le Piccole Guardie Rosse e i Grandi Bianchi, tutte finanziate dal governo. Senza contare, infine, le due buste rosse belle rigonfie che Hou gli aveva messo in mano poco prima – anche se quelle, rispetto al quadro d'insieme, rappresentavano meno di un granello di sabbia.

Molto spesso, in passato, le sue indagini erano state compromesse in nome del "quadro d'insieme", e alla fine avevano servito gli interessi del partito. Ma a differenza del passato, adesso Chen voleva reagire, senza curarsi degli enormi rischi che avrebbe corso.

Quella vicenda rappresentava per lui un punto di non ritorno.

L'ex ispettore capo tornò alla scrivania e riaprì il file del *Dossier Wuhan*.

Hou aveva convocato la squadra speciale in sala da pranzo per le nove e mezza, più per un *brunch* che per la colazione.

Chen e Jin erano seduti allo stesso tavolo, mentre Hou si trovava in piedi al centro della sala.

Sicuramente aveva riferito all'amministrazione municipale l'esito del suo colloquio con Chen. L'ex ispettore capo gli era parso scontento del comunicato ufficiale, che però, seppur malvolentieri, aveva accettato.

Quanto a Jin, forse si era appena svegliata perché il suo viso, immerso nella luce del mattino, appariva pallido.

«Buongiorno» le disse Hou sorridendo.

«Buongiorno a lei, vicecapo Hou» rispose Jin.

Anche stavolta arrivarono sui tavoli diverse leccornie, e tanto per cambiare venne servita un'impressionante varietà di cibi da strada. Ormai, sia il cuoco che Hou conoscevano le specialità preferite di Chen.

«La nostra indagine speciale si è conclusa con successo. Ho inviato a tutte le vostre caselle di posta un comunicato ufficiale a nome dell'amministrazione municipale. Nel corso dell'inchiesta avrete forse sentito una serie di voci riguardanti il caso, ma grazie all'aiuto del direttore Chen ne siamo venuti a capo e abbiamo arrestato gli assassini. Perciò, da oggi in avanti tutto quello che diremo nei riguardi di questa indagine dovrà essere tassativamente in linea con il comunicato rilasciato dalle autorità cittadine. Voi comprenderete che si tratta di una questione di disciplina di partito.»

«Comprendiamo benissimo!» dissero in coro tutti i componenti della squadra speciale, all'infuori di Chen e di Jin, la quale, accigliata, stava leggendo sul cellulare il comunicato che le era appena arrivato.

«Domani ce ne andremo dal Wu Palace Hotel. Oggi la squadra ha la giornata libera» annunciò Hou, tutto orgoglioso. «Potete fare quello che più vi piace qui in centro.»

«Buona idea» disse Chen che intanto, da imperturbabile buongustaio, stava masticando un bastoncino di pasta fritta appena pescato dal wok. «La nostra squadra ha lavorato duramente, e si merita una bella pausa.»

«Ancora una volta voglio esprimere per conto dell'amministrazione municipale tutta la nostra gratitudine al direttore Chen. Il nostro sindaco mi ha chiamato e mi ha detto che gli verrà conferita una medaglia d'oro al merito. Congratulazioni, compagno direttore Chen!»

Un grande applauso scrosciò nella sala.

«Il sindaco vuole anche ringraziare tutti i componenti della squadra speciale per il magnifico lavoro svolto.»

«Quindi, se abbiamo la giornata libera, possiamo fare quello che più ci aggrada, giusto?» domandò Jin, che riguadagnò il suo autocontrollo leccandosi le dita snelle e unte, proprio come nell'immaginazione della gente avrebbe fatto una vera "piccola segretaria".

«Sì, mi occupo io delle varie procedure qui. Ancora una volta, però, vi ricordo che questa è stata un'indagine speciale e riservata, non dobbiamo rivelare niente di ciò che abbiamo visto o sentito in questi giorni. Ah, quasi dimenticavo, ciascun componente della squadra riceverà diecimila yuan come premio per il risultato raggiunto.»

La sala da pranzo si riempì di un altro lungo e caloroso applauso.

«Per quel che mi riguarda, penso che andrò a fare un salto alla Libreria internazionale, dall'altra parte della strada» disse Chen. «Visto che siamo arrivati alla conclusione dell'indagine, credo di potermi dedicare al progetto della traduzione delle poesie. È il minimo che possa fare per la gente di Wuhan. Vado in libreria a svolgere qualche ricerca e a comprare un po' di libri.»

«Quale magnifica occasione per imparare tante cose dal nostro enciclopedico direttore Chen!» esclamò Jin. «Andrò con lui. È un'opportunità che non posso lasciarmi sfuggire!»

«Sono d'accordo con lei, Jin» disse Hou. «Mi piacerebbe venire con voi, ma ci sono tantissime scartoffie da compilare, direttore Chen, sono sicuro che lei potrà immaginarlo.»

«Ci sono cose che un uomo fa, e cose che un uomo non fa» disse Chen, ostentando una finta pedanteria libresca.

«Può dirlo forte. Lo so che è la sua citazione preferita, e adesso lo è anche per me.» Poi Hou si rivolse a Jin: «Non penso che oggi ci sarà niente di particolarmente urgente. Faccia con comodo e sfogli i libri di poesia insieme a lui.»

«Sì, andremo in libreria dopo aver finito di mangiare» tagliò corto Jin.

Uscirono insieme dal Wu Palace Hotel. Non faceva troppo freddo, la luce del sole splendeva dorata. Chen strinse gli occhi per il riverbero, chiedendosi se un momento come quello avrebbe potuto appartenere a un album di vecchie fotografie. Jin gli toccò delicatamente la mano.

Chen non sapeva bene cosa dirle.

«Finalmente si va alla Libreria internazionale» commentò lei.

«Già» ribatté lui, «abbiamo detto chissà quante volte che ci saremmo andati. Ma alla fine ci riusciamo solo adesso che l'indagine è conclusa.»

«Chen, mi ricorda un vecchio detto, credo che me ne abbia parlato proprio lei quando eravamo sui Monti Gialli: "Otto o nove volte su dieci le cose a questo mondo non vanno a finire come si vorrebbe..."»

Era forse un velato riferimento al "successo" dell'indagine?

In via Fuzhou erano ancora visibili le tracce della neve disciolta. Il cielo era azzurro, le nubi vagavano indolenti all'orizzonte, parzialmente oscurato dai grandiosi grattacieli che svettavano sull'altra riva del fiume. La strada appariva silenziosa, come se volesse trasmettere tranquillità invogliando la città a starsene rilassata, o perlomeno a offrirsi con generosità a un mondo comunque irriconoscente.

«Quando tanti anni fa studiavo l'inglese al parco del Bund» disse Chen con uno sguardo rivolto all'orizzonte, «Nixon era appena stato in visita in Cina, ricordo che era l'inizio degli anni Settanta. Tornando a casa dal parco passavo spesso dalla libreria, un tempo quella strada mi era molto familiare. La politica governativa parve cambiare un poco, all'epoca. Quantomeno alla Radio del Popolo di Shanghai cominciò una trasmissione didattica per lo studio dell'inglese, mentre al secondo piano della libreria si potevano trovare delle copie pirata "ufficiali" dei dizionari e delle grammatiche di inglese, come l'*Oxford Advanced Learner's Dictionary* di A.S. Hornby, di cui le ho parlato.»

«Sì, mi ricordo» disse Jin.

«Lo uso ancora oggi. Naturalmente, il secondo piano della libreria non era accessibile agli stranieri. Di tanto in tanto si trovavano anche romanzi e libri di poesia di seconda mano... non copie pirata, ma edizioni ufficiali vere e proprie, forse appartenute alle vecchie famiglie di Shanghai.»

«Caro il mio direttore, lei sta diventando sempre più nostalgico e sentimentale.»

«Poi gli studi di anglistica divennero politicamente accettabili. C'era un "angolo dell'inglese" anche al parco, dove i giovani potevano ritrovarsi a studiare la lingua. Era un'attività che in quegli anni veniva politicamente incoraggiata. Chi avrebbe mai pensato che oggi, invece, sarebbe stata avversata e bandita!»

«Perfino i cartelli in inglese della metropolitana sono stati cambiati usando il *pinyin*, la traslitterazione della pronuncia cinese nell'alfabeto latino» disse Jin. «Come fanno gli stranieri a capirli? Bisognerebbe agevolare i loro spostamenti in città e non confonderli, lasciandoli in balia di caratteri che non comprendono.»

«Be', la chiamano "fiducia culturale", ma è una vera assurdità... La storia ha chiuso il suo cerchio, e adesso siamo arrivati all'inizio della fine, temo» commentò Chen, scuotendo la testa. «Allo stesso tempo, mi sembra ironico che quel progetto di traduzione poetica di Wuhan sia considerato in linea con la nuova politica propagandistica del partito, quella che invita "la letteratura cinese ad aprirsi al mondo".»

«Però è stata una copertura politicamente corretta per la sua indagine segreta. E, per ironia della sorte, stavolta volevano che si concentrasse davvero sull'inchiesta.»

«Sarà stata anche una copertura, ma mi piacerebbe proprio sapere quante traduzioni di poesia T'ang sono disponibili. Libri come quelli non sono dei successi commerciali. Nelle librerie online si trovano con difficoltà.»

Alla fine, Chen e Jin scoprirono infastiditi che la Libreria internazionale aveva cambiato orari: adesso era aperta dalle 10.30 di mattina alle 16.00 del pomeriggio. Perciò avrebbero dovuto attendere ancora davanti all'ingresso. Solo che lì all'aperto faceva freddo. Jin allora sistemò la sciarpa di cachemire grigio di Chen, e gliela infilò bene nel cappotto. Si guardarono negli occhi. Lei toccò timidamente il suo viso infreddolito con le dita calde e leggermente umide, appena sfilate dai morbidi guanti di pelle.

Chen ricordò una bellissima metafora sentimentale dello *Zhuang-zi*: «Due pesci si bagnano di saliva a vicenda per sopravvivere in un fiume in secca.» Nella Cina contemporanea, le persone dicono «stringersi a vicenda per riscaldarsi».

Quando la saracinesca si sollevò sferragliando, entrarono nel negozio. Anche lì, come dappertutto, avevano sicuramente installato un gran numero di sofisticate telecamere di sorveglianza per i clienti stranieri.

Chen si diresse subito al reparto poesia e cominciò a mormorare i titoli dei libri come uno studioso pedante, a curiosare e a sfogliare le pagine. Continuava a far ondeggiare un dito, quasi tenesse il ritmo come un monaco-poeta descritto nella sua novella sul giudice Dee. Jin immaginò che avesse le sue ragioni per apparire un topo di biblioteca. Con sua grande sorpresa, Chen trovò una copia proprio del suo libro, intitolato *L'ombra dell'impero*, e la mostrò a Jin con un'espressione quasi fanciullesca. Poi si voltò per prendere una copia dell'antologia della poesia T'ang. Jin, intanto, continuava ad annuire per darsi un contegno da premurosa e deferente segretaria.

«Vede? Quella è la traduzione inglese di *La Torre della Gialla Gru* di Wuhan» affermò Chen. «L'originale è considerato la poesia più bella della dinastia T'ang. Una lettura obbligata per i turisti che vanno a visitarla. Purtroppo, la traduzione di questa antologia non le rende giustizia.»

«Lei farà senz'altro un lavoro migliore, o mio poeta-traduttore.»

Jin uscì dalla libreria con una busta di plastica colma di traduzioni di poesie, tenendogli la mano.

Quando furono di nuovo fuori, Chen le parlò del colloquio con Hou a proposito del comunicato ufficiale sulla conclusione dell'indagine. Hou gli aveva suggerito di non raccontare tutto anche a lei, di non contraddire quella dichiarazione, ma Jin non era una persona qualunque, aveva lavorato a stretto contatto con lui per tutta la durata dell'inchiesta e vi aveva anche giocato un ruolo fondamentale, e non solo nei riguardi di Chen. Perciò decise di riferirle tutti i dettagli politici, anche quelli più sgradevoli.

Il racconto fu piuttosto lungo, mentre parlava Chen non le staccò gli occhi di dosso. Era dell'idea che Jin dovesse comunque conoscere tutti i particolari, per quanto sconfortanti e deludenti.

Quando ebbe terminato, la ragazza si astenne dal fare commenti, come un'impeccabile segretaria che sapeva bene cosa dire e cosa invece non dire.

«Nel frattempo sono anche riuscito a terminare la prova di traduzione del *Dossier Wuhan*. Oggi Molong la invierà a Gu, dopodiché anche lei dovrà prendersi una bella pausa, Jin.»

«Bene, allora cos'altro posso fare per lei oggi, Chen?»

«Mi dispiace, Jin. Io l'ho trascinata in questa palude e...»

«Ecco, ci risiamo» disse lei, piano, alzando gli occhi verso di lui. «Le va di portarmi al parco del Bund? So che per lei ha un significato speciale, e che è collegato alla libreria. Me ne ha parlato parecchie volte.»

«Qualunque cosa lei abbia voglia di fare. Andiamo, Jin, andiamoci insieme.»

Chen si diresse al parco del Bund tenendo a braccetto una ragazza giovane e vivace, che aveva la testa delicatamente appoggiata alla sua spalla. Era da parecchio tempo che non ci andava.

Si incamminarono verso est lungo via Fuzhou, poi oltrepassarono via Henan. Chen indicò un imponente edificio dall'altra parte della strada. «Una volta quello era il dipartimento di polizia di Shanghai, perlomeno quando ho cominciato a lavorare, dopo la laurea. Adesso è il palazzo di giustizia.»

«Perciò la riforma del sistema giudiziario riguarda una cosa come quella, dico bene?»

A Chen non sfuggì il sarcasmo di quella domanda. «Eh, Jin, non è solo il palazzo a essere cambiato. Un tempo, accanto all'ingresso principale c'era un grande platano. Io, che a quell'epoca ero un vero e proprio topo di biblioteca, alzai gli occhi sulla chioma e mi domandai sospirando: L'albero è cresciuto altissimo, ma io che cos'ho fatto? Adesso quella pianta non c'è più, e io non so perché.»

«Forse l'hanno abbattuto perché ostruiva la vista della maestosa corte suprema di Shanghai?»

Chen aveva accanto a sé una ragazza proprio sveglia, e si sentì un uomo troppo pedante e privo di senso pratico.

In fondo a via Henan arrivarono in vista del Bund, ma era gelidamente deserto. Il Bund era considerato il simbolo di Shanghai, la "città magica". Ma la magia era svanita, perché la politica stava strangolando la città.

Dunque, il parco del Bund non faceva eccezione. Jin, stupita da quella desolazione, gli strinse la mano. Poi entrarono.

«Chen, dov'è la panchina verde su cui si sedeva tanti anni fa?»

«No, quelle panchine così dure non ci sono più da parecchio tempo. Adesso possiamo trovare le poltroncine imbottite dei bar e dei ristoranti di lusso. Solo che, a causa della pandemia, sono tutti chiusi. Andiamo alla balaustra che dà sul fiume.»

«Sì... Sto cercando di immaginarla qui in piedi, Chen, tanti anni fa, mentre le onde lambiscono la riva e il vento scompiglia le pagine del libro che tiene in mano.»

«Ah, Jin, adesso chi è il sentimentale?»

La ragazza si voltò verso di lui e lo guardò negli occhi. Accidentalmente, la sua guancia arrossata dal vento freddo sfiorò quella di Chen.

«Chen, vorrei dirle una cosa di cui forse le ho già parlato. Dopo essermi laureata, i miei genitori hanno implorato tutte le loro conoscenze in cerca di aiuto, non senza lesinare qualche busta rossa. Alla fine sono riusciti a trovarmi un posto da segretaria nell'amministrazione municipale.

«Ho cominciato a lavorare nel suo ufficio quando lei era ancora in licenza di convalescenza. Mi sono letta per conto mio tutti i documenti e le pratiche, che nulla avevano a che vedere con la mia laurea né, del resto, con la riforma del sistema giudiziario. Mi sono sorbita montagne di materiale propagandistico del partito sulla legge e sulla giustizia in Cina. Ho tremato all'idea di sprecare anni e anni della mia vita in quel modo, nonostante la gente affermasse convinta che si trattava di un lavoro davvero invidiabile: sicuro, ben retribuito, e con un sacco di vantaggi per quel che riguardava la "zona grigia". Tuttavia, sapevo che sarebbe stata solo una questione di tempo, e poi sarei diventata una di loro, avrei condiviso gli stessi valori di quest'epoca materialistica, mi sarei crogiolata nell'autogratificazione come i maiali di quella poesia sulla *Fattoria degli animali*. O come un'anima vuota eliotiana, con la mente ripiena di paglia, insignificante, che brancola confusa...

«Poi invece ho iniziato a lavorare con lei. Ed è stato un incredibile colpo di fortuna. Non perché lei sia una persona famosa, un dirigente del partito di un certo livello e anche un poeta che ha pubblicato dei libri, il che sarebbe già sufficiente per nutrire la vanità di una "piccola segretaria", ma perché, lavorando al suo fianco, ho cominciato a trovare dei significati che prima mi erano sconosciuti.» Fece una piccola pausa prima di riprendere: «E ancor di più nel corso di quest'ultima settimana. Che per me è stata particolarmente significativa, e preziosa.»

Jin ritenne di non proseguire oltre.

Lo stesso pensò Chen.

Un uccello acquatico bianco volava radente sulle onde, balenando nella luce sfolgorante. Dal grande orologio in cima alla Torre della Dogana cominciò a suonare la melodia di *L'Oriente è rosso*. Dopo la Rivoluzione culturale era stata sostituita da una musichetta leggera, ma da un po' di tempo avevano ripristinato la canzone in lode di Mao.

Jin notò un tavolino all'aperto, sotto un ombrellone aperto che sfoggiava il logo della birra Anheuser-Busch, attorniato da diverse panchine verdi, che non erano bagnate.

«Mettiamoci qui» esclamò. «Anche se non sono le stesse panchine dei suoi ricordi.»

«Già, direi di no» disse Chen, sedendosi accanto a lei.

Poi, rivolgendo lo sguardo verso l'orizzonte lontano, Jin continuò: «Ho letto *1984*, naturalmente saltando un po' di capitoli per arrivare alla fine, quando Julia e Winston si separano, dopo aver subito tutte quelle torture.»

Prese il suo cellulare, aprì il testo che aveva scaricato e, prima di iniziare a leggere, si affrettò a precisare: «Mi scusi, il mio inglese è proprio rudimentale, per cui sto parafrasando un po'.

«Alla fine del romanzo, Julia non risponde minimamente ai gesti di affetto di Winston, e lui si accorge di una lunga cicatrice sul suo viso. Lei gli dice che l'ha tradito, e lui a sua volta ammette lo stesso. Sono pieni di sensi di colpa, perché hanno pensato solo a salvarsi e non alle sofferenze che entrambi hanno patito. Una volta confessato, non hanno più niente da dirsi.»

«È un finale realistico e tormentoso insieme» commentò Chen. «Alla fine sono entrambi a pezzi.»

Il cielo incupito si stava abbassando. L'andirivieni delle

sirene lontane riempì di nera inquietudine lo spazio che li separava. Poi calò un momento di silenzio.

«Chen, a cosa sta pensando?»

«Mi tornano in mente l'amore e la morte che hanno travolto Zhou e An in questi tempi di pandemia, penso a quando davanti al pronto soccorso lui le teneva la mano, a quando la guardava impotente abbandonare questo mondo crudele, a quando alla fine ha giurato di vendicarla...»

«Che strazio...» disse Jin. «Il virus è mortale, solo che Zhou e An non sono vittime del virus, ma della sorveglianza e della repressione di stato. Se non ci fosse stata questa folle politica le cose per loro sarebbero state diverse, avrebbero potuto essere felici con in braccio il loro bambino, avrebbero potuto prendersi per mano e passeggiare come due innamorati lungo il Bund, come me e lei.»

«Penso che scriverò qualcosa su di loro, proprio come mi ha suggerito lei il giorno in cui è venuta a casa mia.»

«Se lo ricorda ancora, Chen?»

«Certo che me lo ricordo. Ma è anche una promessa fatta a Zhou che devo mantenere. Voglio parlare della tragedia di Zhou e di An nella postfazione del *Dossier Wuhan*. Poi scriverò il nostro libro.»

«Oh, Chen, ha proprio intenzione di farlo?»

«Sì. Sono molto preoccupato per la politica zero-Covid del partito, perché non so come potranno andare a finire le cose.»

«Lei sta già pensando alla fine di tutto questo?»

«Ormai la situazione si è fatta insostenibile... Pensi ai danni collaterali sempre più gravi, al collasso dell'economia e alle proteste via via più veementi del popolo. Credo che prima o poi il regime di Pechino sarà costretto ad aprirsi.»

«Sarebbe una cosa fantastica, Chen.»

«Non così fantastica, temo.»

«In che senso?»

«Qualunque governo responsabile predisporrebbe un necessario periodo di transizione. Per esempio, vaccinando in modo efficace il maggior numero di persone possibile e il più presto possibile, per raggiungere l'immunità di gregge.»

«A proposito, ho appena saputo che il governo ha somministrato un vaccino a virus inattivato. Solo che non è efficace, non è paragonabile ai vaccini a mRna sviluppati nei paesi occidentali.»

«Be', la cosa è più che comprensibile. È una questione di immagine, c'è sempre in ballo la superiorità del sistema socialista. Come può il governo di Pechino ammettere di non possedere la stessa tecnologia avanzata?»

«Potrebbe essere un po' più costoso. Intendo dire, importare il vaccino a mRna.»

«Ma non è nulla, se paragonato al costo sbalorditivo della politica zero-Covid.»

«Questo è vero, Chen. Quantomeno avrebbero dovuto investire per migliorare le condizioni degli ospedali, per impedire che il virus potesse tornare a colpire in modo catastrofico con le varianti. E invece hanno destinato un budget incredibile ai tamponi, a un continuo e implacabile monitoraggio. Tamponi su tamponi, uno dopo l'altro. Potrà anche non crederci, ma fanno il test anche ai pesci che nuotano nel fiume.»

«Esattamente, e un'apertura repentina e improvvisata potrebbe condurre a un disastro di proporzioni colossali. Tantissimi anni fa, Lu Xun, l'unico scrittore moderno che veramente ammiro, paragonava i suoi scritti a un futile tentativo di ridestare la gente addormentata su una nave che affonda al buio. Era deluso, pessimista, ma volle provarci ugualmente. Si può dire la stessa cosa del mio patetico tentativo di scrivere un libro su questa vicenda.»

«Sì, ma per quanto possa essere patetico lo faremo insieme, amore mio» disse Jin, che si sporse in avanti, con gli occhi lucidi. Era pronta a gettarsi tra le braccia di Chen, ma il cielo venne solcato dal suono nero e malvagio di un'altra sirena.

Anni prima, il Bund era stato un punto di ritrovo prediletto dai giovani amanti, che lì si stringevano gli uni agli altri. Gliene aveva parlato Chen? Adesso sembrava appartenere a un'altra vita.

«Prima stavi parlando di *1984*» disse lui. «Il Grande Fratello riesce a cancellare i ricordi dei giorni pieni di ideali, quando i protagonisti erano ancora se stessi. Però un libro come *Il dossier Wuhan*, o quello che scriverò insieme a te, potrebbe riuscire a tenere vivi i ricordi delle altre persone, in altre lingue. Come *Il dottor Živago*, spero. Ho davvero bisogno del tuo aiuto per questa mia impresa, proprio come nell'indagine sugli omicidi all'ospedale.»

Un'altra sirena risuonò cupa sul fiume che scorreva all'orizzonte. Una luce attraversò le nuvole, che apparivano così misteriosamente alte.

«Jin, c'è una poesia di Louis MacNeice che mi piace particolarmente e che si intitola *Sunlight on the Garden*. Ho sempre immaginato il poeta mentre la sussurrava a sua moglie, che lo stava abbandonando. Ho scritto una specie di parodia per un caro amico. C'è una strofa della mia versione che fa così:

Il cielo è l'ideale per far volare
i droni, per sfidare le strazianti campane
e tutte le sirene che urlano
il Covid e il suo incantesimo:
la terra sorvegliata ci dice
che stiamo morendo, Cina, morendo...

Ringraziamenti

Voglio ringraziare tutti i coraggiosi *netizens* cinesi, a me noti o sconosciuti, che hanno protestato e denunciato correndo rischi enormi. Senza i loro indomiti sforzi non avrei mai potuto scrivere questo libro.

La genesi del *Dossier Wuhan*

Nel 2019, dopo aver partecipato a un festival letterario in Thailandia, mi aggregai a una comitiva di turisti per un viaggio. Nel corso di una visita a un magnifico tempio, conobbi un anziano monaco buddhista che prevedeva il futuro. Mi disse che l'anno successivo non avrei potuto viaggiare da nessuna parte. Pur avendo sborsato una somma esorbitante, al pari degli altri miei compagni di escursione, io non gli credetti. Difatti nel 2020 non solo avrei dovuto partecipare a un paio di rassegne letterarie in Europa, ma mi attendeva anche un viaggio in Cina programmato da parecchio tempo.

Proprio all'inizio del nuovo anno le notizie sull'epidemia di Covid in Cina e sul disperato insabbiamento messo in atto dal governo di Pechino inondarono anche gli Stati Uniti. Quando vidi in televisione il Gran galà per il capodanno cinese, e una star hollywoodiana del cinema di Hong Kong che ballava e cantava la vita beata del popolo cinese guidato dal Partito comunista, trovai quello spettacolo disgustoso. Il giorno dopo l'intera città di Wuhan, che giusto qualche mese prima avevo visitato per un altro convegno, venne stretta nella morsa di un micidiale lockdown.

Non mi sentivo ancora pronto a scrivere una nuova indagine dell'ispettore Chen, proprio mentre la pandemia stava infuriando in tutto il mondo. Se i soffocanti lockdown imposti in ogni angolo della Cina potevano aver rallentato la diffusione del virus, la macchina propagandistica faceva di tutto per esaltare la lotta contro il Covid sotto l'egida del grande e glorioso Partito comunista, a riprova della «superiorità del socialismo con caratteristiche cinesi sui paesi capitalisti occidentali duramente colpiti dal virus».

Mentre un numero sempre maggiore di testimonianze sull'inumana politica zero-Covid emergeva all'attenzione del pubblico, provai a scrivere un paio di capitoli del mio nuovo libro, ma ci rinunciai. Sì, ero pur sempre uno scrittore americano, nato a Shanghai, sconvolto e disgustato dalla sorveglianza e dalla repressione imposte da Pechino nella politicizzazione della pandemia, tuttavia esitavo, perché temevo che si potesse interpretare la mia decisione come un tentativo di trarre una qualche forma di profitto da quelle circostanze.

All'inizio del 2022 Shanghai venne posta in stato di lockdown, il che la trasformò in una terra desolata: aprile diventò il più crudele dei mesi anche nella mia città. Con l'emergere della nuova variante Omicron del virus, e per via del controllo politico statale spinto alle sue estreme conseguenze, la situazione in Cina si fece anche peggiore di quella descritta in *1984*.

Oltre all'uso dei *big data*, dei sistemi di riconoscimento facciale e biometrici, delle onnipresenti telecamere di sorveglianza, delle onnipotenti intercettazioni telefoniche e di tutta una serie di nuove tecnologie inimmaginabili perfino per il Grande Fratello, si affermarono organizzazioni finanziate dal governo come i comitati di quartiere, i Grandi Bianchi, le Piccole Guardie Rosse e la polizia informatica, spuntate come germogli di bambù dopo una pioggia primaverile. I cittadini erano ormai diventati dei topi inermi che zampettavano frenetici dentro una gigantesca gabbia di vetro, sotto la continua presenza di una lente d'ingrandimento, costantemente sorvegliati ed esaminati, ovunque si trovassero. Insomma, neppure una mosca poteva più sfuggire alla "Rete del Cielo e della Terra" implementata dal sistema di sorveglianza statale. L'intera Cina si era trasformata in un panopticon carcerario simile a quello descritto da Michel Foucault.

Se un cittadino era sprovvisto di un test Covid negativo, eseguito nelle ventiquattr'ore precedenti, non poteva essere ricoverato in ospedale. Ecco perché molte donne incinte venivano respinte da tutte le cliniche e morivano dissanguate a causa di emorragie, i vecchi e i deboli cadevano stecchiti come mosche per strada, la gente si buttava dalle finestre di casa perché vi era rimasta rinchiusa per settimane e mesi, con le porte sigillate e inchiodate, dopo che tutti erano stati privati del cibo, delle medicine, della speranza. Le persone venivano confinate nei campi di quarantena a causa dell'"Amicizia nello spazio e nel tempo", vale a dire un codice governativo installato sui loro cellulari che segnalava anche soltanto la presenza, pur se a parecchi metri di distanza, di un possibile soggetto positivo al Covid. La gente veniva pedinata dai droni che svolazzavano in cielo come pipistrelli insistenti (io stesso ho vissuto in prima persona questa orribile esperienza ancor prima della pandemia), strappata con la forza da una certa zona affinché il governo potesse proclamare l'efficacia della "politica zero-Covid mobile" – mentre poi capitava che un autobus, che circolava di notte per sfruttare il favore delle tenebre, precipitasse in un burrone provocando la morte di un gran numero di passeggeri...

I danni collaterali causati dalla politica zero-Covid sono incalcolabili. Un grandissimo numero di cinesi è stato costretto a patirne le conseguenze, molti hanno pagato con la vita gli effetti del sistema di controllo e di repressione organizzato dal Partito comunista cinese, che ha sfruttato la pandemia come facile giustificazione per il mantenimento della stabilità, politicizzando di fatto le misure sanitarie. E io, proprio come nella poesia di Eliot, *non avrei mai creduto che morte tanta n'avesse disfatta.* Il professor Li Wenjun, che era stato il mio mentore ai tempi dell'università, è morto in un modo orribile, e lo stesso è capitato al professor Guo Hongan, all'epoca mio compagno di studi. Inutile dire che la lista potrebbe essere ancora molto, molto più lunga.

Secondo Confucio, ci sono cose che un uomo deve fare: ecco perché ho preso la decisione di dedicarmi anima e corpo alla stesura del *Dossier Wuhan*. Questa parte della storia cinese non può e non deve essere cancellata, e nessun tipo di indottrinamento può e deve farla dimenticare. In Cina non sarebbe mai possibile scrivere un libro del genere, perché nella lotta per la sopravvivenza in un sistema politico manovrato dal partito unico la censura e l'autocensura sono all'ordine del giorno, tuttavia io comprendo benissimo la terribile situazione che devono affrontare gli scrittori. Durante i giorni convulsi della campagna zero-Covid, alcuni giovani sono scesi in strada sfilando con dei fogli di carta bianchi in mano. Per parafrase il paradigma di Wittgenstein: «Ciò di cui non si può parlare, è necessario farlo vedere su un foglio bianco.» Proprio quei fogli sono costati la prigione ai contestatori e nessuno in Cina, neppure oggi, sa che fine abbiano fatto. D'altra parte, io sono uno scrittore bilingue che vive in America e che può dire quello che vuole in tutta sincerità. Dunque non ho avuto scelta: ho dovuto prendere in mano la penna, e se sarò costretto a correre dei rischi ne affronterò le conseguenze.

Ho scritto che «la Cina cambia, e la Cina non cambia». Tra le cose rimaste immutate nel corso dei secoli, ce ne sono almeno due: la "letteratura carceraria" e il "sogno dell'imperatore". Nel primo caso mi riferisco a un'antica prassi cinese che però è ancora vigente, visto che anche al giorno d'oggi le persone vengono imprigionate a causa di quello che hanno detto o scritto. Quattro o cinque anni or sono firmai un saggio in cinese in onore di Yang Xianyi, un nostro famoso traduttore e poeta. In un'intervista alla Bbc, Yang Xianyi aveva dichiarato che nel 1989 erano stati dei fascisti ad aprire il fuoco sugli studenti (nel mio saggio non ho riportato la sua coraggiosa presa di posizione, altrimenti non sarebbe mai stato pubblicato). L'articolo uscì su un giornale, ma i cyberpoliziotti che esaminarono il post online lo cancellarono immediatamente e mi ammonirono per aver «violato una disposizione governativa». Da molto tempo, ormai, anche espressioni come "testa di maiale" e "imperatore" sono diventate troppo problematiche per essere usate nel cyberspazio, perché i *netizens* cinesi hanno soprannominato l'attuale leader del Partito comunista appunto "testa di maiale", definendolo anche un "imperatore", visto che ha cambiato la costituzione per poter regnare sulla Cina indefinitamente. Un imprenditore è stato condannato a più di dieci anni di carcere per aver osato chiamarlo "imperatore" in un post pubblicato su WeChat.

In una poesia in cinese che ho intitolato *Leggendo* La fattoria degli animali, ho voluto usare proprio quelle parole, "maiale" e "imperatore", e l'ho postata online. Un amico che vive in Cina sostiene che le poesie possono facilmente sfuggire all'attenzione del governo di Pechino, perciò l'ho riscritta in inglese inserendola nel *Dossier Wuhan*:

Leggendo La fattoria degli animali

State buoni nel porcile e smettete di grugnire!
Rimpinzatevi felici, voi maiali sempre a spasso,
inseguite un grande sogno senza uscire dall'ammasso,
quell'istante liberato che vi possono ammannire
seppur privi di ogni ardire. No ai commenti,
niente critiche al partito, non ve n'è proprio ragione,
crogiolatevi alla luce di Sua Maestà Napoleone,
che fortuna diguazzare rotolandovi contenti.

Santo cielo, pandemia? Febbre alta? Che succede?
Nossignori, non temete, l'importante è avere fede.
Nello stabbio ormai vedrete che i lamenti cesseranno,
più nessuno darà conto di una vita con l'affanno.
E che importa se l'abisso or cagiona un gran terrore,
sempiterno c'è l'amore di un insigne imperatore.

Qiu Xiaolong
Giugno 2023

Stampato da
Grafica Veneta S.p.A., Trebaseleghe (PD)
per conto di Marsilio Editori® in Venezia

«Farfalle Marsilio»
Periodico mensile n. 374/2023
Direttore responsabile Giuseppe Lupo
Registrazione n. 1334 del 15.06.1999
Tribunale di Venezia
Registro degli operatori di comunicazione-ROC n. 6388

Le fotocopie per uso personale del lettore possono essere effettuate nei limiti del 15% di ciascun volume/fascicolo di periodico dietro pagamento alla SIAE del compenso previsto dall'art. 68, commi 4 e 5, della legge 22 aprile 1941 n. 633. Le fotocopie per finalità di carattere professionale, economico o commerciale o comunque per uso diverso da quello personale possono essere effettuate a seguito di specifica autorizzazione rilasciata da CLEARedi, Centro Licenze e Autorizzazioni per le Riproduzioni Editoriali, Corso di Porta Romana 108, 20122 Milano, e-mail autorizzazioni@clearedi.org e sito web www.clearedi.org.

EDIZIONE
10 9 8 7 6 5 4 3 2 1

ANNO
2023 2024 2025 2026 2027